*Chère lectrice,*

Comme moi, vous avez certainement remarqué combien le décor compte, dans un roman d'amour. Le château, le manoir, la demeure du maître sont la scène idéale d'une rencontre qui vous étreint le cœur. Pas un coup de foudre fulgurant comme sur une plage de Jamaïque, non, plutôt la montée en puissance d'une passion qui partage l'héroïne. En elle, deux femmes s'affrontent : la femme raisonnable, qui devrait fuir la demeure et son ombrageux propriétaire, et la femme passionnée, tout de suite fascinée malgré elle, et qui accepte, le cœur battant, de s'enfermer avec l'homme qui l'attire irrésistiblement.

Pourquoi la fascine-t-il autant, d'ailleurs — cet homme qui semble l'ignorer, la tient à distance et décide de tout ? Peut-être justement parce qu'il attise sans cesse sa passion en la fuyant. Elle vit avec lui dans une constante proximité et pourtant ne le croise qu'aux heures rituelles qu'il impose : au dîner, ou bien encore quand le travail le nécessite, comme entre Jane Eyre et Rochester, dans le célèbre roman des sœurs Brontë.

Alors, que fait-il, quand il n'est pas avec elle ? Quels secrets cache-t-il ? Voilà ce qui la retient auprès de cet homme : son côté sombre, intime, qui lui échappe. Elle veut savoir. Pas par curiosité, mais pour le conquérir tout entier et vivre enfin avec lui une passion sans partage, qu'aucune ombre ne viendra ternir. Qu'est-ce qui empêche Rochester de s'unir à Jane Eyre, alors qu'ils s'aiment ? Le secret que dissimule la porte fermée à clé, interdite à tous, en haut d'une volée d'escalier que Rochester monte toujours seul…

Quand Charlotte arrive dans La maison sur l'île, elle n'a pas du tout l'âme d'une Jane Eyre — c'est une jeune femme moderne, amusée par l'idée de retrouver son premier amour, Liam. Elle pourrait être vous, ou moi. Mais comme Jane Eyre, elle va se laisser gagner par l'atmosphère du manoir, la séduction ténébreuse du maître de maison. Comme elle, elle va devenir une de ces héroïnes de roman telles que nous les aimons : passionnée, généreuse, attachante.

*e collection*

Pour votre plaisir, j'espère...

La responsable de collection

# Les vergers de la passion

# INGLATH COOPER

# Les vergers de la passion

**é**MOTIONS

—————

*éditions*Harlequin

*Cet ouvrage a été publié en langue anglaise sous le titre :*
UNFINISHED BUSINESS

*Traduction française de*
CATHERINE ALGARRA-BERTHET


HARLEQUIN®

est une marque déposée du Groupe Harlequin
et Émotions® est une marque déposée d'Harlequin S.A.


*Photos de couverture*
*Couple :* © REGGIE CASAGRANDE / PHOTONICA
Paysage : © DARYL BENSON / MASTERFILE


*Toute représentation ou reproduction, par quelque procédé que ce soit, constituerait une contrefaçon sanctionnée par les articles 425 et suivants du Code pénal.*
© 2004, Inglath Cooper. © 2005, Traduction française : Harlequin S.A.
83-85, boulevard Vincent-Auriol, 75013 PARIS — Tél. : 01 42 16 63 63
Service Lectrices — Tél. : 01 45 82 47 47
ISBN 2-280-07933-X — ISSN 1768-773X

# Prologue

Addy Pierce n'avait jamais été trahie par son intuition.

Cette petite voix intérieure ne se manifestait pas sans raison.

Difficile, donc, d'expliquer pourquoi elle n'y avait pas prêté attention, ce jour-là.

Elle avait travaillé sur le dossier Lawson bien après minuit. Puis elle avait fait sonner son réveil à 4 heures. A 5 heures, quand elle était sortie de chez elle à pas de loup pour se rendre au bureau, Mark dormait encore profondément.

Elle venait tout juste de s'asseoir devant sa table de travail avec une tasse de café bien méritée, quand elle s'était aperçue qu'elle avait oublié le dossier chez elle, sur la table de la salle à manger. Il fallait qu'elle se trouve au tribunal à 10 heures. Cela lui laissait largement le temps de repasser chez elle pour le prendre.

C'est à ce moment que la petite voix s'était fait entendre.

*Envoie quelqu'un à ta place.*

Avec le recul, elle se rendait compte que ce détail continuait de la hanter sans relâche. Un peu comme un disque rayé répétant la même phrase. Que ce serait-il passé si elle avait envoyé quelqu'un d'autre chercher le dossier ? La personne lui aurait-elle révélé que Mark se trouvait encore à la maison ? Ou bien aurait-elle eu pitié d'elle et renoncé à lui apprendre que son mariage était un échec ?

De toute façon, les choses ne s'étaient pas passées ainsi.

Addy avait elle-même repris le volant pour retourner chez elle. C'était elle qui avait ouvert la porte d'entrée, remarquant aussitôt la veste du costume de Mark jetée sur le canapé du salon. Elle aussi, qui avait entendu les voix provenant du premier étage. Les mots étaient difficiles à distinguer, de l'endroit où elle se trouvait dans le hall. Mais elle avait clairement reconnu la voix de son mari... suivie par un rire de femme.

*Pars. Tourne les talons et sors de cette maison,* lui avait soufflé la petite voix intérieure.

Mais huit années passées à exercer le droit lui avaient au moins appris une chose : la vérité, une fois révélée, ne peut plus être ignorée.

Elle était demeurée plantée là, dans le hall de cette maison qui, déjà, n'était plus la sienne. Un sentiment d'accablement s'était abattu sur elle, transformant ses jambes en coton, faisant tanguer le sol autour d'elle. Elle s'était appuyée à la cloison, attendant que la pièce cesse de tourner.

Puis, comme poussée par une force extérieure, elle s'était mise à avancer dans l'escalier. Le tapis de laine étouffait le bruit de ses pas. Elle s'était engagée dans le couloir qui menait à sa chambre... la pièce d'où provenaient les voix.

Ils avaient laissé la porte ouverte. Sur le moment, c'était ce qui avait le plus choqué Addy. Quoi ? Il la trompait dans leur propre maison, dans leur propre lit… et il n'avait même pas pris la peine de fermer la porte !

Comment pouvait-il se sentir assez à l'aise, assez *libre* de ses mouvements, pour omettre un détail d'une telle importance ?

Debout sur le seuil, elle avait regardé cet homme, que quelques heures auparavant elle considérait encore comme son mari, poser la joue sur le ventre nu d'une inconnue. Le ventre arrondi d'une femme enceinte…

Addy avait senti sa gorge se nouer. Et puis un grand vide s'était formé dans son être. Son corps et son esprit s'étaient brusquement ankylosés, comme si quelqu'un avait poussé un interrupteur, supprimant en elle tout sentiment.

Mark s'était retourné à ce moment-là. A croire qu'il avait senti son regard peser sur lui ! Le choc s'était inscrit sur ses traits, altérant la beauté virile de son visage.

— Addy ? Que fais-tu ici ?

Les paroles étaient demeurées en suspens, accentuant le ridicule de la question. La femme allongée sur le lit se recroquevilla, ramenant les couvertures sur elle.

Elle était très jeune. Elle avait un visage lisse, un teint parfait, une peau de rêve. Le genre de beauté éclatante qui vous donnait envie de partir illico à la recherche d'une crème miracle capable d'arrêter les effets du temps.

Que faisait donc Mark en compagnie d'une personne si jeune ? Elle semblait avoir à peine quitté les bancs de l'école !

Il sortit du lit. Complètement nu. Sa jeune maîtresse ne fit pas la moindre tentative pour dissimuler ses sentiments, le couvant sans vergogne d'un regard possessif. Mark saisit la robe de chambre qu'il avait négligemment jetée sur le couvre-lit. Celle qu'Addy lui avait achetée chez Bloomingdale, l'année dernière pour Noël.

Une robe de chambre. En cadeau de Noël...

Pourquoi lui avait-elle offert ce vêtement ? C'était ridicule. Leur mariage s'était-il détérioré au point qu'elle n'ait rien trouvé de plus excitant comme cadeau pour lui ?

Tout à coup, l'air lui manqua et elle eut l'impression que ses poumons la brûlaient. Une violente nausée s'empara d'elle. Tournant brusquement les talons, elle s'enfuit dans le hall.

— Addy ! Addy, attends ! s'écria Mark.

Elle dévala l'escalier.

*N'écoute pas, ne réfléchis pas. Pas encore. Sors d'ici. Vite, fais vite !*

Un nœud douloureux lui serrait la gorge, ses yeux étaient brûlants de larmes retenues. Pas devant lui, non ! Elle ne voulait pas pleurer devant lui. Jamais.

— Addy, je t'en prie !

Il la rattrapa dans le hall d'entrée. Sa poitrine se soulevait à un rythme saccadé. Il respirait difficilement, visiblement en proie à une violente agitation. Le regard d'Addy se posa sur ses abdominaux. Une vraie tablette de chocolat, comme celle de ces types qui posaient dans les magazines. Quand s'était-il mis à faire de la musculation ? Et au fait, il avait perdu du poids, non ?

A ce moment seulement, elle se rendit compte qu'il y avait très, *très* longtemps qu'elle ne l'avait plus vu sans ses vêtements. Depuis quand n'avaient-ils plus fait l'amour, au juste ? Elle n'aurait su le dire. Mortifiée, elle comprit les raisons de sa trahison.

— Il... il faut que nous parlions, Addy.

Une vague hésitation transparut dans sa voix d'ordinaire si ferme.

Elle concentra toute son attention sur le col de la robe de chambre bleu marine. Sa gorge était tellement contractée qu'elle put à peine articuler :

— Je crois que les paroles sont devenues inutiles.

— J'aurais préféré que tu l'apprennes autrement, déclara-t-il avec une gêne mêlée de compassion.

Alors se produisit en elle une sorte d'explosion de rage, de fureur. Il pouvait la garder, sa pitié ! Elle n'en voulait pas !

— Depuis combien de temps est-ce que ça dure ?

Il détourna les yeux, baissa le nez d'un air coupable.

— Je n'ai jamais voulu te faire de mal, Addy.

— Tu savais pourtant que je voulais des enfants ! Mais tu prétendais ne pas être prêt pour cela. Comment ? Comment as-tu pu me faire ça ?

Sa souffrance semblait éclater avec chaque mot. Sa voix tremblait. Addy s'en voulut d'être aussi transparente. Que ne pouvait-elle garder un ton neutre, une attitude impassible ?

— Je t'en prie, Addy. Je ne sais pas quoi dire. Ce qui se passe est... tout à fait inattendu. Cela vient juste de...

— Attention à ce que tu vas dire, Mark. Je n'arrive pas à croire que tu nous aies fait cela. Mais qui... *qui* es-tu en réalité ?

Il posa une main sur la poignée de la porte pour l'empêcher de sortir.

— Attends. Addy ! Tu ne comprends pas...

— Je comprends parfaitement.

Tous les détails se mirent en place, comme les morceaux d'un puzzle enfin rassemblés. Toutes ces soirées qu'il avait passées au bureau, pour boucler un dossier soi-disant urgent… Son manque d'intérêt pour elle, pour son apparence… et bien sûr, le fait qu'ils n'avaient plus fait l'amour depuis des mois.

La colère d'Addy s'évanouit d'un seul coup. Les jambes flageolantes, elle se dirigea vers la table et, comme un automate, prit le dossier qu'elle avait oublié le matin même. Avant que son univers ait basculé.

Sans adresser à Mark une parole de plus, elle sortit.

« *Game over* », songea-t-elle avec un brin d'ironie.

Le jeu était terminé. Il n'y avait plus de mariage.

# 1.

Debout à l'angle de la Cinquième Avenue et de la 48ᵉ Rue, Addy Taylor leva la main pour arrêter un taxi. Son brushing n'était plus qu'un lointain souvenir, et son manteau trop léger était transpercé par les gouttes de pluie qui tombaient drues et glacées sur ses épaules. Elle jeta un bref coup d'œil à sa montre et agita frénétiquement la main. Mais le taxi passa devant elle en trombe, projetant une grosse flaque d'eau boueuse sur les magnifiques escarpins italiens qu'elle avait admirés pendant deux mois dans la vitrine de Neiman, avant de se décider à les acheter en solde.

Elle recula de quelques pas sur le trottoir, ôta une chaussure pour vider l'eau qui y avait pénétré, puis fit de même avec la deuxième.

Il ne lui restait plus que quarante-cinq minutes pour attraper son avion, à l'aéroport de La Guardia. Elle se trouvait depuis lundi à Manhattan, où on l'avait envoyée recueillir les témoignages des membres du conseil d'administration d'une société que Owings & Blake, la firme pour laquelle elle travaillait, représentait dans un procès pour fraude fiscale. Elle était bien consciente d'avoir pris des risques en ne s'accordant qu'une marge aussi étroite pour atteindre l'aéroport. Mais elle avait réussi à boucler son dossier, ce qui lui éviterait de revenir la semaine prochaine.

Quinze minutes plus tard, un taxi consentit enfin à s'arrêter devant elle. Elle ouvrit la portière et projeta vivement ses bagages sur la banquette recouverte de vinyle.

— La Guardia, s'il vous plaît.

Le chauffeur portait d'épaisses lunettes à monture noire et il semblait ne pas s'être rasé depuis plusieurs jours. Il s'engagea dans la file de voitures en jetant un coup d'œil dans le rétroviseur.

— Quelle compagnie ?

— U.S. Air.

— A quel heure est votre avion ?

— 17 h 15.

Il lui lança un regard sombre et marmotta quelques paroles indistinctes, censées faire comprendre à Addy que son taxi ne possédait pas d'ailes. Puis il appuya violemment sur l'accélérateur, projetant la jeune femme contre le dossier de la banquette.

Elle baissa les yeux sur ses genoux. Ses vêtements étaient trempés. Elle sortit quelques mouchoirs en papier de son sac pour s'essuyer le visage, mais ils s'effilochèrent aussitôt entre ses mains, réduits en bouillie par l'eau qui s'échappait de ses cheveux. Elle perdait son temps.

Renversant la tête en arrière, elle posa deux doigts sur sa tempe droite où elle sentait battre une veine. Elle aurait payé cher pour pouvoir se détendre dans un bon bain chaud. La perspective du voyage harassant qui l'attendait ne l'enchantait pas.

*Passe donc la nuit ici.*

L'idée surgit de nulle part. Et fut aussitôt écrasée par le sens pratique de la jeune avocate. Les hôtels étaient chers. Elle n'avait pas prévu de rester un jour de plus.

Mais pourquoi pas, après tout ? Elle n'avait aucune raison de se précipiter chez elle, puisque personne ne l'y attendait.

Elle s'apprêtait à passer encore un week-end solitaire, dans une maison vide… à l'image de sa propre vie.

On était le 3 avril. Depuis aujourd'hui, elle était officiellement divorcée. Addy détestait ce mot et cette nouvelle étiquette qu'on lui collait bien malgré elle. Un divorce sous-entendait un échec. Un rejet. Et elle était bien obligée d'admettre qu'elle s'était fait plaquer par son mari. Comme sa mère…

Il y avait déjà six mois que Mark était parti. Parfois, Addy avait l'impression d'être encore sur le seuil de leur chambre, hébétée, ne comprenant pas la présence de cette inconnue dans leur lit. Six mois… Et elle n'avait pas encore réussi à surmonter le choc que lui avait causé cette découverte !

Il était temps qu'elle regarde dans une autre direction. Elle avait bien le droit de s'accorder une nuit de détente, non ? Une soirée rien que pour elle.

Elle se redressa sur son siège et déclara :

— Attendez. J'ai changé d'avis. Conduisez-moi au Plaza Hôtel.

Elle eut droit à un autre regard désapprobateur dans le rétroviseur, souligné par un pincement de lèvres.

Cependant, quelques minutes plus tard, le taxi s'arrêta dans la 59ème Rue, devant l'entrée du Plaza. Un chasseur ouvrit la portière à Addy et se chargea de ses bagages, tandis qu'elle réglait la course. Le taxi repartit en trombe et disparut rapidement dans la rue, sous la pluie dense.

Par chance, l'hôtel disposait encore de quelques chambres libres et Addy poussa un soupir de soulagement, malgré le prix astronomique qu'allait lui coûter cette nuit supplémentaire à Manhattan.

Un homme aux cheveux blancs, voûté d'avoir sans doute transporté trop de valises au cours de sa vie, lui fit traverser le hall somptueux et la guida vers l'ascenseur. Il lui ouvrit la porte de la chambre, lui montra l'emplacement du minibar et du coffre, à l'intérieur d'un placard.

— Voulez-vous qu'on vous apporte quelques glaçons pour les boissons, madame ?

— Non merci, ça ira.

Addy lui donna un pourboire et le congédia avec un signe de remerciement. Puis elle se retrouva seule. Dans des circonstances différentes, elle eût probablement apprécié le luxe de la chambre. Un tapis persan, deux immenses lits pourvus d'une montagne d'oreillers, une télévision à écran plat, un fax, un ordinateur relié à Internet.

Une chaleur étouffante régnait dans la pièce. Elle entrouvrit donc la fenêtre et les bruits de la ville s'infiltrèrent : le son languissant d'une trompette jouant du jazz, le cliquetis des sabots des chevaux sur les rues du quartier pavées à l'ancienne.

Elle vida sa valise, avec des gestes calmes et méthodiques. Celle-ci ne contenait que deux tailleurs froissés et les vêtements qu'elle avait portés le soir pour se rendre chez Crunch. Un club où elle avait dîné presque chaque jour, échappant ainsi aux repas ennuyeux avec les clients.

Une nouvelle impulsion la poussa à prendre son sac et à ressortir de l'hôtel. L'averse s'était calmée. Il ne tombait qu'une pluie fine et légère, si bien qu'elle ne prit pas la peine d'ouvrir le parapluie que lui avait offert le chasseur quand elle était passée devant lui. Barney, un de ses magasins préférés, ne se trouvait qu'à cinq minutes de marche et elle s'engagea d'un pas vif dans la 59ème Rue. Si quelqu'un l'avait accusée à ce moment-là de faire n'importe quoi pour oublier le chagrin qui la rongeait, elle n'aurait pu nier. Elle avait accumulé suffisamment d'heures supplémentaires de travail, au cours des six derniers mois, pour pouvoir prétendre à un poste d'associé dans le cabinet d'avocats qui l'employait. Le travail était pour elle la meilleure distraction possible. Tant qu'elle se concentrait sur un dossier, elle pouvait éviter de considérer le désastre que contituait sa vie personnelle.

Elle traversa la 60e Rue et se dirigea vers Lexington Avenue. Son téléphone mobile se mit à sonner et elle le tira machinalement de son sac.

— Allô ?

— Où es-tu ?

Ellen Wilshire prenait rarement la peine de saluer son interlocuteur. Elle venait tout juste d'accéder au statut d'associé dans la firme où travaillait Addy. Lorsqu'elle ne se trouvait pas à son bureau, elle était particulièrement avare de son temps. Aussi intransigeante sur le nombre de minutes qu'elle s'accordait au téléphone que sur le nombre de calories qu'elle s'autorisait dans son assiette.

— Toujours à Manhattan. Je vais chez Barney.

— Tu n'étais pas censée rentrer à Washington ce soir ?

— Oui, mais j'ai décidé de passer une nuit de plus ici.

— Oh, zut ! Moi qui comptais sortir avec toi !

— Désolée.

— Mmm… Tu n'as pas l'air si désolée que ça.

Addy saisit le sourire qui transparaissait dans les paroles de son amie, aussi n'essaya-t-elle pas de protester. Certes, la sollicitude d'Ellen lui faisait plaisir, mais elle ne regrettait pas vraiment d'avoir raté cette sortie. Ellen n'aurait rien trouvé de mieux pour la distraire que de la traîner dans un endroit branché où une foule de trentenaires, tous munis de leur récent jugement de divorce, tentaient en vain d'anesthésier la réalité en se frottant à une société cosmopolite, riche et prête à tout pour « s'éclater ».

— Je ne suis pas encore prête à reprendre une vie sociale, Ellen. Ça ne m'intéresse pas et je me sens un peu rouillée sur le plan du flirt.

— Difficile, en effet, d'ignorer les signaux négatifs que tu renvoies aux hommes qui ont envie de t'approcher ! Ce pauvre Teddy est encore venu pleurer sur mon épaule, cet après-midi.

Teddy Simpson était un jeune avocat, déjà engagé sur la voie rapide vers le succès. Il travaillait depuis plusieurs mois chez Owings & Blake et ne faisait pas mystère de l'intérêt qu'il portait à Addy. Il se rendait régulièrement dans le bureau d'Ellen, pour lui soutirer quelques conseils sur la meilleure façon de pousser Addy à sortir avec lui.

Mais il ne savait pas que la pensée de se retrouver en tête à tête avec un homme était loin d'exciter la jeune femme.

— Alors, laisse-moi deviner, reprit Ellen. Tu as l'intention de t'acheter une petite robe noire chez Barney, pour passer la soirée à Manhattan ?

— C'est exactement cela.

— Waouh ! Y aurait-il un homme secret dans ta vie ?

— Non. Je me disais que j'allais me refaire une beauté, dîner seule à l'Oak Bar, au Plaza, puis passer la soirée avec un bon livre.

— Excellente façon de reprendre une vie sociale ! fit remarquer Ellen, sarcastique.

— Pour l'instant, je m'entraîne en reprenant contact avec le monde à doses homéopathiques. Pour le reste, on verra plus tard.

— Plus tard ? C'est-à-dire quand tu auras renoncé à vivre comme une nonne ?

Addy sourit. Ellen la tarabustait depuis des mois. « Recommence à sortir... Trouve quelqu'un qui te fera oublier Mark... »

Le problème, c'est qu'Addy pensait qu'on ne peut oublier si facilement onze ans de mariage. Surtout quand les choses s'étaient terminées aussi mal. Elle avait l'impression d'avoir eu le cœur transpercé d'une flèche. Elle était comme un animal blessé qui, ayant trouvé un abri pour panser ses plaies en secret, n'a plus envie de le quitter.

— Bon, très bien, concéda Ellen. Je t'accorde encore une soirée de solitude. Après ça, je ne te lâcherai plus. Dis-toi bien que tu as trente-trois ans, Addy. Pas quatre-vingt-trois ! J'aurais vraiment trop mauvaise conscience à laisser tes qualités sociales s'atrophier sans rien faire pour te sortir de cette ornière ! A demain. Je te promets que nous allons passer une soirée que tu n'oublieras pas de sitôt !

— Je ne tiens plus d'impatience.

— Un conseil : finis ton livre ce soir. Dorénavant, tu n'auras plus beaucoup de temps pour ce genre de loisir.

Ellen raccrocha avec sa brusquerie habituelle.

Addy remit le téléphone dans son sac, tourna au coin de la rue et entra chez Barney. De toute évidence, les clientes de la boutique avaient toutes un abonnement à *Vogue*, dont elles observaient scrupuleusement les conseils ! Talons à la hauteur vertigineuse, robes noires, visages soigneusement exfoliés, hydratés, exempts de la moindre ride, teints parfaitement unifiés. Addy emprunta l'escalier roulant jusqu'au

19

troisième étage, où elle acheta une petite robe noire un brin trop courte et des escarpins noirs beaucoup trop hauts. Deux articles luxueux, qui manquèrent faire exploser sa carte American Express.

En retournant à l'hôtel, elle passa devant un magasin d'antiquités et croisa son reflet dans un vieux miroir au cadre orné de dorures. Elle s'immobilisa et observa un moment sa propre image. Comment avait-elle pu croire qu'une nouvelle robe et de nouvelles chaussures suffiraient à dissimuler sa déchirure intérieure ? Pensait-elle pouvoir se regarder fièrement dans un miroir et y voir une femme qui avait surmonté la trahison de son mari ? A dire vrai… il n'y avait pas une seule petite robe noire, dans tout Manhattan, capable de lui faire oublier ça.

Plus rien de tout ce qu'elle avait cru sur elle-même pendant des années n'avait cours aujourd'hui. Elle avait longtemps considéré sa vie comme un puzzle, dont tous les morceaux avaient trouvé leur place. Mais cette croyance avait été balayée irrémédiablement, le jour où elle avait découvert Mark au lit avec sa jeune maîtresse enceinte. Depuis, Addy essayait de remettre chaque morceau à sa place. En vain. Plus rien ne s'accordait dans cet immense chaos : son image de femme désirable, ses objectifs, sa carrière… Tout cela flottait sans fil directeur.

Un homme un peu âgé, portant avec élégance un nœud papillon bordeaux sur une chemise finement rayée, s'avança du fond de la boutique vers la vitrine et haussa un sourcil interrogateur. Addy fit un signe de la main pour lui expliquer qu'elle se contentait de regarder, puis reprit le chemin de l'hôtel.

De retour dans sa chambre, elle décida de prendre un bain et plongea avec délices dans l'eau chaude et parfumée. C'est alors seulement qu'elle sentit la fatigue s'abattre sur elle et se répandre dans ses membres. Pourtant, à trente-trois ans, on n'était pas censé éprouver un tel sentiment d'accablement, n'est-ce pas ? Cela n'arrivait qu'aux avocats qui travaillaient depuis au moins trente ans. La fatigue agissait alors comme un signal d'alarme, et ils commençaient à rêver de prendre leur retraite, d'acheter une résidence en Floride...

Elle avait peut-être simplement besoin de vacances. D'une longue période de repos. Owings & Blake exigeaient beaucoup de leur personnel. Il était courant de travailler soixante ou soixante-dix heures par semaine. A moins d'avoir un gros dossier à traiter, auquel cas on ne comptait même plus les heures passées devant son bureau. Ceci mis à part, Addy répugnait à prendre en compte ses problèmes personnels. A examiner de près la situation.

A partir d'un certain moment, au cours de son mariage, elle avait appris à laisser évoluer d'elles-mêmes les choses, sans leur chercher de véritable solution.

Par exemple, il y avait le fait qu'au fil du temps, Mark et elle avaient commencé à se sentir comme de simples colocataires partageant le même toit. On lançait un rapide « Bonjour, mon chéri », avant de franchir la porte pour partir au bureau. On se souhaitait une bonne nuit en allant se coucher. Et il ne se passait plus grand-chose entre ces deux moments de la journée.

Tous les couples connaissaient des hauts et des bas. Le sien n'avait pas fait exception. Et elle devait bien reconnaître qu'elle s'était si pleinement consacrée à son travail, pendant les deux dernières années, qu'elle n'avait même pas prêté attention aux signaux qui auraient dû l'alerter. Les soirées que Mark passait de plus en plus fréquemment à l'extérieur... Les samedis au bureau...

A dire vrai, elle avait purement et simplement eu une totale confiance en son mari. Elle l'avait épousé en pensant qu'il prenait cet engagement au sérieux. Comme elle. Et c'était cela qu'elle ne parvenait pas à digérer : comment avait-elle pu se tromper à ce point sur son compte ?

Vers l'âge de huit ou neuf ans, elle était partie quelques jours en camp de vacances avec un groupe de jeunes de la ville où elle habitait. Il y avait eu une très forte pluie, le premier soir. Tôt le lendemain matin, elle était allée patauger seule dans la rivière près de laquelle ils avaient planté leurs tentes. Mais le niveau de la rivière avait monté si vite qu'en quelques minutes les rochers sur lesquels elle s'était aventurée avaient été recouverts. Personne dans le camp n'était encore réveillé. Si bien qu'elle était restée un long moment seule, paralysée par la peur, en plein milieu de la rivière. Elle savait que sous la surface se trouvaient les rochers qui lui permettraient d'atteindre le rivage. Mais ils étaient peut-être déjà trop glissants pour qu'elle puisse y prendre pied… Que se passerait-il, si elle basculait dans le courant ? Aurait-elle assez de force pour nager jusqu'à la rive ?

Finalement, elle s'était obligée à bouger et avait réussi à regagner le camp avant que les autres n'aient remarqué son absence.

Eh bien, au cours des six mois qui venaient de s'écouler, elle n'avait pas réussi à s'engager sur le chemin qui pourrait la ramener vers la terre ferme. Là où elle serait en sécurité. Elle restait obstinément plantée au même endroit, tandis que l'eau montait inexorablement autour d'elle.

L'eau de son bain était à peine tiède, maintenant. Elle se leva et prit une des épaisses serviettes blanches accrochées près de la baignoire. Elle ferait sans doute aussi bien de commander un repas dans sa chambre et de se coucher. Ses pensées s'orientèrent vers Mark. Ce soir, premier jour de leur vie de divorcés, il n'était pas seul. Mark avait refait sa vie. Il avait une nouvelle femme et un petit garçon âgé de six semaines. Addy avait appris la nouvelle par une amie commune rencontrée par hasard au supermarché. La jeune femme avait beaucoup minaudé, style « Je déteste avoir à t'apprendre ça, *mais…* ». En réalité, elle avait du mal à cacher le plaisir qu'elle éprouvait à lui faire savoir que son mari s'était parfaitement remis de leur rupture.

Le divorce offrait au moins un avantage. Une fois l'épreuve passée, vous saviez qui était vraiment votre ami. Et qui ne l'était pas.

Et brusquement, Addy éprouva une terrible exaspération. Elle était fatiguée de ressasser les mêmes rancœurs depuis six mois ! Pour changer un peu, elle allait mettre sa nouvelle petite robe noire et sortir. Ellen avait raison. Elle passait beaucoup trop de temps en tête à tête avec ses propres pensées. Celles-ci s'évaporeraient sans doute, face au spectacle d'une salle de restaurant pleine à craquer.

# 2.

Le bar de l'Hôtel Plaza, entièrement décoré de lambris et de bois sombre, avait tant de charme que même les étrangers s'y sentaient comme chez eux. C'était le genre d'endroit si accueillant que les gens ne rechignaient pas à payer leur whisky-soda le double du prix habituel. Les lourdes tables de chêne foncé étaient entourées de fauteuils confortables en cuir brun, à l'aspect usé, dans lesquels on avait envie de s'enfoncer pour oublier tous les tracas de la vie.

Culley Rutherford était venu en ville pour assister à un congrès médical. Trois de ses anciens camarades d'études lui avaient donné rendez-vous à l'Oak Bar, histoire d'évoquer ensemble le bon vieux temps. Ses amis buvaient tous du scotch, alors qu'il tenait entre ses doigts une bouteille d'eau minérale, dont l'étiquette fantaisie justifiait sans doute le prix exorbitant.

— J'ai connu une époque où tu aurais plutôt opté pour un double scotch ! s'exclama Paul Evans, qui avait longtemps partagé avec lui une chambre d'étudiants à Hopkins University.

24

— J'ai peut-être évolué, depuis le temps ? rétorqua Culley d'un ton neutre.

En dépit de son apparente impassibilité, il sentit une douleur familière s'insinuer dans sa poitrine, comme la lame d'un couteau lui lacérant la chair. Il n'aurait jamais dû accepter de passer ce week-end avec ses copains.

— On est censés être là pour prendre du bon temps, pas vrai ? demanda Paul en levant à hauteur de ses yeux l'énorme Hhvane à trente-cinq dollars qu'il faisait semblant de fumer depuis une bonne heure et demie. On est à New York. Et pas n'importe où ! A *l'Oak Bar*. Que veux-tu de mieux ? Pas de femme, pas d'enfants, pas de patients. Et j'ai vu au moins une quinzaine de filles franchement *canon* franchir la porte depuis que nous sommes arrivés.

Il accompagna ses paroles d'un coup d'œil éloquent en direction de l'entrée du bar.

— C'est ça la vie, vous croyez pas ?

Autrefois, Culley avait été le boute-en-train, le meneur du groupe. Et il y avait même eu un temps, pas si lointain que ça, où il aurait lui-même commandé une nouvelle tournée de whisky. En fait, c'est lui qui aurait fait la réflexion que venait d'énoncer Paul. Et il aurait probablement fini la soirée avec une des filles repérées par son ami.

Les choses se passaient comme ça. Jusqu'au jour où il avait foncé tête baissée dans le mur... et s'était retrouvé bien malgré lui confronté à une des conséquences de son comportement. Alors, tout avait changé.

Maintenant, il était devenu un type comme tout le monde, rangé, qui approchait doucement des trente-cinq ans. Il consulta sa montre. Combien de temps devrait-il encore rester avec ses anciens camarades, avant de pouvoir s'échapper ? Il lui tardait de regagner l'hôtel, au bout de la rue, où l'attendait un lit confortable. Inutile de traîner ici davantage. Il s'y sentait un peu déplacé, ridicule, et ses amis allaient finir par le traiter de vieux rabat-joie.

Paul, Wallace Mitchell et Tristan Overfelt l'avaient inondé de messages e-mail, jusqu'à ce qu'il accepte de les retrouver ce soir au bar du Plaza. Il avait failli annuler le rendez-vous au dernier moment. De fait, les excuses ne lui auraient pas manqué, et toutes tenaient la route. Mais lui-même avait cru qu'il était temps de recommencer à sortir, à voir du monde. Il pensait que cela lui ferait du bien…

— C'est ta tournée, Culley.

Tristan fit passer les verres et tendit la note à Culley. Celui-ci tira de son portefeuille un billet de cinquante dollars qu'il donna au serveur. L'homme le remercia d'un signe de tête et s'éloigna.

Une autre heure passa, pendant laquelle ils évoquèrent les épisodes les plus mémorables de leurs études médicales. Le jour où Paul s'était évanoui, alors qu'il effectuait le premier accouchement de sa carrière. Il continuait de jurer sur la Bible qu'il n'était pas dans son assiette, ce jour-là, du fait d'un mauvais virus attrapé la veille. Il avait sa réputation à défendre, bon sang ! Il était devenu l'un des obstétriciens les plus renommés du pays. Il y avait aussi la fois où Wallace avait dépensé tout l'argent du loyer afin d'acheter des tickets pour un concert de AC/DC. Ils s'étaient fait mettre à la porte de leur appartement et avaient dû dormir dans leur voiture pendant le reste du semestre.

Et puis il y avait toutes les histoires de mecs habituelles. Les blagues salaces, de mauvais goût. Les types mariés qui essayaient de vous faire croire qu'ils faisaient tous les soirs l'amour à leur femme. Personne n'y croyait, même pas eux. A l'exception de Culley, ils commandèrent tous un nouveau cigare. Non qu'ils soient connaisseurs. Ils n'aimaient même pas fumer, mais ils appréciaient l'allure que leur donnait le havane, négligemment tenu entre les doigts.

— Alors, là… je donnerais toutes les autres pour celle-là !

Culley jeta un coup d'œil à Paul. Celui-ci était en train de jouer le mari vieillissant et en mal de sexe auquel on a accordé deux jours de vacances en célibataire. C'était tout juste si les yeux ne lui sortaient pas de la tête.

Il comprit vite ce qui motivait cette réaction.

Une fille venait de franchir la porte.

Elle était d'une beauté à tomber à la renverse. Même Culley, qui ne s'intéressait plus aux femmes, était prêt à le reconnaître. Pourtant, il avait à peine remarqué les quinze premières que Paul avait désignées. Quand on avait une fillette de sept ans à élever, le fait de sortir avec des femmes entraînait plus de complications qu'autre chose. Il n'avait plus fait l'amour depuis… des semaines ? Des mois ?

Il préférait ne pas faire le compte.

Les trois autres étaient d'accord pour dire que la nouvelle venue n'avait pas la poitrine refaite. Sa petite robe noire, qui la moulait à ravir, leur permettait amplement de s'en rendre compte. Un profond décolleté révélait la naissance de deux seins ronds, dont la fermeté ne devait rien aux implants. Une vague émotion surgit au plus profond de Culley et, pour la première fois depuis une éternité, il éprouva l'ombre d'un désir pour une femme.

Il posa les yeux sur le visage de l'inconnue. Son expression n'était pas celle d'une femme s'apprêtant à retrouver son amant ou son mari. Son regard exprimait de la tristesse, une sorte de déception.

Il fut un instant tenté de lui demander si elle était seule Ridicule...

Elle traversa la salle derrière le maître d'hôtel, passa devant le bar où se pressait la foule et contourna leur table.

Il y avait dans cette silhouette quelque chose de terriblement familier. Et tout à coup, il la reconnut. Non... ça ne pouvait pas être elle. Pas possible.

Paul, Wallace et Tristan la suivirent des yeux, tels trois naufragés venant de passer six mois sur une île déserte. Culley la contempla fixement, lui aussi. Mais pour une raison toute différente.

*Addy.*

C'était Addy !

La jeune femme dont ses trois amis avaient sans vergogne observé les seins et la silhouette, n'était autre qu'Addy Taylor !

Culley se leva lentement, avec des mouvements mécaniques, comme s'il n'était qu'une marionnette actionnée par des fils.

— Tu ne vas quand même pas l'aborder, si ? s'exclama Paul en éclatant de rire. On se doute bien que ça doit manquer de déesses dans ton patelin, au fin fond de la Virginie, mais ça me paraît un peu hasardeux. Même pour le vieux Paul que nous avons connu autrefois !

— Je la connais.

— Ce n'est pas vrai ? répliquèrent les trois autres, en chœur.

— Et dire qu'on a cru un moment que les choses avaient changé, maugréa Paul. C'est toujours toi qui te retrouves sur les meilleurs coups...

Culley darda sur son vieil ami un regard franchement désapprobateur.

— Je vais juste lui dire bonjour. C'est une vieille amie.

— Comment tu l'as rencontrée ? s'exclama Tristan en fronçant les sourcils d'un air suspicieux.

— Nous avons pour ainsi dire grandi ensemble. Elle s'est mariée avec un de mes copains de lycée.

— Ah, oui, je vois. Mark… euh…

Paul s'interrompit, cherchant un nom au fond de sa mémoire.

— Mark Pierce, dit Culley.

— Et où est-il ? Si c'était ma femme, je n'aimerais pas la voir déambuler seule dans cette ville, la nuit.

Culley secoua la tête.

— Tu as toujours fait la même erreur, Evans. Tu leur tiens la bride trop serrée. C'est pour ça qu'elles s'enfuient chaque fois, tu ne comprends pas ?

Paul se renfrogna. Tristan et Wallace, égayés par le scotch qu'ils avaient ingurgité comme de la limonade, éclatèrent d'un gros rire.

Culley traversa la salle, suivi par leur rire intarissable. Sa poitrine était en feu et il lui sembla qu'une nuée de papillons s'agitait au creux de son estomac. L'émotion. Depuis combien de temps n'avait-il plus vu Addy ? Des années. Il avait beau se creuser la cervelle, impossible de les compter. Tout ce qu'il savait, c'est qu'il avait peu à peu cessé de la voir quelque temps après qu'elle eut épousé Mark. En tout cas, ils ne s'étaient certainement pas revus depuis que Mark avait rompu le contact avec lui, négligeant de le rappeler quand il lui laissait un message téléphonique.

Il n'était plus très loin de sa table, à présent. C'est alors qu'il fut frappé par le changement qui s'était produit en elle.

Il la revoyait encore dans sa robe de mariée. Si parfaite si... virginale.

Il se rappela la jalousie qui s'était emparée de lui, le transperçant comme une flèche acérée.

La femme assise à présent face à lui n'avait rien de virginal.

Elle était plutôt... *excitante*. C'était le mot qu'avait employé Paul et pour une fois, il était tombé juste.

La jeune femme leva les yeux et il dut interrompre l'examen qu'il faisait de sa jolie personne.

— Bonjour, Addy.

Sa propre voix lui parut rauque et éraillée, comme s'il n'avait pas parlé depuis des mois. Bon sang, il manquait de pratique avec les femmes !

Un vif étonnement s'inscrivit sur le visage d'Addy.

— Culley ?

— Comme le monde est petit, n'est-ce pas ?

Il voulut esquisser un sourire, mais ses lèvres ne semblaient pas vouloir lui obéir pas plus que sa voix. Allons, bon ! Son corps s'était mis en grève, ou quoi ?

— Qu'est-ce que tu fais ici ? demanda-t-elle, en posant une main légère sur sa gorge.

— Ah... euh... je suis en conférence avec ces trois types, là-bas.

Il désigna ses amis d'un geste du pouce, sans oser se retourner vers eux. Vu la quantité d'alcool qu'ils avaient avalée, ils avaient perdu toute notion de subtilité.

— Et toi ?

Elle se racla la gorge, baissa les yeux, puis finit par avouer :

— J'ai décidé de passer la soirée ici. J'ai travaillé à Manhattan toute la semaine.

30

Culley savait qu'elle avait divorcé. Sa mère lui avait rapporté les moindres détails qu'elle avait pu glaner çà et là, en dépit de la discrétion dont l'affaire avait été entourée. Il avait dû écouter, bien malgré lui, les péripéties de leur séparation.

Au fil des ans, il avait souvent éprouvé l'envie de décrocher le téléphone pour appeler Addy. Après tout, elle avait longtemps été son amie, avant de se fiancer avec Mark. Mais ce mariage, en établissant clairement les limites de leur relation, avait tout changé entre eux. Et surtout, il y avait eu cette scène affreuse entre Mark et lui, le soir qui avait suivi la cérémonie. Après cela, plus rien n'avait jamais été pareil.

Même lorsqu'il avait appris leur divorce, il avait eu l'impression que trop de temps s'était écoulé et qu'il ne pouvait plus contacter Addy.

— Tu attends quelqu'un ? s'enquit-il.

— Non.

— Cela ne t'ennuie pas que je m'assoie avec toi ?

Elle croisa son regard et ne répondit pas tout de suite. Il se demanda presque si elle allait refuser, quand elle finit par déclarer simplement :

— Non, ça me ferait plaisir.

— Je vais juste avertir mes amis, murmura-t-il.

Un sentiment étrange fondit sur lui. Il songea qu'il était comme un homme au volant d'une voiture fonçant vers l'extrémité d'une falaise. Et les freins ne répondaient plus.

# 3.

C'était bien la dernière personne au monde qu'Addy s'attendait à rencontrer à l'Oak Bar, au Plaza Hotel.

Elle le regarda se faufiler jusqu'au coin enfumé, où ses amis l'attendaient, leur cigare à la main. Il avait changé. Et pourtant, elle retrouvait chez lui quelque chose de familier et de rassurant.

*Culley...*

Elle laissa le nom flotter un moment dans son esprit, retrouvant peu à peu des impressions et des sentiments qui avaient disparu de son existence des années auparavant.

Ils avaient grandi ensemble. Une profonde amitié liait leurs mères. Pendant un certain temps, les deux femmes avaient rêvé de voir leurs enfants se marier. Elles avaient cultivé cette idée avec délices, comme d'autres cultivent leur jardin.

Mais Addy s'était rendu compte très tôt que Culley et elle étaient trop différents. Elle se rappela la chambre du garçon, dont les murs étaient tapissés de photos de stars de la chanson. Dans sa chambre à elle, il n'y avait qu'un seul poster : celui de Tom Cruise. Il y était resté pendant des années. Jusqu'à sa dernière année de lycée... A l'époque où Mark était arrivé à Harper's Mill.

D'après Addy, Culley était le genre de garçon qui ne parviendrait jamais à se fixer. Il ne pourrait pas se contenter d'une relation unique et permanente. Sa réputation était telle que les filles lui laissaient leur soutien-gorge dans son casier, avec leur numéro de téléphone inscrit sur la bretelle. Addy l'avait taquiné sans fin à ce sujet. Tout en se persuadant que cela lui était complètement égal. Après tout, ils étaient amis depuis le jardin d'enfants. Et puis, elle avait des objectifs précis, bien définis, en ce qui concernait sa vie sentimentale. Le jour où son père les avait quittées, sa mère et elle, pour fonder une nouvelle famille, elle avait pris sa décision. Celui avec qui elle partagerait sa vie un jour serait un homme de parole. Du genre qui ne s'engageait pas à la légère et connaissait le sens des mots « pour toujours ».

Culley était déjà revenu. Du coin de l'œil, elle observa le regard intéressé que lui lancèrent deux blondes assises à la table d'en face. Elles avaient toutes les deux l'air capables de laisser leur soutien-gorge avec un numéro de chambre inscrit à l'intérieur !

— Assieds-toi, suggéra-t-elle.

Il s'installa sur une chaise, face à elle, et elle profita de ces quelques secondes pour recueillir quelques détails. Ses cheveux châtain foncé étaient coupés court. Elle retrouva les contours fermes de sa mâchoire carrée. D'après elle, c'était le trait qui déterminait toute la beauté de son visage. Il était à la fois mince et bien découplé. Elle fut contente de constater qu'il prenait toujours soin de lui et de sa silhouette. Son besoin constant de repousser les limites, côté travail, n'avait pas pris le pas sur le reste.

Culley leva la tête et s'aperçut qu'elle le regardait. Un peu gênée de s'être laissé surprendre, Addy resserra les doigts autour de son verre de vin et esquissa un petit sourire détaché. En vain. Elle sut immédiatement que sa tentative pour paraître indifférente avait échoué.

Culley fit signe à un serveur qui se précipita pour prendre leur commande.

— Que veux-tu boire, Addy ?

— Je n'ai pas encore fini mon verre de vin, répondit-elle en tapotant le bord du verre posé devant elle.

— Moi, je prendrai une bouteille d'eau minérale, dit-il au serveur qui s'éloigna avec un signe de tête.

Il y eut un nouveau silence, qui se prolongea plusieurs secondes. Finalement, le regard un peu grave et tendu de Culley croisa le sien.

— Tu es magnifique, Addy.

Ce n'étaient pas les paroles qu'elle s'attendait à entendre. Mais qu'importe ? Elle fut heureuse, tout à coup, d'avoir acheté cette petite robe noire... même si celle-ci n'était dotée d'aucun pouvoir magique susceptible de transformer la femme qui la portait. Elle sirota une gorgée de vin, sans répondre. Les paroles de Culley demeurèrent un long moment en suspens, entre eux, et elle s'imprégna de cet instant délicieux.

Le serveur réapparut avec l'eau minérale. Culley leva son verre et trinqua avec elle.

— Je bois au hasard qui a réuni deux vieux amis ce soir ! C'est une surprise très agréable.

Addy porta son verre à ses lèvres et avala une longue gorgée de vin.

— Ta mère t'a mis au courant, pour le divorce ?

Il acquiesça d'un signe de tête.

— Oui, je suis désolé pour toi.

Le sourire d'Addy trembla un peu.

— Merci.

Culley se pencha sur la table et couvrit sa main de la sienne.

— Ça va bien, quand même ?

Elle fut si désarçonnée par son geste qu'elle ne put articuler un mot. Une vague de chaleur la submergea, accompagnée par un sentiment étrange, qui ressemblait fâcheusement à de la gratitude. Culley fit tourner sa main dans la sienne et la serra très fort. Elle se laissa faire, aussi soulagée que s'il venait de lui lancer une bouée de sauvetage alors qu'elle allait se noyer. Elle n'était plus consciente que d'une seule chose : elle n'avait pas envie qu'il relâche son étreinte.

Et il ne le fit pas.

Il continua de lui tenir la main tout en se levant.

— Pousse-toi, dit-il.

Elle glissa sur la banquette de cuir et il vint s'asseoir à côté d'elle.

— On croit connaître les gens, et puis voilà…, murmura-t-elle.

— Que s'est-il passé ?

— Tu n'as qu'à imaginer le cliché le plus sinistre qui existe et tu auras compris.

Il réfléchit quelques secondes, puis demanda :

— Vous aviez des problèmes ?

— Je croyais que non. Mais avec le recul, je me rends compte que c'était le cas. Je sais bien ce qu'on dit dans les livres. Quand quelque chose comme ça vous arrive, le problème, ce n'est pas seulement l'infidélité du conjoint. L'aventure que celui-ci a avec une autre personne n'est que le symptôme de la mésentente du couple.

— Quand même... C'est dur à admettre.

Elle avala une autre gorgée de vin.

— Tu parles par expérience ?

— Oui.

— Et toi, alors ? Qu'est-il arrivé à ton couple ?

Il baissa la tête, mais elle vit une ombre envahir son regard.

— Ça, c'est une histoire que je te raconterai un autre jour, dit-il.

Addy détourna les yeux et laissa son regard errer sur la table voisine, devant laquelle venait de s'asseoir un couple de personnes plus âgées qu'eux. L'homme annonça d'une voix sonore au serveur que son épouse et lui célébraient leur quarantième anniversaire de mariage.

Culley leur lança un coup d'œil. Une ombre, qui ressemblait fort à de la tristesse, voila son regard. Pas du tout la réaction qu'elle s'attendait à surprendre chez Culley Rutherford, le Culley qu'elle avait connu sur les bancs de l'école ! Il avait toujours été à l'opposé de Mark. Son rôle à lui, c'était de jouer à explorer le monde. Et surtout de s'évertuer à éviter tout ce qui ressemblait, de près ou de loin, à un engagement durable avec une femme.

— Maman m'a dit que tu avais repris le cabinet du Dr Nettles ? demanda Addy en retirant sa main.

— Oui, j'ai l'impression que cela a étonné toute la ville.

— Il y a de quoi ! Vu la façon dont tu avais bombardé sa voiture d'œufs, pendant cette fameuse soirée d'Halloween !

Culley sourit à ce souvenir.

— Tu sais, je crois qu'il m'avait pardonné depuis longtemps. Mais d'après moi, il a peut-être compté un petit extra pour le nettoyage, quand il a fixé le prix de son cabinet !

Addy éclata de rire. L'écho de son propre rire contribua à faire fondre doucement le bloc de glace qui pesait à l'intérieur de sa poitrine. Et, en même temps, elle fut consciente d'apprécier la présence de l'homme assis à son côté.

— Raconte-moi ce que tu as fait pendant toutes ces années, demanda-t-il d'un ton pressant.

— J'ai passé mes diplômes universitaires et un beau jour, en me réveillant, je me suis aperçue que j'avais trente ans. Je n'ai aucun souvenir de ce qui s'est produit entre ces deux moments de ma vie. Oublié !

Culley sourit.

— Dans quel domaine exerces-tu ton métier ?

— Le droit des affaires.

— Tu aimes ce que tu fais ?

— C'est un métier dans lequel on obtient beaucoup de compensations, répondit-elle en contournant la question.

Toutefois, Culley n'entendait pas la laisser s'en sortir comme ça.

— Oui, mais est-ce que ça te plaît ?

— Au début, je trouvais ça passionnant. Puis il m'est arrivé de me demander si j'avais vraiment envie de faire ça toute ma vie.

Elle baissa les yeux, cherchant un moyen de détourner la conversation pour ne plus parler d'elle-même.

— Et toi ? Je sais que tu as une fille. Comment est-elle ?

Culley opina et son visage se transforma aussitôt.

— Elle s'appelle Madeline. Elle n'a que sept ans et je suis déjà une cause perdue. J'en suis fou, elle me mène par le bout du nez ! Je me demande comment je ferai, quand elle en aura seize et que les garçons lui tourneront autour.

— On peut dire qu'il y a une justice, insinua Addy en souriant.

— Pourquoi ?

— Je songe à tous les pères dont les filles sont sorties avec toi.

Il posa les deux mains sur son cœur et prit un air faussement affligé.

— J'étais donc si épouvantable ?

— Plutôt, oui, rétorqua-t-elle d'un ton amusé. Madeline vit avec toi ?

Il acquiesça d'un signe.

— Tu te sens bien à Harper's Mill ?

— C'est chez moi. Une des meilleures choses que j'aie faites dans ma vie, c'est d'y être retourné.

Les mots de Culley firent naître une bouffée de nostalgie chez Addy. Pendant toutes ces années, elle ne s'était jamais autorisée à envisager un retour là-bas. Quant à Mark, c'était pour lui une idée inconcevable.

— Ton ex-femme vit aussi là-bas ?

Le visage de Culley se ferma tout à coup et il secoua la tête.

— Non.

Addy aurait aimé le questionner davantage, mais elle perçut sa réticence et s'en abstint.

— Cela t'arrive, de penser au verger ? demanda-t-il.

— Parfois. Surtout lorsque je sens une odeur de pommes.

Culley approuva d'un hochement de tête.

— Tu sais, l'atmosphère de la petite ville me manquait. Quand nous étions gosses, j'étais impatient de grandir pour partir dans un endroit plus grand. Plus grand, ça voulait dire mieux, forcément. Et puis je suis allé vivre à Philadelphie. Et là, un jour, j'ai calculé que si je continuais de m'arrêter six minutes par jour devant le même feu de circulation, cinq jours par semaine, pendant trente ans, au bout du compte j'aurais passé trente-deux jours de ma vie à cet endroit. Cette pensée a entièrement changé ma façon de voir les choses.

Addy se mit à rire. L'espace d'un moment, elle oublia ses soucis. Tout ce qu'elle savait, c'était qu'elle était assise à côté de Culley Rutherford. Et que celui-ci, depuis la lointaine époque où ils jouaient ensemble dans un bac à sable, avait toujours su la faire rire.

— Alors, dis-moi. Que s'est-il passé entre Mark et toi ? Pourquoi avez-vous cessé de me donner de vos nouvelles, tous les deux ?

Le rire d'Addy mourut sur ses lèvres, et elle détourna les yeux.

— C'est lui qui a décidé de couper les ponts. Pas moi.

— Il devait bien avoir une raison pour cela.

— S'il y en avait une, il faudrait qu'il te le dise lui-même.

— Tiens, tiens... Tu sais que tu éveilles ma curiosité ?

Plantant son regard dans celui de la jeune femme, il ajouta :

— Les gens changent avec les années, Addy.

— Oh, c'est certain.

Il vit du coin de l'œil ses camarades se lever et faire signe à un serveur de leur apporter la note.

— Je te demande juste une seconde. Je vais leur dire de continuer sans moi, déclara Culley en se levant.

Il paraissait soulagé d'avoir enfin trouvé l'occasion de changer de sujet.

— Je ne veux pas te gâcher ta soirée... Tu as dû faire des projets avec eux.

— Ne t'inquiète pas, ma soirée est loin d'être gâchée. Et de toute façon, je suis sûr qu'ils ont eu leur compte de whisky pour aujourd'hui.

Avec un hochement de tête, elle le regarda se frayer un chemin dans la foule qui envahissait encore le bar, malgré l'heure tardive. Il donna une tape sur l'épaule d'un des trois hommes, rit à la plaisanterie que fit un autre. Addy éprouva une vague de satisfaction à l'idée qu'ils s'étaient rencontrés dans ce bar, qui était pour tous deux un lieu totalement anonyme.

Un souvenir remonta à sa mémoire. C'était par un après-midi d'été. La chaleur était étouffante. Cela se passait juste un an avant que Mark ne vienne vivre à Harper's Mill. Elle se rappelait encore les voix mélodieuses et graves des ouvriers qui travaillaient dans les champs, de l'autre côté de l'étang. Culley et elle venaient de donner des pommes à leurs chevaux, et leurs doigts étaient encore imprégnés du jus frais et sucré des fruits. Ils s'étaient assis sur le ponton de bois, laissant leurs pieds nus effleurer la surface de l'eau. Le soleil couchant projetait ses rayons chauds et rougeoyants sur leur visage.

Cela faisait des jours qu'Addy rassemblait son courage. Très exactement une semaine. Depuis qu'ils étaient allés au cinéma ensemble. Assis côte à côté, ils avaient regardé le héros et l'héroïne échanger un long baiser passionné. Le genre de baiser après lequel on se jure un amour éternel.

— Bon, avait-elle déclaré crânement. Maintenant, je veux savoir pourquoi on en fait tout un plat.

— Tout un plat ? De quoi ?

— Des baisers d'amoureux. Je veux que tu me montres ce que c'est.

Culley s'était renversé en arrière, s'appuyant sur ses deux mains, et avait haussé les sourcils.

— Tu es censée garder ça pour ton futur fiancé. Le prince charmant que tu épouseras.

— Et s'il ne vient jamais, le prince charmant ?

— Il viendra. Tu verras. Il arrivera sur son beau cheval blanc et tu oublieras tout ce que tu avais cru avant, pour penser exactement comme lui.

— Quoi ? Jamais je ne ferai ça !

— Tu le feras, comme toutes les autres.

— Je ne risque pas. Surtout s'il a des idées aussi macho et sexistes que les tiennes !

— Je ne suis pas sexiste, répliqua Culley avec un sourire ironique. Je suis seulement réaliste.

— Alors, tu penses que je ressemble à la troupe de minettes qui te suivent partout, à l'école ?

— Tu es jalouse ?

— Tout juste.

Il y eut un nouveau silence. Quelques secondes s'écoulèrent, pendant lesquelles on n'entendit que le bruit de leurs talons battant en rythme contre les poutres du ponton.

— Bon, maintenant, c'est sérieux. Embrasse-moi. Juste une fois, pour que je sache ce que c'est, quoi. Si c'est vraiment si super que ça… ou si c'est nul.

— Si je t'embrasse, tu vas fondre entre mes bras. Qu'est-ce que je dirai à ta mère, après ?

Addy éclata de rire.

— Je me demande comment tu fais pour traîner derrière toi un ego aussi monumental ! Ce doit être rudement lourd à porter.

— J'avoue que c'est une drôle de corvée.

Ils rirent ensemble. A un moment, sans qu'ils sachent pourquoi, leurs regards se croisèrent. Leur rire s'éteignit.

Et alors, comme s'il préférait ne pas prendre le temps de réfléchir, Culley pencha vivement la tête. Ses lèvres effleurèrent celles d'Addy. Pendant une seconde, deux peut-être, elles restèrent en contact. Puis le baiser s'interrompit aussi vite qu'il avait commencé.

Culley agrippa de ses deux mains le rebord du ponton et contempla fixement l'eau claire de l'étang.

— Alors ? C'était comment ?

Addy haussa les épaules.

— Bof. Comme ça... En tout cas, ça ne m'a pas fait fondre.

Il lui décocha un regard de biais, visiblement déçu par sa réponse.

— Mais ça allait ?

— Oui...

Elle passa un doigt sur ses lèvres, comme plongée dans une profonde réflexion.

— Ce n'était pas déplaisant... je crois.

— Pas déplaisant ? Ce sont les mots que tu emploierais pour décrire une promenade en voiture le dimanche après-midi, avec ta tante Ethel.

Addy gloussa.

Le regard de Culley changea, il s'assombrit. Le garçon lui posa une main sur la nuque, l'attira vers lui et l'embrassa de nouveau.

Cette fois, rien à voir avec un petit bisou entre copains.

42

Il entrouvrit les lèvres et l'embrassa à pleine bouche. Comme pour lui montrer qu'il relevait le défi.

L'intimité de ce baiser bouleversa Addy. Avec un choc, elle sentit des myriades de sentiments inconnus déferler en elle. Elle poussa un petit gémissement et lui abandonna sa bouche.

Culley passa un bras autour de sa taille pour la serrer plus étroitement contre lui. Et tout à coup, Addy sut qu'elle ne désirait plus qu'une seule chose au monde : être plus près encore de Culley Rutherford.

Ils s'embrassèrent fougueusement, comme s'ils l'avaient déjà fait des centaines de fois. Et toutes ces années plus tard, ce fut cela qui revint à la mémoire à Addy. Comme ces baisers lui avaient paru naturels ! Faciles...

Culley relâcha son étreinte, très vite, comme s'il voulait éviter de trop réfléchir à ce qu'il faisait. Jamais encore ils ne s'étaient sentis mal à l'aise ensemble. Mais là, ils ne parvenaient plus à se regarder. Il n'essaya pas de plaisanter sur ce qu'elle avait ressenti, ou sur la façon dont il embrassait. Ils avaient ramassé leurs affaires en silence et étaient rentrés chez eux sans échanger un mot.

Les semaines suivantes, ils s'étaient plus ou moins évités. Ce baiser avait tout changé. Leur relation avait basculé dans un champ inconnu. Le jour de la rentrée, ils ne s'étaient pas assis sur le même siège dans l'autobus qui les emmenait à l'école. Pourtant, depuis le jardin d'enfants, ils prenaient place sur la même banquette, côte à côte. Tous les autres gosses s'étaient demandé ce qui n'allait pas entre Addy et Culley.

Addy regrettait terriblement de lui avoir demandé de l'embrasser. Elle voulait retrouver son copain de toujours.

C'était cette année-là qu'elle avait rencontré Mark. Le premier jour de classe. Il arrivait d'un autre comté et s'était inscrit dans leur lycée. Et alors, la prédiction de Culley s'était réalisée. Addy était tombée amoureuse.

Chose étrange, Mark et Culley étaient devenus les meilleurs amis du monde. Et comme Culley l'avait prévu, Addy avait changé tous ses projets d'avenir, les remaniant inconsciemment afin qu'ils coïncident avec ceux de Mark. Elle avait même quitté la petite ville où elle était née et qu'elle aimait tant. Tout ça pour se réveiller un jour, et s'apercevoir que le monde dans lequel elle vivait depuis des années n'avait rien à voir avec la réalité !

— Ils ont fini la soirée, déclara Culley en revenant prendre sa place sur la banquette de cuir.

— Tu es sûr que je ne bouleverse pas tes projets pour ce soir ?

— Je crois que nous avons fait le maximum pour évoquer le bon vieux temps entre copains. Nous en avons tous assez. Ils vont rentrer à l'hôtel pour appeler leurs épouses respectives.

Addy sourit, rêveuse.

— Je songeais à cet après-midi d'été, lorsque nous avions quinze ans. Tu te rappelles ? Je t'avais obligé à m'embrasser.

Culley haussa les sourcils.

— Une dure épreuve.

Les paroles flottèrent entre eux un moment, laissant planer un sous-entendu qui parut dangereux à Addy.

— Cette journée avait tout changé entre nous, dit-elle, surprise par sa propre franchise.

Culley demeura silencieux un instant. Puis il avoua :

— Cela m'avait donné une frousse terrible.

— A toi ?

— Oui.

— Pourquoi ?

— Tu veux que je te réponde franchement ?

Elle acquiesça d'un mouvement de tête.

— Parce que je savais qu'après cela, nous ne pourrions plus jamais être les mêmes amis qu'avant. Avec le recul, ce que nous avons fait paraît assez innocent. Mais je n'ai jamais pu oublier ce baiser.

Addy réfléchit plusieurs secondes, avant d'admettre à son tour :

— Moi non plus. Pour me rassurer, je me suis dit que toutes les filles sont à la fois intriguées et attirées par les garçons qui leur font comprendre qu'ils ne sont pas disponibles.

— Et j'étais un de ceux-là ?

— Et comment !

— Ce n'est pas vrai.

— Si. C'était parfaitement clair pour moi.

— Sur quoi te bases-tu pour affirmer ça ?

— Tu es sorti avec les trois quarts des filles de la classe. Tu les as toutes essayées les unes après les autres, quasiment par ordre alphabétique.

— Tu exagères !

— A peine…

Un sentiment très léger, fugitif, qui ressemblait presque à du bonheur, l'effleura et la fit sourire. Elle ne rêvait pas, ils étaient bien en train de flirter ensemble…

Culley marmonna, d'un ton un peu gêné :

— Tout cela se passait dans une autre vie.

— Alors, tu as changé ?

— Sans doute. Je suis probablement devenu l'homme le plus ennuyeux que tu aies jamais rencontré.

— C'est ce que tu dis ! Je suis sûre que ta clientèle est constituée à quatre-vingts pour cent de femmes.

— Encore une flèche empoisonnée. Et dirigée en plein cœur ! Pourtant, ta remarque est totalement injustifiée.

Addy darda sur lui un regard empreint de doute. Il est vrai qu'elle en était à son deuxième verre de vin et qu'elle avait l'impression d'évoluer dans une sorte de brume.

Un silence s'installa entre eux et se prolongea quelque temps, tandis que les liens qui les avaient réunis resurgissaient lentement et se renouaient. Ils demeurèrent assis, pris dans la magie de cet instant au cours duquel le passé se reconstruisait et rejoignait le présent. Le couple qui fêtait son quarantième anniversaire se leva. L'homme et la femme s'enlacèrent, avant de se diriger d'un pas tranquille vers la porte.

C'est alors que le signal d'alarme retentit aux oreilles d'Addy. Elle se vit là, assise épaule contre épaule, dans le bar le plus luxueux de Manhattan, avec un homme au pouvoir de séduction nettement plus élevé que la moyenne. Et cet homme avait autrefois joué un rôle de premier plan dans sa vie.

*C'est le moment de partir, Addy.*

Elle jeta un coup d'œil à sa montre.

— Minuit et demi, déjà. Je ne m'étais pas rendu compte qu'il était si tard. Il faut que je m'en aille.

Culley fit signe au serveur et demanda l'addition. Il refusa obstinément de partager la note avec Addy.

— Viens, dit-il. Je te raccompagne.

— Oh, ce n'est pas la peine...

46

— Si, j'insiste. Si je ne le fais pas, tu diras à ta mère que je suis mal élevé. Et ensuite, il faudra que j'endure les reproches de la mienne pendant des semaines.

Addy sourit avec indulgence.

— Bon, d'accord. Mais seulement jusqu'à l'ascenseur.

# 4.

Un des ascenseurs du hall était grand ouvert et vide. Addy afficha son plus aimable sourire, laissant entendre qu'elle avait passé une magnifique soirée.

— Merci, Culley. Je suis très heureuse de t'avoir revu.

— Je te raccompagne jusqu'à la porte de ta chambre.

Avant qu'elle ait pu trouver une excuse plausible pour l'en empêcher, il lui prit le bras et l'entraîna à l'intérieur de la cabine. Elle appuya sur le bouton et se rencogna contre la paroi de l'ascenseur. Culley demeura dans le coin opposé. Il y eut un petit silence embarrassé.

Les sonnettes d'alarme retentirent de nouveau dans l'esprit d'Addy, renforcées par la présence toute proche de Culley.

L'ascenseur s'immobilisa, les portes coulissèrent et ils sortirent de la cabine. La chambre d'Addy était tout au bout du couloir.

— Ce n'est pas la peine que tu me ramènes devant la porte, dit-elle. Je peux rentrer seule.

Mais déjà, une petite voix en elle-même criait : *Trop tard !*

— Addy, je ne vais quand même pas te laisser traverser ce long corridor sans escorte, protesta-t-il en lui reprenant d'autorité le bras.

Inutile d'insister davantage, elle aurait eu l'air stupide. Il voulait seulement être poli, après tout ! En outre, elle ne pouvait nier que le fait de sentir sa main sur son bras nu lui donnait un réel sentiment de sécurité. Elle se sentit protégée… même si ce n'était qu'une impression éphémère.

Parvenue devant la porte de la chambre, elle sortit la clé de son petit sac de cuir noir. Culley la lui prit des mains, mais ne fit pas mine d'ouvrir.

— Je suis vraiment contente de t'avoir revu, dit-elle. Je ne m'attendais pas que cette soirée se termine ainsi !

Il darda sur elle un regard fixe, intense. Ses yeux bleus exprimèrent une émotion profonde, comme s'il se livrait une bataille intérieure.

— Moi non plus, avoua-t-il.

La sonnerie de l'ascenseur retentit et les portes de la cabine s'ouvrirent encore une fois. Le couple qui avait occupé la table voisine au bar en émergea. Ils se dirigèrent vers l'autre extrémité du corridor en échangeant quelques paroles à voix basse. Des paroles d'intimité, que nul n'était destiné à entendre, à part eux. La clé tourna dans la serrure avec un petit clic, et Addy perçut leur rire étouffé quand ils franchirent le seuil de la chambre.

Il lui sembla que l'air devenait soudain étouffant dans le corridor. Elle prit une rapide inspiration, fascinée par le regard de l'homme qui se tenait face à elle. Ses superbes yeux bleus semblaient contenir des milliers de questions. Mais elle n'avait pas de réponses à lui offrir. Tout ce dont elle était consciente, c'était d'être pour ainsi dire paralysée

49

par le charme du moment... et par un profond désir de l'inviter à entrer.

La clarté de cette pensée provoqua un choc. Elle avait été mariée pendant onze ans. Et elle avait toujours été une épouse fidèle. En actes comme en pensées. Ses collègues de travail lui avaient parfois reproché ses idées démodées sur le couple et la fidélité. Ils avaient essayé de lui faire croire qu'il n'y avait rien de grave dans le fait d'avoir une aventure occasionnelle sur le lieu de son travail. C'était illégal, mais couramment admis par la société. Addy n'était jamais tombée dans le panneau. Tolérante, elle vivait comme elle l'entendait et ne se mêlait pas des affaires des autres. Toutefois, rien ne l'obligeait à transgresser les principes qu'elle s'était fixés en son for intérieur. Pour elle, une liaison extraconjugale n'avait rien de banal.

Culley tendit la main et lui caressa la joue. Le geste était doux et tendre, mais aussi un peu hésitant. Incertain.

— Je voudrais pouvoir faire disparaître le chagrin que tu ressens, Addy.

Il se pencha pour lui embrasser la joue. Un contact fugitif, léger comme la caresse d'une aile de papillon. Il voulait seulement la consoler. Elle le savait, avec certitude. Mais ce geste d'affection fit naître quelque chose d'autre en elle. Le besoin d'autre chose, qui était entièrement différent. Quelque chose qui aurait pu gommer la douleur qu'elle portait dans son cœur, la faire disparaître.

— Il faudrait que je m'en aille, dit-il.

— Oui, il faudrait, renchérit-elle.

Les secondes s'égrenèrent. Addy était aux prises avec les forces du désir qui s'opposaient à celles de la raison. Ce fut la raison qui perdit la bataille.

— Mais je n'ai pas envie que tu partes.

50

Elle posa une main sur son large torse, la laissa là, avec une intention délibérée.

— Addy...

Sa voix était rauque. Il y avait une indéniable réticence dans la façon dont il prononça son nom.

— Tu souffres...

Il n'avait pas bougé, et cependant elle le voyait déjà reculer. Il ne se trompait pas, elle éprouvait une réelle et profonde souffrance. Il y avait si longtemps qu'elle souffrait qu'elle était lasse d'éprouver ce chagrin. Elle voulait connaître quelque chose de différent. Etait-ce pour cela qu'elle avait envie qu'il l'embrasse ? Elle savait que s'il tournait les talons et l'abandonnait seule ici, quelque chose au fond de son être se briserait en mille morceaux.

— Demande-moi de partir et je te promets que je le ferai, dit Culley.

Devant eux, le chemin se séparait en deux. L'un dont elle pouvait voir le cheminement : l'amitié, des rencontres parfois, au hasard de la vie. L'autre, en revanche, était caché. Elle ne voyait guère plus loin que les premiers pas. L'immédiat.

Eh bien justement, c'était cela qu'elle voulait : l'immédiat. Rien de plus. Seulement ce qui se passait ici et maintenant. Rien que cette nuit. Car ce qu'elle voulait par-dessus tout, c'était ressentir quelque chose. Désirer un homme, être désirée.

— Reste, dit-elle.

L'espace qui les séparait était infime. Elle se pencha vers lui et l'embrassa. Elle, Addy Taylor, dont l'expérience dans le domaine de la passion était nulle, fit le premier pas. Et presque aussitôt, elle éprouva une peur horrible. Allait-il se moquer d'elle ? La trouver gauche, maladroite ? Après tout, son mari était bien allé voir ailleurs... et il y avait certainement une bonne raison à cela.

Mais alors qu'elle ne s'y attendait pas, il l'entoura de ses bras, l'attira vers lui. Et il ne riait pas, ne se moquait pas le moins du monde. Il l'embrassa avec une fougue et une ardeur qui trahissaient ses sentiments. Quand un homme embrasse une femme ainsi, on ne peut s'y tromper. Cela signifie qu'il a envie d'elle.

Un besoin fou et aveugle enveloppa Addy, effaçant tout ce qui l'entourait. Une seule chose demeura présente dans son esprit : le couple qu'elle formait avec Culley, leurs corps enlacés, lovés l'un contre l'autre.

Addy noua alors les bras autour du cou de Culley et l'attira contre elle. Elle ne voulait pas penser à ce qu'ils faisaient, elle ne prit pas le temps d'y réfléchir. Que faisaient-ils ? Où cela les mènerait-il ? Si elle laissait cette pensée prendre corps, ils s'arrêteraient. Et cela, elle ne le voulait pas. Tout ce qu'elle désirait, c'était effacer cet horrible engourdissement qui la paralysait. Chasser le sentiment d'échec qui la taraudait. Le remplacer par des sensations bien réelles : le fait de désirer un homme, d'être désirée en retour. Sentir sa chair s'enflammer à son contact...

Culley la serra étroitement contre lui. Elle eut conscience de deux bras puissants qui lui enlaçaient la taille, la plaquaient littéralement contre son torse viril. Et là, dans ce corridor du quatrième étage de l'Hôtel Plaza, ils échangèrent un baiser enivrant. Le genre de baisers qui balaie tous les doutes.

La tendresse des premières secondes s'évanouit, chassée par le poids du désir. Un désir fou, brutal, poussé par des forces profondes surgies du passé. Toutes les questions qui étaient demeurées en suspens, le besoin et les envies que l'existence avait étouffés remontèrent à la surface.

Culley la poussa contre le mur. Il se pencha légèrement, se pressa contre son corps souple tout en continuant de l'embrasser avec fièvre.

Addy eut le souffle coupé… et oublia carrément de respirer. Elle n'en avait plus besoin. Il lui donnait tout ce qu'il fallait.

La sonnerie de l'ascenseur retentit encore une fois et les ramena à la frontière de la réalité. Culley glissa la clé dans la serrure, poussa le battant et pénétra avec elle dans la chambre, sans cesser de l'embrasser. D'un coup de talon, il referma la porte derrière eux.

L'obscurité les absorba. Addy avait laissé la fenêtre entrouverte. Les bruits de la circulation leur parvinrent de la rue. Des coups de klaxon, des claquements de portières…

Son parfum doux et fleuri, qu'elle avait vaporisé un peu plus tôt dans la soirée, était demeuré en suspens dans l'air tiède de la chambre.

Là, dans l'écrin que formait la pièce, surgit entre eux une nouvelle sorte d'intimité. Chaque baiser se fit plus ardent, plus fiévreux. Addy n'avait jamais éprouvé un tel désir. Il y avait dans cette étreinte quelque chose de nouveau : un sentiment d'inéluctabilité. Comme si cette nuit avec Culley avait été programmée depuis très longtemps, dans un autre univers, dans une autre vie.

Quelqu'un était passé dans la chambre un peu plus tôt pour rabattre le couvre-lit et arranger les oreillers. La radio était allumée et jouait en sourdine. La voix grave et sensuelle d'un D.J. annonça :

— Et maintenant, pour vous tous qui nous écoutez la nuit, voilà un de vos chanteurs préférés : Frank Sinatra.

Malgré l'obscurité, Addy trouva les boutons de la chemise de Culley et les ôta rapidement, avec habileté. Il desserra lui-même sa cravate. Elle fit glisser une main sur son torse nu, explorant le relief de ses muscles, sa peau souple et chaude.

Culley murmura son nom. Sa voix était rauque, assourdie.

La voix de Sinatra les enveloppa, les paroles tourbillonnaient en vagues lentes autour d'eux. Il était question d'envol, de nuages. Exactement ce que ressentait Addy. Comme si une partie d'elle-même se fondait dans un mélange de désir et de besoin impérieux qui l'emportait dans un monde lointain.

Les doigts de Culley se posèrent sur sa nuque. Ses lèvres cherchèrent les siennes, avec une impétuosité vive, ardente comme une flamme. Addy retint son souffle. Ses bras se nouèrent d'eux-mêmes sur le cou de son compagnon, tandis qu'elle reconnut, avec un léger choc mêlé de plaisir, la preuve de son désir viril se pressant contre son ventre.

Ils basculèrent sur le lit et roulèrent sur la montagne d'oreillers appuyés au montant de chêne. Culley les écarta d'un large geste de la main. Leurs doigts s'acharnèrent fébrilement sur les boutons et les fermetures de leurs vêtements. La respiration haletante, ils tirèrent sur les agrafes, comme s'ils étaient conscients que le fait de s'interrompre un seul instant permettrait à la raison et à la logique de faire irruption, mettant ainsi un terme à leur élan de passion.

Sous les mains de Culley, elle eut conscience de se transformer. La femme qui, à la suite de l'infidélité de son mari, avait perdu toute confiance en elle, s'effaça pour laisser place à une femme nouvelle, consciente au plus profond d'elle-même d'être désirée.

Ce n'était pas seulement le fait qu'il la caressait, mais surtout la façon dont il le faisait. Il donnait l'impression d'avoir désiré cette étreinte depuis très longtemps. Etait-ce possible ?

Mais après tout, cela n'avait peut-être aucune importance. Tout ce qui comptait, c'était l'impression de vertige qu'il lui faisait éprouver. Elle planait, très haut dans le ciel, beaucoup plus haut qu'elle n'imaginait pouvoir aller. Mais tout à coup, l'air lui sembla plus rare, elle crut étouffer, elle eut la sensation que ses poumons allient éclater. A cet instant précis, Culley l'embrassa de nouveau et demanda :

— Tu es sûre de vouloir, Addy ?

Elle aurait pu changer d'avis en chemin, n'est-ce pas ?

Elle avait le choix, à présent.

Répondre par oui ou par non.

Mais pour la première fois depuis de longs mois, la souffrance qu'elle portait en elle avait disparu. Tout ce qu'elle voulait, c'était demeurer là. Le seul endroit où elle ne souffrait pas. Et donc, elle embrassa Culley.

Il lui rendit son baiser avec fièvre.

Dans la chambre d'hôtel obscure, la voix de Sinatra continuait de s'écouler, douce et sirupeuse. Quelque part dans la rue, un cheval fit entendre un hennissement, dominé presque aussitôt par le cliquetis des roues sur les pavés.

Culley fut éveillé par un rayon de soleil qui tombait tout droit sur le lit. Pendant une seconde, dans un demi-sommeil, il se sentit submergé par une vague de bien-être. Comme un homme qui vient d'étancher sa soif après avoir passé une semaine dans le désert. Il était régénéré. Remis à neuf.

Puis il se rappela ce qui s'était passé et s'assit dans le lit.

— Addy ?

D'un bond, il fut dans la salle de bains. La pièce était vide. Il jeta un coup d'œil dans le placard. Plus de vêtements. Pas de valise non plus.

Il inspecta le lit, espérant y trouver un mot d'explication, puis examina aussi le bureau, de l'autre côté de la chambre. Enfin, il alla à la fenêtre et contempla le flot déjà dense des voitures dans la rue.

Elle était partie.

Pas besoin d'être un génie pour comprendre ce que signifiait ce départ précipité.

Il posa une main sur sa nuque. Il aurait dû se contenter de la raccompagner jusqu'à sa chambre, la veille. Et s'esquiver au moment où il avait senti que la situation lui échappait. C'est ainsi qu'aurait dû se conduire un ami.

Mais à vrai dire, il n'avait pas eu du tout envie de partir.

La vérité, c'est que la veille au soir, il s'était senti un peu redevenir lui-même. Ce qui ne lui était pas arrivé depuis… depuis si longtemps qu'il n'avait pas tenu le compte des mois et des années ! Pendant quelques heures, il avait refermé la porte sur le sentiment de culpabilité qui le poursuivait et s'était contenté d'être *bien*. Bien avec une femme qui, autrefois, avait été sa meilleure amie.

Dans la vie normale, il aurait écouté la voix de la raison. En temps ordinaire, il ne couchait pas avec des femmes qui avaient perdu toutes leurs illusions. Il était le père d'une enfant unique, un père responsable. Et le médecin d'une petite ville où tout le monde savait qu'il prenait le temps d'écouter ses patients parler de leurs problèmes personnels. Dans cette vie-là, certes, il aurait été raisonnable. Mais selon toutes apparences, il avait délibérément tourné le dos à la raison, la veille.

Toutefois, elle était de retour ce matin et il l'entendait hurler à ses oreilles comme à travers un mégaphone ! Sans compter que sa conscience le tarabustait aussi, contribuant à éveiller chez lui un sentiment d'urgence.

Il fallait qu'il la rappelle. Qu'il aille la voir à Washington. Il avait déjà commis suffisamment d'erreurs comme ça dans sa vie. Inutile d'en rajouter sur une liste déjà longue.


Les erreurs de la vie... Pourquoi fallait-il qu'on les ressente aussi fort ?

Lorsque l'avion atterrit à Washington, un peu après 10 heures, Addy était littéralement rongée par les remords.

Elle avait quitté sa chambre d'hôtel juste avant 6 heures. En prenant toutes sortes de précautions pour ne pas le réveiller. Chaque fois que sa pensée revenait sur les événements de la veille, elle fermait les yeux et s'obligeait à penser à autre chose.

Pourquoi avait-il fallu que dans une ville aussi peuplée que New York, elle tombe justement sur Culley ? Il avait suffi d'une conversation à bâtons rompus et de quelques verres de vin pour qu'elle se jette à son cou !

A ce souvenir, ses joues s'enflammèrent.

Tout ce qu'elle voulait, c'était quelques heures d'oubli. Trouver un endroit où elle échapperait à la peine, au chagrin qui la poursuivaient. Réparer en quelque sorte les accrocs faits à son cœur. En somme, elle y avait réussi. Du moins pour quelques heures. Un petit moment de paix qui lui coûterait sans doute des années de regrets.

Car il était déjà là, le regret ! Il la narguait, tel un gros nuage noir menaçant de s'abattre sur ses épaules.

Si seulement elle avait pu remonter le temps ! Une douzaine d'heures, pas plus. Elle aurait pris la navette pour Washington, la veille au soir. Ellen et elle seraient sorties, auraient mis le feu à Georgetown ! Ou bien elle serait restée chez elle pour regarder la télévision en mangeant des hamburgers. Enfin, n'importe quoi... sauf ce qui s'était passé en réalité.

Les regrets avaient beau être douloureux, ils ne changeaient rien à la situation...

La seule chose qui la consolait, c'était d'avoir quitté l'hôtel avant qu'il ne se soit réveillé. Au moins, ils n'avaient pas eu besoin d'exprimer à haute voix ce que tous deux savaient déjà en leur for intérieur.

*Cela n'aurait jamais dû se produire.*

Et cela ne se reproduirait plus.

Son numéro de téléphone à Washington ne se trouvait pas dans l'annuaire.

Culley avait appelé les renseignements cinq fois en espérant que le nouvel opérateur lui donnerait une réponse différente du précédent.

Après avoir quitté la chambre d'Addy, il était retourné à son hôtel pour se doucher et préparer ses bagages. Puis il avait laissé une note à l'intention de ses camarades, leur expliquant qu'à la suite d'un événement imprévu, il était obligé de rentrer chez lui. C'était sans doute une façon un peu lâche de s'échapper. Mais il n'avait aucune envie d'essuyer un feu de questions au sujet de ce qui s'était passé la veille. Il les connaissait, ces gaillards... Ils ne lui feraient grâce de rien !

Arrivé à l'aéroport, il sortit son téléphone mobile et composa le numéro de la société pour laquelle Addy travaillait à Washington. Avec un peu de chance, elle serait déjà de retour et derrière son bureau. La standardiste le renvoya sur la messagerie vocale de la jeune femme. Il lui laissa un court message, hésita un instant à en dire davantage, mais renonça à la dernière seconde et raccrocha. En réalité, il ne savait pas quoi lui dire.

Addy se rendit directement à son bureau, bien décidée à s'absorber jusqu'au cou dans ses dossiers.

Naturellement, Ellen était déjà là. Addy passa devant son bureau en lui lançant un bonjour désinvolte et se dirigea d'un pas ferme vers son propre bureau, deux portes plus loin.

— Hou ! hou ! s'écria Ellen.

— On se verra plus tard, répondit Addy en franchissant sa porte.

Elle déposa son manteau et son sac sur un fauteuil de cuir, traversa la pièce et alla s'effondrer sur la chaise derrière sa table de travail.

Ellen apparut alors dans l'embrasure et croisa les bras en s'appuyant au chambranle. Ses cheveux bruns étaient tirés en arrière et elle ne portait pas de maquillage. Elle était vêtue de vêtements de sport et avait chaussé ses Nike.

— Tu es en forme pour notre entraînement ?

Elles avaient pris l'habitude d'aller courir ensemble chaque jour, à l'heure du déjeuner. Addy secoua la tête, pressant un doigt contre sa tempe douloureuse.

— Pas aujourd'hui.

Ellen haussa les sourcils et demanda :

— Alors, cette petite robe noire, qu'est-ce que ça donnait ?

— J'aurais mieux fait de la laisser sur son cintre.

Ellen entra carrément et s'assit face à son amie. Elle avait tout à fait l'allure d'un psychothérapeute qui sent qu'il tient un bon filon.

— Raconte.

— Il n'y a rien à raconter.

— J'ai de la patience. J'attendrai que tu craques.

— Ellen...

— Alors, tu as abandonné ton livre dans la chambre d'hôtel ?

Addy soupira.

— Bon, d'accord. J'ai rencontré par hasard un vieil ami de lycée.

— *Et puis ?*

— Nous avons pris un verre à l'Oak Bar et nous avons bavardé.

— Et puis ?

Addy pencha la tête de côté, sans répondre.

Ellen écarquilla les yeux.

— Tu as couché avec lui !

Addy dissimula son visage derrière ses mains.

— Dit comme cela, c'est si...

— Si merveilleux !

— Ellen, je t'en prie...

— Quoi, ce n'était pas merveilleux ?

— Ellen ! Je n'arrive toujours pas à croire que j'aie pu faire une chose pareille... Cela me ressemble si peu !

— C'est pourtant exactement ce qu'il te fallait. Il y a des mois que tu t'es séparée de Mark, et tu n'es jamais sortie avec un autre homme. C'est cela qui n'était pas normal.

60

— Oh, Ellen..., reprit Addy avec une grimace. Nous avons grandi dans la même ville, tu comprends ? Sa mère et la mienne allaient au cinéma ensemble tous les mardis soir. Il doit me trouver terriblement...

— Humaine ?

— Oh, c'est trop facile de dire ça !

Ellen se mit à rire.

— A t'entendre, on se croirait encore dans les années 50.

— Tu n'es pas drôle.

— Addy, au fait, j'espère que tu as pensé à te protéger... ?

Addy leva une main devant elle :

— Ta question est trop personnelle, je refuse d'y répondre.

Ellen rit de plus belle.

— Décidément, tu t'es trompée d'époque.

Addy se renversa dans son fauteuil et contempla le plafond.

— Pourquoi a-t-il fallu que je tombe sur lui ? J'aurais dû choisir un homme que j'étais sûre de ne jamais revoir.

— Tu n'aurais pas couché avec un parfait inconnu. Ce n'est pas pour rien que ton choix s'est porté sur un vieil ami. Il y a une bonne raison pour ça.

— Sans doute le fait que j'ai temporairement perdu mes facultés de raisonnement ?

Ellen croisa les bras et regarda longuement son amie.

— Tu ne peux pas te laisser aller, de temps en temps ? Te *lâcher* un peu ?

— Oui, mais ce qui s'est passé hier soir... en temps normal, je n'aurais jamais...

Ellen l'interrompit d'un geste.

— Laisse tomber ta conscience, Addy. Aie un peu d'indulgence pour toi-même, ajouta-t-elle d'un ton plus doux. Tu as passé de durs moments, ces derniers mois. Si hier soir tu as un peu oublié tout ça, où est le mal ?

— Partout.

Ellen se leva sans un mot et se dirigea vers le meuble où Addy rangeait ses vêtements de sport. Elle les sortit et les posa sur le bureau.

— Habille-toi. Nous allons courir. Cela t'aidera à faire passer les sentiments de culpabilité dans lesquels tu baignes.

— Je ne crois pas que ça me soit d'un grand secours.

— Si ça ne marche pas, je me charge de te botter les fesses. Histoire de t'aider à penser à autre chose.

Addy ramassa son jogging et l'emporta dans les toilettes attenantes à son bureau.

— Bon… merci.

— De rien, répliqua Ellen avec un grand sourire. Les amies sont faites pour ça.

# 5.

Quand Addy rentra chez elle, le samedi après-midi, elle trouva quatre messages de Culley sur son répondeur. Dans le premier, il lui expliquait que sa mère lui avait donné son numéro de téléphone.

Le dimanche, il laissa trois messages.

Le lundi, deux.

Le mardi, un seul.

Le mercredi, elle vit sur la liste des communications reçues qu'il avait appelé. Mais il n'y avait pas de message.

Le jeudi, rien.

Addy se sentit terriblement coupable d'avoir ignoré ses appels. Mais qu'auraient-ils eu à se dire ? Il n'y avait *rien* à dire. Et la dernière chose dont elle avait besoin, c'était de retrouver, exprimés dans la voix de Culley, les regrets qu'elle éprouvait elle-même. Mieux valait laisser tomber tout cela dans les oubliettes. Réduire cette nuit à ce qu'elle était en réalité : quelques heures pendant lesquelles leurs chemins s'étaient croisés. Ils avaient pu s'offrir mutuellement un peu de réconfort. Et de fait, il n'y avait rien de plus.

Le fait d'avoir passé la nuit avec Culley n'avait pas réparé ce qui en elle était brisé. Cela n'avait pas restauré sa confiance en ses propres capacités de jugement. L'assurance qu'elle avait cru posséder, autrefois, avait été si malmenée qu'elle en était au point où la seule chose qui lui semblait rassurante, c'était de rester tapie dans son coin. Sans bouger. Poser le pied dans une direction ou dans l'autre risquait de déclencher une nouvelle catastrophe. Un séisme aussi puissant que celui provoqué par l'infidélité de son mari. Une fois de plus, son environnement serait bouleversé, et plus rien n'aurait de sens.

Ce n'était pas cela qu'elle voulait. Ce qu'il lui fallait, c'était la sécurité.

Elle ne le rappela pas.


Le cabinet médical que Culley avait racheté au vieux Dr Nettles était situé dans une maison de deux étages de Oak Street, dans le centre-ville. La bâtisse datait du XVIIIe siècle, et l'on disait que c'était une ancienne auberge qui avait accueilli autrefois des célébrités. Pirates, voleurs de grand chemin...

Culley s'était attaché à cet endroit dès qu'il en avait franchi le seuil et que le Dr Nettles lui avait fait visiter les pièces lambrissées et parquetées de chêne. Le vieux médecin avait tenu le plus longtemps possible à son poste, jusqu'à ce que l'arthrite le fasse souffrir au point de ne pouvoir tenir une journée entière sur ses jambes.

Le fait de revenir à Harper's Mill pour y créer son propre cabinet avait constitué pour Culley le début d'une vie nouvelle, en compagnie de sa fille Madeline. Depuis trois ans, la tranquille simplicité de leur existence le satisfaisait pleinement et lui apportait même un certain bien-être. Pendant très longtemps, leur vie avait été loin d'être simple. Aussi attachait-il plus d'importance à cette nouvelle sérénité qu'à n'importe quelle possession matérielle.

Aujourd'hui, toutefois, les choses ne lui paraissaient pas aussi simples que d'habitude. *Rien* n'était simple depuis qu'il était revenu de New York, le samedi après-midi.

Il était presque 18 heures, et il venait de recevoir son dernier patient en consultation. La salle d'attente n'avait pas désempli de la journée et il n'avait même pas pu s'interrompre pour aller déjeuner. Il referma la porte de son bureau derrière lui, prit un flacon d'antalgiques dans son tiroir et en avala deux, sans même prendre la peine de se servir un verre d'eau. Puis il s'affala dans le canapé placé face à son bureau, renversa la tête en arrière et contempla le plafond. Sa main esquissa un geste vers le téléphone, mais il la retira vivement, comme s'il craignait que ses doigts ne composent un certain numéro malgré lui. *Non.* Pas question. Le nombre de messages qu'il avait déjà laissés était suffisamment important. S'il continuait, cela deviendrait ridicule.

Il se passa une main sur le visage. Pourquoi refusait-elle de lui parler ? Regrettait-elle à ce point ce qui s'était passé ? Il fallait croire que oui.

Et il ne pouvait s'empêcher de penser à elle. Il n'avait même fait que cela depuis samedi matin... quand il avait constaté en se réveillant, qu'elle avait disparu. Il pensait à elle en entrant les dossiers de ses malades dans l'ordinateur. En lisant des histoires à Madeline, le soir, avant qu'elle ne s'endorme. Il pensait à elle en se couchant, puis pendant les longues heures où il cherchait en vain le sommeil.

La reverrait-il un jour ?

Il avait pourtant essayé de considérer la situation sous un angle objectif. Son côté rationnel lui disait qu'il s'agissait d'une simple aventure. Une de ces choses qui arrivaient au moins une fois dans la vie. Addy souffrait. Elle avait eu besoin de quelqu'un pour l'aider à croire de nouveau en elle. Et le destin l'avait mis, lui, sur le chemin de la jeune femme.

Pour sa défense, il pouvait dire qu'elle avait aussi comblé une faille chez lui, ce soir-là. Depuis son divorce, il n'avait pas connu beaucoup de femmes. Aucune ne l'avait sérieusement intéressé. Il avait essayé, bien sûr, de retrouver une vie normale. Mais les deux dernières années de sa vie de couple avaient été si accablantes ! Il avait eu l'impression de vivre un cauchemar. Et quoi qu'il fît pour changer cela, le résultat était toujours le même.

Avec Addy, il s'était senti en confiance. Sans doute parce qu'il y avait eu une époque où ils avaient été si proches qu'ils n'ignoraient plus rien l'un de l'autre. Aussi, en face d'elle, avait-il oublié sa méfiance habituelle.

Il posa les doigts sur l'arête de son nez et ferma les yeux en espérant que l'antalgique ne tarderait pas à faire son effet. Le sang lui battait aux tempes et son crâne était terriblement douloureux.

Il n'éprouvait qu'un seul regret concernant cette fameuse nuit. C'était l'idée qu'ils ne sauraient jamais s'il y aurait pu avoir quelque chose de plus entre eux.

Quelqu'un frappa à la porte.

— Entrez.

Tracy Whitmire, la secrétaire, pénétra dans la pièce et déposa le courrier sur son bureau. Elle avait des cheveux roux et des yeux bleus qui le regardaient avec sévérité, derrière la monture rectangulaire de ses lunettes.

— Vous allez rentrer chez vous ?

— Oui, dans un petit moment.

— Tant mieux. Je connais une petite fille qui a besoin de voir son papa.

Venant d'une autre personne, Culley aurait interprété cette remarque comme une critique. Mais Tracy était une mère célibataire, et ils avaient eu plus d'une conversation sur la difficulté qu'éprouvaient les familles monoparentales à passer suffisamment de temps, en semaine, avec leurs enfants.

— Je compte rentrer directement à la maison, précisa-t-il. Bonsoir.

— Bonsoir, répondit-elle en tirant la porte derrière elle.

Culley prit son courrier et le tria, jetant directement les lettres publicitaires dans la corbeille à papier. Une écriture connue sur une enveloppe, accrocha son regard. Il vérifia l'adresse de l'expéditeur : « Prison de femmes de Mecklinburg. »

Son bras retomba et il contempla fixement l'enveloppe, l'estomac contracté. Un instant, il envisagea de ne pas l'ouvrir ce soir. Mais il savait qu'il ne dormirait pas tant qu'il n'aurait pas pris connaissance du contenu.

Il déchira l'enveloppe et en sortit une feuille qu'il déplia. C'était une feuille à carreaux aux bords irréguliers, manifestement arrachée à un cahier d'écolier. Culley reconnut l'écriture de Liz, même si elle avait perdu sa vigueur d'autrefois. Les lettres étaient tracées de façon malhabile, comme si sa main avait tremblé.

« Cher Culley, écrivait-elle.

» J'espère que Madeline et toi êtes en bonne santé. Bien que l'endroit où je me trouve ne soit pas vraiment agréable, je peux dire que je vais mieux. J'ai beaucoup réfléchi. Il est vrai qu'il n'y a pas grand-chose d'autre à faire ici.

» Comment va Madeline ? Elle a dû grandir et changer, depuis le temps. Parle-t-elle de moi, de temps à autre ? Demande-t-elle de mes nouvelles ?

» Je sais que j'ai eu plus de chance que je n'en méritais et que tu as été plus indulgent envers moi que ne l'aurait été n'importe qui d'autre. Mais aussi, cette fois, je veux que tout se passe bien. Je veux racheter ma conduite. Je sais que je t'ai beaucoup déçu et je me suis déçue moi-même. J'ai du mal à supporter l'idée de ce que j'ai fait. C'est tellement affreux.

» Apparemment, je n'accomplirai que les trois quarts de ma peine, car j'ai été proposée pour une libération anticipée. Je n'arrive pas à croire que je n'ai plus que quelques semaines à passer ici. Penses-tu pouvoir venir me rendre visite avant le moment de ma libération ? J'aimerais tellement te parler ! Je sais ce que représente pour toi ce genre de visite, et je sais aussi que je t'en ai déjà demandé beaucoup. Cependant, tu ne peux imaginer le plaisir que tu me ferais en venant me voir.

» J'attends avec impatience de tes nouvelles,

Liz. »

Culley se renversa dans le canapé et poussa un long soupir. Alors seulement, il se rendit compte qu'il avait retenu son souffle pendant toute la lecture de la lettre.

Certains jours, il pouvait passer des heures sans songer un seul instant à ce qui s'était passé trois ans auparavant. Mais la plupart du temps, cette pensée le hantait. C'était comme un lourd nuage gris qui jetait en permanence une ombre sur sa vie.

Ses yeux se posèrent de nouveau sur la lettre. Il avait envie de répondre tout de suite... pour lui dire qu'il ne pourrait pas venir.

Mais il y avait encore en lui ce sentiment diffus qu'il avait éprouvé pour elle les dernières années de leur mariage. La pitié. Et aussi une certaine culpabilité à l'idée qu'il n'avait pas su l'aider.

En proie à ces deux émotions, il déposa la lettre sur son bureau. Et il décida de rentrer chez lui pour voir sa petite fille.


Le mois suivant passa à toute vitesse. Addy se consacra à son travail, s'accordant à peine quelques heures pour dormir, et pour manger, quand elle y pensait. Ellen parvint à la faire sortir deux fois le soir. Mais la vie noctambule des célibataires de Washington présentait pour elle à peu près autant d'attraits qu'une route se perdant dans le désert d'Arizona.

Elle avait tant travaillé qu'elle avait réussi à accumuler plus d'heures supplémentaires qu'Ellen elle-même. Ceci présentait l'avantage de ne pas lui laisser une minute pour s'adresser des reproches en son for intérieur. Chose dont elle ne s'était pourtant pas privée, les semaines précédentes.

Culley n'avait pas rappelé. Ce qui était très bien.

Certes, elle se sentait un peu comme un écureuil pris au piège dans la roue qu'il faisait tourner inlassablement. Mais tout, dans son existence, était ordonné et prévisible. Si bien qu'elle était parvenue à se convaincre que tout allait pour le mieux et que rien ne clochait.

Elle avait l'esprit tranquille. Mais c'est justement quand vous pensez que tout va bien, que votre tente est solidement arrimée et que vous allez pouvoir dormir sur vos deux oreilles, qu'un coup de vent violent et inattendu balaie en quelques minutes le fruit de vos efforts.

C'est exactement ce qui se passa un jeudi matin, au début du mois de mai.

Addy était à son bureau, quand l'un des autres avocats de la firme l'appela sur la ligne intérieure pour lui signaler un appel téléphonique. La réceptionniste n'arrivait pas avant 8 heures ; aussi, en attendant, les avocats prenaient-ils eux-mêmes le standard, chacun son tour. Elle colla un Post-it sur la page du dossier qu'elle était en train d'examiner et répondit d'un ton bref :

— Addy Taylor.

— Bonjour, Addy. Ici Oley Guilliams, de Harper's Mill Memorial.

Addy se carra dans son fauteuil. Mme Guilliams avait été autrefois son professeur de catéchisme. Il y avait des années qu'elle n'avait pas entendu son nom.

— Bonjour, madame Guilliams. Comment allez-vous ?

— Je vais bien, mon petit. En fait, je suis désolée, mais j'ai une mauvaise nouvelle pour toi. Ta maman a été admise aux urgences il y a quelques minutes. Elle m'a demandé de te prévenir.

Addy sentit son cœur sombrer. Son stylo lui échappa et un tremblement de panique se propagea dans tous ses membres.

— Que se passe-t-il ? Que lui est-il arrivé ?

— Eh bien, nous ne sommes encore sûrs de rien. Pour l'instant, nous lui faisons passer quelques examens.

Addy demeura un moment silencieuse, assommée par la nouvelle.

— Addy ?

— Oui ?

— Tu te sens bien, mon petit ?

— Oui. J'arrive. Aussi vite que possible.

— Très bien, ma chérie.

Addy raccrocha et sa main demeura quelques secondes crispée sur le téléphone. Elle revit sa mère dans le verger, perchée sur le vieux tracteur rouge Massey Ferguson. Passant entre les rangées de pommiers. Plantant de nouveaux arbustes dans un champ. Sa mère avait toujours été éclatante de santé.

Une peur soudaine, irrépressible, s'empara d'elle et la força à se lever. Elle glissa vivement son ordinateur portable dans son étui, saisit son sac et quitta le bureau dans la minute.

Elle réussit à avoir une place sur un vol à destination de Charlotte, en Caroline du Nord. De là, elle sauta dans la navette pour Roanoke, en Virginie. Ce ne fut qu'une fois arrivée à l'aéroport qu'elle appela Ellen pour la mettre au courant.

Le vol pour Roanoke était court. Néanmoins, ce fut amplement suffisant pour que l'inquiétude ait le temps de s'installer. Sa mère était la femme la plus solide qu'elle ait jamais connue. C'était simple : Addy ne pouvait pas l'imaginer malade. Même en remontant très loin dans ses souvenirs, elle ne la revoyait pas alitée. Tout au plus avait-elle eu quelques rhumes qui duraient un jour ou deux.

A la suite de l'inquiétude s'engouffrèrent les remords. Il y avait presque un an qu'elle n'était pas retournée à la maison. Elle avait prévu deux fois de s'y rendre, mais avait dû chaque fois annuler son voyage au dernier moment, à cause d'un imprévu. Le plus terrible dans l'histoire, c'était qu'elle s'était sentie presque soulagée de ne pas effectuer ces visites à Harper's Mill.

C'était tellement plus facile, de ne pas voir sa mère. De ne pas constater dans la réalité les fractures qui s'étaient produites dans leur relation. Tant qu'il s'agissait simplement de se parler par téléphone, elles pouvaient toujours faire comme si tout était normal. Se questionner mutuellement sur leur vie, leur travail, leurs amis. Tout en se dissimulant la gêne qui avait fini par s'installer entre elles. L'éloignement.

C'était affreux, mais c'était la réalité.

Parvenue à Roanoke, elle loua une voiture pour parcourir la cinquantaine de kilomètres qui la séparait encore de Harper's Mill. Il était un peu plus de 2 heures quand elle se gara enfin dans le parking de l'hôpital. Celui-ci avait été construit dans les années 60. C'était un bâtiment en brique rouge, d'un étage, auquel on avait récemment ajouté une aile afin de le moderniser.

Addy traversa le parking en courant, franchit l'entrée principale en trombe, et s'arrêta seulement devant le bureau des renseignements pour demander où se trouvait sa mère.

La réceptionniste était une jeune femme aux joues rondes et aux yeux souriants. Elle tapota sur le clavier de son ordinateur avant d'annoncer :

— Elle vient d'être admise dans la chambre 115. Juste à votre droite.

— Merci, répondit Addy avant de s'engouffrer dans un corridor.

Ida Rutherford, la meilleure amie de Claire, se tenait devant la porte de la chambre. Ida était la mère de Culley. Elle n'était pas grande et, avec l'âge, sa silhouette s'était arrondie. Mais elle était toujours habillée avec autant de recherche et d'élégance que si elle venait assister à une réunion importante. Ida était aussi le genre de femme qui donnait une impression rassurante de confort et de familiarité. Addy fut submergée de joie et de soulagement en la voyant.

— Addy, ma chérie ! s'exclama l'amie de Claire en lui ouvrant les bras.

Addy se blottit contre elle et sentit un léger sanglot lui nouer la gorge.

— Claire va se remettre rapidement, affirma Ida en lui tapotant gentiment l'épaule. Ta mère a toujours été très solide. N'oublie pas cela.

Addy recula d'un pas, s'essuyant les yeux du bout des doigts.

— Que s'est-il passé ?

Ida ouvrit son sac à main et en sortit un mouchoir en papier qu'elle lui tendit.

— Le Dr Moore t'expliquera ça mieux que moi. J'espère que tu ne seras pas fâchée, mais j'ai aussi appelé Culley. Il est déjà passé deux fois, pour voir comment elle allait.

Addy essaya de sourire, mais en vain. Elle hocha la tête et murmura :

— Merci, Ida.

— Entre, ma chérie, dit Ida en lui pressant doucement la main. Tu te sentiras mieux quand tu l'auras vue.

Addy pénétra dans la chambre et s'arrêta au pied du lit. Une nouvelle émotion surgit quand elle vit sa mère.

Allongée, immobile, contre les draps blancs, celle-ci lui parut excessivement fatiguée et vulnérable. Deux adjectifs qu'Addy n'aurait jamais songé à associer à Claire. Sa mère avait toujours paru posséder des trésors d'énergie, stockés en abondance au fond d'elle-même. Mais ce qu'elle trouva

le plus étrange, ce fut son manque de défenses. Elle avai
toujours affiché l'image de la mère forte et déterminée
Claire était le genre de femme qui encaissait les chocs
et continuait de vivre comme si de rien n'était. Quand la
vie devenait dure envers elle, elle résistait. Et elle-même
devenait plus dure.

Elle ouvrit les yeux et cligna les paupières, comme si
elle doutait de ce qu'elle voyait. Puis elle sourit.

— Bonjour, ma chérie...

Addy s'approcha et lui prit la main.

— Bonjour, maman. Que fais-tu ici, dis-moi ?

— Eh bien, j'aurais préféré partir en croisière mais tous
les bateaux étaient complets.

Addy grimaça un sourire.

— Comment te sens-tu ?

— Pas trop mal. Ce n'était pas la peine de faire ce long
voyage pour me voir.

— Mais si, voyons...

Addy demeura silencieuse quelques secondes, trop émue
pour tenter de prononcer un mot. Puis elle parvint à articuler
d'une voix étranglée :

— Je n'ai pas encore vu ton médecin. Mais dès qu'il...

— Ne t'inquiète pas. Un ou deux jours de repos et il n'y
paraîtra plus. La machine sera comme neuve.

— Ça, je n'en doute pas.

La personne qui venait de prononcer ces paroles franchit
la porte de la chambre.

Addy leva la tête et croisa le regard doux d'un homme
aux cheveux grisonnants, vêtu d'une blouse blanche. Il
traversa la pièce, la main tendue.

— Je suis le Dr Moore. Et je présume que vous êtes la
fille dont Claire est si fière ?

Addy coula un rapide regard à sa mère et serra la main du médecin.

— Enchantée, docteur Moore.

— Eh bien, Claire, dit-il en s'asseyant sur un tabouret placé au pied du lit, j'ai une bonne nouvelle pour vous : vous avez eu de la chance de ne pas avoir une attaque plus grave. En revanche, si nous ne parvenons pas à contrôler votre tension artérielle, vous ferez une candidate idéale pour cela. Je viens d'échanger quelques mots avec le Dr Rutherford. Il m'a dit que vous suiviez un traitement depuis un an. Est-ce exact ?

Addy regarda sa mère en essayant de dissimuler sa surprise. Depuis un an ?

— Avez-vous eu des ennuis récemment ? poursuivit le médecin. Quelque chose d'inhabituel serait-il survenu ?

Claire baissa les yeux et contempla ses mains.

— Non, rien.

Le Dr Moore darda sur elle un regard pénétrant. A croire qu'il avait l'habitude d'arracher à ses patients leurs plus profonds secrets.

— Je me suis entendu avec le Dr Rutherford pour modifier légèrement votre traitement. Mais nous avons besoin de savoir s'il existe dans votre vie des facteurs de risques, afin d'adapter la médication en fonction de cela. C'est bien votre verger qui longe la Route 836, n'est-ce pas ?

— Oui.

— Et vous travaillez toute la journée à l'extérieur ?

— En effet.

— Vous serait-il possible de diminuer vos heures de travail ?

— Je ne vois pas comment.

Le médecin posa son classeur sur ses genoux et passa une main sur sa nuque.

— Je ne veux pas vous effrayer. Mais parfois, il faut ce genre d'alerte pour décider les gens à opérer les changements nécessaires dans leur vie. Vous risquez une attaque cérébrale, Claire. Vous avez eu de la chance pour cette fois. Et j'aimerais beaucoup que vous fassiez ce qu'il faut pour diminuer ce risque.

— Je tiendrai compte de vos conseils, docteur Moore.

Le médecin se leva et déclara :

— Il est préférable que nous vous gardions encore cette nuit. Vous rentrerez chez vous demain matin. L'une de vous a-t-elle des questions à poser ?

— Non, répondit Claire.

Addy secoua la tête et dit simplement :

— Merci, docteur.

— Dans ce cas, je repasserai vous voir un peu plus tard dans la soirée, Claire.

Lorsqu'il eut quitté la chambre, Addy se tourna vers sa mère.

— Depuis quand sais-tu que ta tension artérielle est trop élevée ?

— Quelque temps. Je ne voulais pas t'ennuyer avec ça. Cela ne me semblait pas très important.

Addy voulut protester, mais renonça. Depuis quand n'avait-elle plus pris le temps d'avoir une longue conversation avec sa mère ?

Une vague de culpabilité fondit sur elle et elle serra les lèvres en silence.

Claire se renversa contre les oreillers.

— Cela ne t'ennuie pas si je ferme les yeux quelques

minutes ? Je pense qu'ils ont dû mettre du Martini dans cette perfusion. J'ai la tête qui tourne...

Addy s'assit dans le fauteuil, près de la fenêtre.

— Dors. Je reste à côté de toi.

# 6.

Elle demeura dans la chambre jusqu'à 19 heures. Claire dormit la plus grande partie du temps, ne s'éveillant que pour s'excuser de causer autant de souci et de dérangement à sa fille, et insistant pour qu'Addy rentre se reposer.

— Tu ne peux rien faire pour moi, ici. Et je serais tellement plus tranquille si tu allais t'occuper de Peabody. Je lui ai laissé de quoi manger, mais il doit se demander où je suis.

— Je serais étonnée que ma présence le rassure.

— Ne crois pas cela, il se fera à l'idée de te voir à ma place, répondit Claire avec un faible sourire. Tu sais où est cachée la clé. Tu n'as qu'à entrer et t'installer.

— D'accord, mais je reviendrai demain matin à la première heure.

Addy se pencha pour embrasser sa mère.

— Bonne nuit, maman.

— Bonne nuit, mon cœur.

Addy quitta l'hôpital, traversa la ville et prit la Route 220 en direction du Sud, jusqu'au croisement avec la petite route secondaire de Harper's Mill. Quand elle se fut engagée dans le chemin étroit et sinueux qui menait à Taylor Orchards, elle arrêta la climatisation et descendit sa vitre. Des senteurs et des bruits familiers lui parvinrent alors, touchant une fibre profondément enfouie en elle. Sur la gauche de la route, des vaches paissaient paisiblement. Les parfums printaniers d'herbe fraîche et de terre humide se mêlaient à l'odeur de la laiterie Bowman, située à l'autre extrémité du pré.

Un kilomètre plus loin, elle tourna à gauche et s'engagea dans l'allée de gravier qui menait à Taylor Mountain. Son cœur battit un peu plus vite. Une puissante vague de nostalgie l'enveloppa lorsqu'elle aperçut enfin la ferme aux murs blancs se détachant contre les montagnes sombres. Le bâtiment avait été construit vers la fin du XIXᵉ siècle par les arrières-grands-parents maternels d'Addy. Ils avaient cultivé les terres environnantes, produisant du maïs, du blé et divers légumes. Puis, dans les années 30, ses grands-parents avaient planté les pommiers. Des rangées de Granny Smith et de Red Delicious, qui étaient ensuite expédiées par train sur la côte Est. Alors, le nom des Taylor avait commencé à être connu dans le monde de l'industrie agro-alimentaire.

Une foule de souvenirs déboulèrent en vrac dans sa mémoire. Des journées d'été passées dans le verger. Sa mère faisant sonner chaque soir la vieille cloche noire, à l'arrière de la maison, pour annoncer que le dîner était prêt.

Elle se pencha sur le volant, comme pour mieux absorber le paysage, les odeurs, les couleurs. A un moment de son existence elle avait cru que, comme pour sa mère, le verger représentait sa vie future, son travail. Mais Mark avait eu d'autres projets. D'autres lieux, un autre métier. Et Addy avait fini par se convaincre qu'elle aspirait aux mêmes choses que lui.

Elle descendit de voiture, trouva la clé à sa place habituelle, sous un des pots de fleurs en terre cuite qui garnissaient les marches du perron, et pénétra dans la maison. Là aussi, les odeurs familières se précipitèrent à sa rencontre. L'odeur persistante du pain qui avait cuit dans le four. La cire parfumée au citron que sa mère utilisait depuis toujours pour les meubles.

Elle entendit un miaulement dans le salon, suivi par le bruit sourd de quatre pattes retombant sur le parquet de chêne. Peabody entra dans le hall d'un pas alerte. Il s'immobilisa brusquement en voyant Addy, et sa queue dressée forma un point d'interrogation. C'était un superbe chat noir. Seul le bout de ses pattes était blanc, ce qui donnait l'impression qu'il portait des chaussons immaculés. Son regard vert exprima vis-à-vis d'Addy un mépris souverain.

— Je l'avais prévenue que tu ne serais pas content, dit-elle en déposant son sac de voyage sur le sol.

Le miaulement qu'il fit entendre en réponse confirma qu'elle avait vu juste.

— Ne t'inquiète pas, elle sera bientôt de retour. Je ne remplace que temporairement.

Peabody la contempla avec indifférence, puis se détourna et la précéda dans la cuisine d'un pas majestueux.

Claire l'avait recueilli alors qu'il n'était qu'un chaton, dans un foyer pour animaux abandonnés. En dépit de cela, il était évident qu'il coulait du sang royal dans ses veines ! S'il manifestait pour Claire une véritable vénération, il tolérait tout juste le reste des humains.

Addy le suivit. La cuisine n'avait pas changé depuis son enfance. Elle en éprouva un immense soulagement. Ici, au moins, la vie demeurait telle quelle, prévisible… Comme c'était confortable et rassurant ! Le vieux percolateur argenté était toujours à la même place sur le comptoir, à côté d'une boîte de bois sur laquelle le mot « Café » était tracé en grosses lettres noires. Et le sol craquait sous les pieds exactement aux mêmes endroits qu'autrefois.

Sur la table ronde, au milieu de la pièce, se trouvait une tasse de café à moitié pleine et un toast beurré tartiné de confiture.

Addy contempla tout cela un long moment, frappée de stupeur. Le fait qu'elle avait failli perdre sa mère pénétra lentement dans son esprit, faisant naître une peur panique. Pendant une seconde de lucidité, elle se rendit compte qu'elle n'avait jusqu'ici jamais envisagé cette perte. Quelque part dans son esprit, l'idée était ancrée que Claire serait toujours là. Solide comme un roc.

Avec des gestes lents, elle ramassa la vaisselle qui traînait et la mit dans l'évier pour la laver. Le robinet fonctionnait toujours de la même façon : d'abord un jet brusque, puis un filet d'eau qui coulait doucement. La cuisine était alimentée en eau par la source qui se trouvait à l'arrière de la maison. Des rideaux en vichy rose et blanc garnissaient la fenêtre au-dessus de l'évier, qui donnait sur le jardin et le pommier préféré d'Addy. Combien d'heures sa mère avait-elle passées là, à peler des pommes de terre ou à écosser des petits pois, tandis qu'elle jouait dans cet arbre, grimpant audacieusement de branche en branche ?

Il y eut un bruit de pneus crissant sur le gravier de l'allée. Addy alla jeter un coup d'œil par la fenêtre, dans le hall d'entrée. Elle vit une voiture bleu foncé, une Explorer, se garer devant le perron.

Culley en sortit. Grand, mince, le visage sombre. Elle crispa les mains sur le rebord de la fenêtre, persuadée qu'elle allait tomber si elle n'agrippait pas un soutien solide. Elle aurait pu se réfugier au premier étage et faire comme si elle ne l'avait pas entendu... Mais pouvait-on être plus puéril que cela ? Et de toute façon, c'était reculer pour mieux sauter, n'est-ce pas ? Tôt ou tard, il faudrait qu'elle le voie. Qu'elle assume ce qui s'était passé l'autre nuit à New York, avant de pouvoir l'oublier.

Elle ouvrit la porte d'entrée, consciente des battements sourds de son cœur dans sa poitrine. Ce n'était pas facile de s'habituer à cet aspect de Culley. Il était devenu un homme, à présent, beau, mince, musclé et toujours aussi séduisant qu'au lycée. A l'époque où il suffisait qu'il pose son regard bleu sur une fille pour qu'elle perde la tête.

— Bonsoir, dit-il.

— Bonsoir.

Ils observèrent un silence gêné. Puis Culley expliqua :

— J'arrive juste de l'hôpital. Ta mère m'a dit que tu te trouvais ici.

Addy hocha la tête.

— Comment va-t-elle ?

— Elle ne s'en sort pas trop mal, pour quelqu'un qui a failli avoir une attaque.

Il hésita et elle eut nettement l'impression qu'il faisait un effort pour se détendre.

— Pourrions-nous parler un moment, Addy ?

— Bien sûr, dit-elle en s'effaçant pour le laisser entrer.

Mais il secoua la tête et s'assit sur les marches du perron.

— Nous serons mieux dehors.

Elle sortit et s'assit en laissant délibérément un espace assez large entre eux.

Culley posa les coudes sur ses genoux écartés, croisa les mains et la regarda droit dans les yeux.

82

— Je veux savoir si tu as mis à la porte la secrétaire qui a renvoyé tous mes messages dans les oubliettes de ton répondeur ?

Elle fut sur le point de répondre vivement, se ressaisit et dit :

— Culley, je...

— Donc, tu as eu mes messages. D'accord. Nous pouvons continuer. Il faut faire sortir l'éléphant du salon, tu comprends ce que je veux dire ? La situation est terriblement embarrassante.

Elle sentit son visage s'empourprer et croisa les doigts, incapable de soutenir son regard.

— Addy, reprit-il. Ecoute, je suis réellement désolé si...

— Non, protesta-t-elle en levant une main pour l'interrompre. Tu n'as aucune raison d'être désolé. Je t'assure.

— J'aurais préféré que tu ne partes pas en catimini, dit-il à voix basse.

Il y avait dans le ton qu'il employa un sous-entendu si intime qu'elle sentit un courant chaud lui parcourir les veines.

— Je regrette de t'avoir entraîné à partager ma souffrance ce soir-là. Je me demande ce qui m'a pris. Mon divorce venait d'être prononcé juste ce jour-là et j'étais dans un tel...

Elle s'interrompit, la voix étranglée, et secoua la tête.

— Je ne vais pas chercher d'excuses. Ce que j'ai fait était injuste pour toi. Si je pouvais revenir en arrière et tout recommencer, je...

— Addy. J'endosse totalement la responsabilité de ce qui s'est passé entre nous.

Elle posa un coude sur son genou, soutenant son front de la main.

— C'est très généreux de ta part. Mais nous savons tous les deux que je t'ai mis dans une position difficile et...

— Pour autant que je m'en souvienne, cette position n'avait rien de difficile. Elle était plutôt extraordinaire. Et je suis parfaitement capable de prononcer le mot « non » quand j'en éprouve l'envie !

Elle leva les yeux vers lui, le visage enflammé. Si elle avait cru jusqu'ici être une fille sophistiquée, elle se faisait des illusions ! Dans *Sex and the City,* l'héroïne aurait su mener la conversation avec légèreté, démontrant à son partenaire que leur aventure était sans conséquence et qu'ils pouvaient l'oublier.

Mais elle n'était pas ce genre de femme. Elle était même loin d'arriver à la cheville d'Ellen dans ce domaine. Si elle avait pu effacer purement et simplement cette nuit à New York, elle l'aurait fait. Bien que ces quelques heures avec Culley lui aient fourni de nouveaux jugements sur sa vie sexuelle avec Mark... Qui, finalement, se révélait bien terne. Mais le problème, c'est qu'elle ne voyait pas comment Culley et elle pourraient redevenir bons amis après cela.

Et la perte de cette amitié lui paraissait non seulement irréparable, mais catastrophique.

— Puisque tu es en train de distribuer les blâmes, reprit Culley, ne m'oublie pas. Ce soir-là, tu avais besoin d'un ami et j'avais l'occasion de te prouver que j'en étais un. Je ne l'ai pas fait, j'ai manqué ma chance.

— Je ne t'ai pas vraiment laissé le choix.

Il posa sur elle son regard bleu intense.

— Il n'y a pas eu un seul instant où je n'ai pas eu le choix. J'en viens à croire qu'il fallait absolument qu'il se passe quelque chose ce soir-là. Se rencontrer à New York, alors que ce n'était pas prévu... C'est incroyable, non ? La vie ne provoque pas ce genre de hasard pour rien. Je ne peux pas le croire.

Le regard d'Addy se perdit dans les buissons luxuriants qui envahissaient le jardin, puis se posa sur la clôture qui séparait celui-ci du verger.

— Il fut un temps où je croyais au hasard.

— Et maintenant ?

— Je ne suis plus sûre de rien.

Ils gardèrent le silence un moment. Puis Culley se pencha en avant et demanda à mi-voix :

— Alors, vas-tu enfin me dire pourquoi tu es partie comme ça ?

Elle lui décocha un regard en coin. Les intonations douces de sa voix ramenèrent à la surface certains souvenirs. Elle le revit tel qu'il était le matin où elle l'avait laissé dormir. Un drap blanc enroulé autour de ses hanches, les muscles de son dos qui se dessinaient nettement sous les épaules larges et puissantes.

— Je ne savais pas quoi te dire. Ce qui nous arrivait était tellement fou… Nous le savons l'un comme l'autre. Cela ne me ressemble pas. Je…

Il profita de son hésitation pour faire remarquer :

— Tu oublies que nous nous connaissons depuis très longtemps. Je sais très bien quel genre de femme tu es.

— Ce qui s'est passé cette nuit-là n'aurait jamais dû se produire.

— Peut-être. Mais j'ai du mal à le regretter.

Il se leva, franchit le petit sentier de pierres pour rejoindre l'allée où était garée l'Explorer. Juste avant d'atteindre celle-ci, il se retourna.

— Je rendrai visite à Claire demain matin. Bonne nuit, Addy.

Il fit faire demi-tour à sa voiture et redescendit l'allée. Peabody vint à la porte, adressa à Addy un miaulement dédaigneux, puis disparut de nouveau. Elle resta assise sur les marches, jusqu'à ce que la nuit ait absorbé les contours de la véranda et des massifs fleuris, et que la pleine lune soit apparue dans le ciel sombre.

Epuisée par sa journée, Addy se coucha et s'endormit aussitôt.

Elle fut éveillée par la sonnerie du téléphone. Se soulevant sur un coude, elle chercha le récepteur à tâtons. La pendule posée sur la table de chevet indiquait 2 h 06.

Sa première pensée fut pour sa mère. L'hôpital appelait. Quelque chose n'allait pas. Elle parvint à peine à articuler un « Allô ? » angoissé.

A l'autre bout du fil, il n'y eut que le silence.

— Allô ? répéta-t-elle.

— Les gens comme vous n'ont pas le droit de barrer la route au progrès, dit une voix basse et menaçante.

Un long frisson parcourut les membres d'Addy. Elle s'assit tout à fait et alluma la lampe de chevet.

— Qui êtes-vous ?

— Ce vieux verger n'intéresse personne. Le comté a besoin d'une nouvelle autoroute. Vous voulez un bon conseil ? Vendez !

Il y eut un clic, puis la tonalité résonna dans le vide. Le cœur d'Addy battait à tout rompre. Elle ne parvenait pas à détacher les yeux du récepteur de téléphone. Etait-ce une mauvaise plaisanterie ? Mais qui s'amuserait à téléphoner pour dire ce genre de choses ? Sa mère avait-elle eu beaucoup d'appels comme celui-là ?

Elle s'allongea contre les oreillers et laissa la lampe allumée. Elle croyait encore entendre la voix hostile résonner dans sa tête.

Un très long moment s'écoula avant qu'elle ne se décide à éteindre pour se rendormir.

Le lendemain matin, Addy arriva à l'hôpital peu après 9 heures. Elle entrouvrit la porte de la chambre de Claire et passa la tête dans l'embrasure. Sa mère était assise bien droite dans son lit.

— Tu sembles aller beaucoup mieux, dit Addy, tout heureuse.

— Ils m'ont donné la permission de rentrer chez moi.

— Super !

— Comment va Peabody ?

— Tu lui manques. Il a refusé de manger ce que je lui ai donné ce matin.

Claire hocha la tête avec un sourire d'indulgence.

— Il ne faut pas te vexer. Ce chat fait la loi à la maison.

Addy s'assit sur une chaise à côté du lit.

— J'ai reçu un coup de fil bizarre pendant la nuit.

Une expression voisine de la panique s'inscrivit sur le visage de Claire, puis s'effaça aussi vite qu'elle était apparue.

— Quel genre d'appel ?

— Cela concernait la vente du verger, je crois. Que se passe-t-il ici, maman ?

Claire soupira, l'air très las tout à coup.

— Tu te rappelles l'affaire de l'autoroute ? Cela fait des années qu'on parle de sa construction éventuelle.

Addy fit un signe affirmatif de la tête.

— Un des tracés proposés pour cette route passe en plein milieu du verger.

— Quoi ? s'exclama Addy, incrédule.

— Quand le plan a été révélé au grand public, il y a quelques semaines, un journaliste m'a appelée pour me poser des questions à ce sujet. Je lui ai répondu que je n'avais pas l'intention de renoncer à mon verger et de déménager. Depuis, je reçois ces appels de menace pour m'obliger à vendre.

Addy était abasourdie.

— Tu ne vas pas le faire, n'est-ce pas ?

Elle eut l'impression que les rides qui encadraient les lèvres de Claire se creusaient.

— Ce n'est pas mon intention. Mais je ne suis plus très sûre de moi, ma chérie. Les choses ont beaucoup changé, dans le domaine de l'agriculture. En outre, George a pris sa retraite la semaine dernière. Si bien que je me retrouve seule pour faire tout le travail.

— Pourquoi ne m'as-tu pas appelée ? J'aurais pu t'aider.

— Tu as ta propre vie. Mais je ne pense pas pouvoir continuer à faire tourner l'exploitation seule. Il faudra que je renonce. Ce n'est pas que je n'aie pas envie de lutter… Je le fais depuis longtemps. Mais je suppose que je commence à vieillir, voilà tout.

— Tu n'es pas vieille.

Claire sourit faiblement et prit la main de sa fille.

— En admettant que je vende le verger, ce ne serait pas la fin du monde. Peut-être que ces menaces téléphoniques arrivent à point pour me décider à franchir le pas.

Sur ces mots, Claire se leva et alla s'habiller dans la salle de bains. Addy demeura assise près de la fenêtre, plongée dans ses pensées.

L'avertissement que le Dr Moore avait adressé à Claire la veille était très sérieux. Si Addy avait bien compris, Claire avait eu de la chance, jusqu'à présent. Si elle ne se décidait pas à introduire certains changements dans sa vie, elle courrait un risque réel d'avoir une attaque cérébrale.

Le stress qu'elle endurait depuis des années avec l'entreprise familiale allait-il avoir raison de sa santé ?

Addy savait que sa mère travaillait dur. Elle avait vécu ainsi toute sa vie. Il n'y avait qu'un seul employé à plein temps dans le domaine, et elle engageait des travailleurs temporaires lorsqu'elle avait besoin d'une aide supplémentaire. La quantité de travail à accomplir tout au long de l'année était considérable. Greffer les arbres, en planter de nouveaux, entretenir les clôtures, couper l'herbe, pulvériser les traitements… sans parler des récoltes. La liste des corvées était sans fin.

Toutefois, elle ne pouvait imaginer sa mère vivant autrement. Claire avait vécu là, respiré l'air du verger pendant si longtemps qu'elle ne pouvait concevoir la vie ailleurs. Séparée de son domaine, elle aurait été comme privée d'un organe vital. Le verger faisait partie d'elle-même. Elle l'aimait tant qu'Addy avait été jalouse, autrefois, du temps et de l'énergie qu'elle lui consacrait.

En grandissant, Addy avait regretté que sa mère ne soit pas comme toutes les autres mamans. Elle aurait aimé qu'elle vienne aux réunions et aux fêtes de l'école vêtue d'une robe élégante, les ongles vernis de rouge. La plupart du temps, Claire était à peine coiffée. Il n'était pas rare qu'elle ait des brins de paille dans les cheveux et les doigts tachés par les travaux des champs.

Lorsqu'elle avait dix ans, Claire était venue à l'école élémentaire pour participer à une fête. C'était pour Halloween. La veille, elles avaient travaillé très tard toutes les deux pour glacer les gâteaux que Claire avait préparés. Elle avait commandé des moules spéciaux dans un catalogue pour faire des biscuits en formes de sorcières, de citrouilles et de fantômes. Elles les avaient décorés ensemble avec du sucre blanc et orange, ajoutant des noisettes pour faire le nez de la sorcière et des raisins pour les yeux.

Elles venaient à peine de glisser la dernière plaque de gâteaux dans le four, lorsque Addy avait trouvé le courage de poser la question qui l'inquiétait depuis longtemps :

— Maman, pourrais-tu porter une jolie robe pour venir à l'école, demain ?

Claire avait enlevé ses gantelets de protection et les avait posés sur le comptoir.

— Oui, ma chérie, si c'est important pour toi.

— Les autres mamans mettent de belles robes.

Elle avait nettement vu une ombre passer dans le regard de sa mère, mais celle-ci s'était effacée presque aussitôt.

— Eh bien, d'accord. Je mettrai une robe.

La fête devait commencer à 2 heures le jour suivant. A 2 heures et quart, Claire n'était toujours pas là. Les autres mamans étaient arrivées et avaient déposé leurs pâtisseries sur la table couverte d'une nappe colorée. On avait servi du sirop de grenadine dans des gobelets en plastique et disposé tout autour des serviettes en papier décorées de citrouilles.

Quand l'institutrice avait donné le signal pour commencer à distribuer les gâteaux, Addy avait levé le doigt et demandé si elle pouvait retourner se reposer dans la classe adjacente, car elle avait mal au cœur. En fait, elle s'était faufilée dans le hall et était allée se placer derrière la porte pour guetter l'arrivée de sa mère. A l'instant où elle passait le nez dans l'embrasure, elle avait vu la vieille camionnette blanche de la ferme franchir le portail de l'école. Le moteur pétaradait et un énorme nuage de fumée noire sortait du pot d'échappement.

Addy avait couru à la rencontre de Claire.

— Je suis désolée, ma chérie, avait dit celle-ci, hors d'haleine.

Elle tenait à bout de bras un gros Tupperware jaune qui contenait les gâteaux. Addy avait jeté un coup d'œil critique au jean de sa mère. Il y avait de grosses taches d'huile sur les jambes.

Claire avait remarqué son regard.

— Le tracteur est tombé en panne à l'extrémité sud du verger. Je n'ai pas eu le temps de me changer, j'avais peur d'être en retard…

La déception s'abattit sur Addy et lui noua l'estomac. Elle craignit même de se mettre à vomir, comme ce fameux dimanche de Pâques où elle avait avalé un sac entier d'œufs en chocolat.

— Je crois que la maîtresse n'a plus besoin de personne pour l'aider, balbutia-t-elle en regardant la pointe de ses chaussures. Les autres mamans ont déjà tout préparé.

Elle avait levé les yeux et vu le regard surpris de sa mère.

— Oh…, avait dit Claire. C'est bon. Veux-tu lui apporter ces biscuits ?

— Non. Il y en a plein d'autres.

Et sans un mot de plus, Addy avait tourné les talons pour retourner dans la classe.

Elles n'avaient jamais reparlé de ce qui s'était passé ce jour-là. Mais cet épisode était resté gravé dans l'esprit d'Addy, marquant un tournant capital dans sa vie. Ce jour-là, elle avait eu honte de sa mère. Et Claire s'en était aperçue.

Mais à présent, avec le souvenir, surgissait une immense bouffée de remords. C'était d'elle-même qu'elle avait honte aujourd'hui.

Addy avait toujours pensé que Claire se laissait beaucoup trop absorber par l'entretien de son verger. Ce travail l'éloignait de son rôle de mère, faisait d'elle quelqu'un de trop différent de ce qu'elle aurait dû être. Et pourtant, maintenant que Claire était près d'abandonner cette activité, Addy ne pouvait concevoir une telle éventualité. Elle savait tout au fond de son cœur que, sans cela, la vie quitterait peu à peu sa mère. Inéluctablement. Jusqu'à ce qu'il ne reste rien pour la maintenir en ce monde.

Or, elle ne pouvait laisser une telle chose arriver sans réagir.

# 7.

Addy retourna à Washington dès le lendemain matin. Claire avait protesté avec véhémence contre sa décision de revenir passer quelque temps à Harper's Mill. Elle ne pouvait exiger d'elle un tel sacrifice, avait-elle répété à plusieurs reprises.

— Tu ne m'as rien demandé, maman. C'est moi qui ai pris cette décision, avait rétorqué Addy, consciente que malgré ses protestations, Claire était en réalité soulagée par la présence de sa fille.

Toutefois, Ellen réagit comme si son amie avait brusquement perdu la raison.

— Tu veux faire *quoi* ?

— Prendre un congé sans solde, répéta Addy avec patience.

C'était un lundi après-midi. Addy était assise dans un fauteuil, face au bureau d'Ellen. Elle avait déjà exposé sa décision à l'un des associés principaux de la firme. Même si celui-ci aurait préféré avoir la date exacte de son retour, il s'était montré assez compréhensif pour admettre que cela dépendait entièrement de la santé de la mère d'Addy.

Ellen, beaucoup moins diplomate, n'hésita pas à manifester sa désapprobation.

— Comment vais-je faire pour aller courir tous les jours, si je n'ai personne pour m'entraîner et me stimuler ?

Addy sourit malicieusement.

— Je pense que ta vanité fera très bien l'affaire !

— C'est vrai, admit Ellen en penchant la tête de côté. Mais tu vas me manquer.

— Toi aussi, tu me manqueras. Rien ne t'empêche de faire un saut à Harper's Mill pour me rendre visite, si le cœur t'en dit.

— Il y a des bars intéressants, dans ton patelin ?

Addy éclata de rire.

— Ton cas est désespéré !

Il était à peine un peu plus de 3 heures, le samedi après-midi, quand Culley s'arrêta sur le parking de Smith's Exxon. Il aurait préféré éviter de prendre encore du retard, mais la jauge d'essence penchait déjà depuis longtemps du mauvais côté, et il risquait de tomber carrément en panne.

Il avait promis à Madeline qu'ils passeraient l'après-midi ensemble. Mais plusieurs malades étaient arrivés au cabinet peu avant la fermeture et il n'avait pu partir à midi, comme il l'avait prévu. C'étaient les journées comme celles-ci qui le rendaient particulièrement conscient de la difficulté d'être un parent unique. La journée ne contenait pas assez d'heures pour caser tout ce qu'il avait à faire.

Il ne voyait qu'un seul avantage dans le fait de travailler beaucoup et de faire des heures supplémentaires : cela l'empêchait de penser à Addy. Sa mère lui avait dit que celle-ci était repartie à Washington, dimanche dernier. Et le fait de la savoir absente avait fait surgir chez lui, ces derniers jours, un sentiment de vide tout à fait irrationnel.

Johnny Smith sortit du bureau de la station-service en boitillant et leva la main pour saluer Culley. Sa salopette bleue était, comme toujours, couverte de taches de graisse.

— 'Jour, Culley. Tu veux le plein ?

— Oui, monsieur.

Johnny mettait un point d'honneur à servir ses clients lui-même. Il méprisait les libres-services, et toute la ville savait qu'il aurait été horriblement vexé si quelqu'un avait voulu faire fonctionner la pompe à sa place.

— T'as du travail ?

— Plus qu'il ne m'en faudrait.

Johnny accrocha le robinet de la pompe au réservoir et se mit à nettoyer le pare-brise de Culley.

Ce dernier se pencha sur son volant pour observer le ciel et désigna le nord de la ville.

— C'est quoi, cette fumée ?

— Je viens juste d'entendre à la radio qu'il y avait un incendie au pied de Taylor Mountain.

Culley fronça les sourcils.

— Le domaine des Taylor est touché ?

— 'Sais pas. Ça dépend d'où est parti le feu.

Culley sortit une liasse de billets de son portefeuille pour payer Johnny.

— Je vais tout de suite m'assurer que Claire ne court aucun danger, dit-il en consultant sa montre.

Il prit son téléphone et avertit sa mère qu'il aurait encore un peu de retard.

\*\*
\*

A peine eut-elle quitté la 220 pour aborder la route sinueuse qui menait à Taylor Mountain, qu'Addy aperçut les volutes de fumée grise s'élevant dans le ciel clair. Une bouffée de panique fondit sur elle. Elle appuya sur l'accélérateur de sa Volvo et négocia les virages un peu plus vite qu'elle ne l'aurait fait en temps normal.

Elle s'engagea dans l'allée et vit Claire sortir en courant de la maison, le doigt pointé vers la montagne.

Un hurlement de sirènes retentit sur la route. Elle se retourna et vit trois camions de pompiers, leurs gyrophares allumés, s'engager sur le chemin du domaine et se diriger à toute allure vers le verger.

Addy descendit de sa voiture et s'élança à la suite de Claire, qui courait vers le vieux camion de la ferme garé près de la porte de derrière.

Elle se glissa au volant, tandis qu'Addy ouvrait l'autre portière pour s'installer côté passager. Le camion tressauta, émit quelques crachotements rauques, puis consentit à démarrer, mais seulement après que Claire eut asséné des coups violents sur le tableau de bord.

— Que s'est-il passé ? demanda Addy.

— Je ne sais pas. J'ai vu la fumée et j'ai appelé les pompiers, répliqua Claire d'une voix altérée par l'inquiétude.

Elles rattrapèrent les pompiers. La fumée s'élevait vers le ciel, de plus en plus épaisse. Elles entendirent les craquements sinistres des flammes qui dévoraient une rangée des plus vieux pommiers du verger.

Un des camions s'arrêta près du feu. Les deux autres se dirigèrent vers le pied de la montagne, puis se séparèrent pour aller dans des directions opposées.

Claire freina et s'arrêta. Elles sautèrent toutes deux hors du véhicule.

— Y a-t-il quelque chose que nous puissions faire pour vous aider ? s'écria Claire en s'adressant au capitaine des pompiers.

— Pas pour le moment, madame. Nous faisons tout ce que nous pouvons.

— Dépêchez-vous, je vous en prie ! poursuivit Claire en se prenant le visage à deux mains. Ce sont nos meilleurs arbres qui brûlent...

Addy tira sa mère en arrière, pour la soustraire au nuage de fumée étouffant qui l'enveloppait.

— Ils contrôleront rapidement la situation.

— Mais le verger...

— Je sais, maman, murmura Addy et regardant les vieux arbres se tordre dans les flammes. Je sais...

L'odeur de bois brûlé s'infiltrait par la vitre entrouverte de la voiture de Culley. Parvenu au pied du panneau indiquant la direction des Vergers Taylor, il tourna à gauche, faisant jaillir une gerbe de graviers sous ses pneus. Une berline de marque Volvo était garée dans l'allée devant la maison de Claire. Mais le vieux camion de la ferme n'était visible nulle part. Culley prit aussitôt le chemin du verger. La fumée était encore plus dense à présent. Il ferma la ventilation qui propageait à l'intérieur de sa voiture les nuages de fumée âcre.

Parvenu à mi-chemin de la colline, il repéra les pompiers volontaires qui aspergeaient les flammes. Abandonnant son Explorer sur le bas-côté, il rejoignit en courant le petit groupe qui contemplait l'incendie. Claire se tenait au premier rang, les bras croisés sur la poitrine comme pour se protéger.

— Claire ?

Elle tourna vers lui un visage livide. Ses yeux étaient cernés, ses traits tirés.

— Bonjour, Culley.

— Vous devriez vous asseoir quelques minutes, dit-il.

— Je me sens bien.

Elle se pencha en avant, scrutant les visages des gens qui les entouraient.

— Ce qui m'inquiète, c'est que je ne vois plus Addy. Elle a entendu quelque chose, à la lisière de la forêt, dans cette direction. Elle venait juste d'arriver, quand l'incendie s'est déclaré.

Addy ? Elle était revenue ? Avant qu'il ait eu le temps d'analyser les sentiments provoqués par cette pensée, la jeune femme apparut, fendant le groupe des pompiers. Ses cheveux blonds étaient attachés en queue-de-cheval et ses joues étaient empourprées.

Elle s'immobilisa brusquement en le voyant et s'essuya les mains sur son jean.

— Bonjour, dit-elle.

— Bonjour. Claire m'a dit que tu étais de retour.

Elle acquiesça en hochant la tête.

— J'ai décidé de venir l'aider quelque temps.

— C'est une très bonne idée.

Elle désigna du pouce un endroit derrière elle.

— J'ai entendu du bruit à la lisière de la forêt et j'ai cru voir quelque chose bouger. Mais il y a tant de fumée que j'ai préféré revenir en arrière. Il faudrait que quelqu'un m'accompagne pour voir de quoi il s'agit.

— Quel genre de bruit était-ce ?

— On aurait dit le cri d'un animal, il me semble. Il est sans doute blessé.

98

— Je viens avec toi, déclara-t-il en lui posant une main sur l'épaule.

Elle recula vivement d'un pas et murmura :

— Merci.

Culley laissa sa main retomber, conscient d'avoir commis une erreur... une erreur peut-être irréparable. Il emboîta le pas à la jeune femme, qui contourna le groupe rassemblé devant les flammes. Et tout à coup, il se rendit compte qu'il était terriblement heureux qu'elle soit revenue. Et il prit sur-le-champ une décision. Il allait falloir parler de ce qui s'était passé à New York. En parler calmement, comme peuvent le faire deux adultes qui avaient été amis autrefois. Et qui pouvaient encore l'être à l'avenir.

Addy revint sur ses pas, jusqu'à l'endroit où elle avait entendu le fameux bruit. Tout en se concentrant pour retrouver la trace de l'animal, elle essayait désespérément d'ignorer le picotement que le contact de la main de Culley avait fait naître dans son épaule, et qui se propageait dans le reste de son corps.

Elle marchait à grands pas dans l'herbe haute. La fumée la faisait tousser, et des gouttes de sueur surgirent sur son front et au-dessus de ses lèvres. Elle s'essuya le visage avec la manche de son chemisier et s'arrêta à l'endroit qu'elle avait repéré à l'aide de quelques branches empilées.

— Voilà. J'étais là quand je l'ai entendu.

Culley avança et disparut, comme happé par la fumée. Addy se mit à compter. Elle arriva à soixante. Culley n'avait toujours pas reparu. Elle sentit l'angoisse s'emparer d'elle.

— Culley ? cria-t-elle.

Pas de réponse.

Elle avança le long du sentier qu'elle l'avait vu emprunter. Il y eut un bruit de pas dans les buissons, des brindilles craquant sous les pieds de Culley. Et tout à coup, il surgit devant elle. Il tenait quelque chose dans les bras, mais elle ne parvint pas à distinguer ce que c'était.

— Viens vite ! s'écria-t-il.

Ils quittèrent le bois à pas rapides, trébuchant contre les branches mortes, toussant à qui mieux mieux. Culley se précipita dans le champ qui s'ouvrait devant eux. Quand ils furent hors de portée du feu, il s'agenouilla sur le sol et déposa dans l'herbe un jeune faon.

— Je ne suis pas sûr qu'il puisse survivre.

Addy posa une main sur ses lèvres.

— Comme il est petit ! Tu n'as pas vu la mère ?

— Elle était morte. Le petit était allongé à côté d'elle.

La gorge d'Addy se noua, et des larmes lui brûlèrent les yeux. La patte avant droite du petit faon portait les marques d'une vilaine brûlure. Sa fourrure était également brûlée à plusieurs endroits. Elle se pencha et caressa doucement le museau de l'animal.

— Je vais l'emmener chez le Dr Nolen, dit Culley. Mais il faudrait que quelqu'un m'accompagne, au cas où il s'éveillerait dans la voiture. Il serait affolé.

— Je viens avec toi, déclara Addy. Je vais juste m'assurer, auparavant, que maman n'a besoin de rien.


Quelques minutes plus tard, ils étaient dans l'Explorer qui redescendait en cahotant le chemin du verger.

Culley tendit son téléphone mobile à la jeune femme.

— Appelle le Dr Nolen et préviens-le que nous arrivons. Nous sommes samedi, et le cabinet doit déjà être fermé.

— Habite-t-il toujours dans la maison qui jouxte la clinique ?

— Toujours.

Addy composa le numéro du vétérinaire. Une femme lui répondit et lui dit de venir sonner à la porte d'entrée de la maison. On leur ouvrirait.

Elle raccrocha et jeta un coup d'œil sur le siège arrière. Le faon était immobile. Trop tranquille, en vérité.

— Tu crois qu'il va survivre ?

— Je l'espère.

Ils gardèrent le silence pendant le reste du trajet. La maison du Dr Nolen n'était qu'à dix minutes de là. Quand ils arrivèrent, le cœur d'Addy battait à grands coups.

Culley se gara devant la maison, alla ouvrir la portière arrière et prit l'animal blessé dans ses bras. Pendant ce temps, Addy courut sonner à la porte.

Une jeune femme brune, au regard doux, vint lui ouvrir.

— Par là, dit-elle.

Elle les guida jusqu'au cabinet du vétérinaire et aida Culley à allonger le petit animal sur la table d'examen.

Clayton Nolen apparut sur ces entrefaites. Il n'avait pas beaucoup changé depuis la dernière fois qu'Addy l'avait vu. Il avait gardé sa grosse masse de cheveux frisés, qui surmontait un front haut et intelligent. Ses yeux bruns exprimaient une immense bienveillance.

— Addy Taylor ! s'exclama-t-il avec un sourire. Je vois que Culley et toi n'avez pas changé. Toujours en train de secourir de pauvres petites bêtes en détresse ?

— Je pense que cette fois, nous aurons de quoi vous payer, docteur, répondit Addy.

— Tu crois ? Je ne sais pas si j'y tiens tant que ça. Le stand de limonade que vous aviez installé devant la porte m'a valu une assez bonne publicité. Vous avez l'esprit d'entreprise, vous deux !

Addy sourit. Ils étaient venus plus d'une fois trouver le bon Dr Nolen pour les aider à secourir de petits êtres sans défense ! Une portée de chatons découverts dans la décharge municipale. Un chien renversé par une voiture et abandonné sur le bord de la route. Un minuscule bébé lapin que le chat de Culley avait fièrement déposé à leurs pieds, un matin d'été.

— Alors, que m'avez-vous apporté, cette fois-ci ?

— Un incendie vient de se déclarer dans le verger, expliqua Culley. Nous avons trouvé ce faon près de sa mère. Elle n'a pas réussi à échapper aux flammes, elle est morte.

Le Dr Nolen fronça les sourcils, l'air inquiet.

— L'incendie est important ?

— Les pompiers l'ont maîtrisé assez rapidement, mais nous avons quand même perdu un bon nombre d'arbres, dit Addy.

Le vétérinaire ouvrit un placard métallique et en sortit plusieurs ustensiles.

— Ta mère va bien ?

— Oui, dit Addy.

— Tant mieux. C'est une femme formidable, ta mère, tu sais.

— Merci, balbutia Addy, intriguée par la douceur singulière de ses paroles.

Il s'approcha de la table et se mit à examiner délicatement le faon. L'animal voulut se débattre, mais il le calma en lui murmurant des paroles apaisantes et en lui caressant le cou. Le faon, visiblement trop épuisé pour résister, se laissa retomber sur la table.

Quand il eut terminé son examen, le vétérinaire se tourna vers eux.

— Nous allons soigner sa blessure à la patte. Mais il faudra le nourrir au biberon. Je vous expliquerai comment faire. Il faudra toutefois prendre quelques précautions essentielles. L'empêcher de se familiariser avec les autres animaux de la maison. Particulièrement les chiens. Il vaut mieux qu'il ait peur d'eux et qu'il reste à l'écart, si vous ne voulez pas qu'il se fasse égorger lorsque vous lui rendrez sa liberté.

— Dans combien de temps pourrons-nous le relâcher ?

— Ces animaux ne sont pas indépendants avant au moins trois mois. Celui-ci est né un peu tôt dans la saison. Il ne me paraît pas avoir plus d'un mois.

Addy hocha la tête et coula un regard en coin à Culley. Ce dernier la fixa dans les yeux. Ils demeurèrent ainsi quelques secondes, tandis qu'un sentiment familier, remonté du passé, faisait surface et reprenait place entre eux. Quelque chose qu'ils avaient partagé avant l'arrivée de Mark. Avant qu'ils ne soient devenus adultes et que leur relation ne se teinte de prudence, de réserve. Elle devina que Culley éprouvait la même chose qu'elle. Les mots étaient inutiles. Elle savait que c'était ainsi, voilà tout.

— Je peux lui arranger un coin dans la vieille grange, suggéra-t-elle.

Le Dr Nolen approuva d'un signe de tête.

— Oui, ce serait parfait comme ça.

— Cela ne vous ennuie pas qu'on n'installe pas le stand de limonade, aujourd'hui ? s'enquit Culley. Il faut que nous allions préparer la grange pour le faon.

Nolen eut un petit rire.

— Finalement, certaines choses changent quand même, dans la vie, mmm... ?

La vieille grange avait autrefois servi à abriter les vaches. Il y avait environ une douzaine d'années que Claire l'avait transformée en entrepôt pour les cageots de pommes et les machines agricoles. Mais il restait encore trois stalles intactes au fond du bâtiment. Culley alla chercher un peu de paille fraîche, pendant qu'Addy ouvrait une des stalles, dans le coin le plus proche de la maison.

Ils répandirent la paille que Culley apporta avec une fourche, puis remplirent une coupelle d'eau qu'Addy plaça près de la porte. Quand tout fut prêt, Culley déclara :

— Je vais le chercher.

Le vétérinaire avait fait à l'animal une injection de calmants afin qu'ils puissent le ramener en voiture sans encombre. Le faon était toujours un peu groggy quand Culley le déposa sur la litière, quelques minutes plus tard.

Debout côte à côte, ils observèrent la minuscule créature. Celle-ci paraissait perdue dans la grande stalle et Addy eut le cœur déchiré de pitié.

— Il faudrait qu'il dorme un moment, dit Culley.

— Tu crois qu'il va survivre ?

— En tout cas, ça m'étonnerait que tu le laisses mourir ! Tu te rappelles l'oiseau que nous avions récupéré chez toi ?

— Oui, répondit-elle en hochant la tête. Il avait fait son nid sur le toit, mais il était tombé à l'intérieur de la gouttière.

— Il avait fallu creuser autour du tuyau et le découper pour libérer l'oiseau.

— Mais il est reparti aussitôt, il n'était pas blessé.

— C'était merveilleux de le voir s'envoler, n'est-ce pas ?

La voix de Culley se fit très basse, très intime, comme si une émotion qu'il n'osait pas nommer s'était emparée de lui.

— Merveilleux, admit-elle.

Un sentiment familier flottait dans son cœur. Il y avait beaucoup de choses entre eux. Certaines très anciennes, d'autres nouvelles. C'était la partie la plus récente de leur relation qui posait un problème à Addy. Comment concilier l'amitié qui les avait liés, dans le passé, avec ce qu'ils avaient fait ensemble au cours de cette folle nuit ?

Ce fut Addy qui baissa la première les yeux.

— Il faut que je retourne voir comment va maman.

— Je t'accompagne, suggéra-t-il aussitôt.


La vieille camionnette blanche de Claire remontait l'allée en cahotant, suivie par un nuage de poussière grise.

L'air exténué, Claire descendit du véhicule.

— Les pompiers contrôlent la situation, dit-elle. Nous ne pouvons rien faire de plus là-bas.

— Je veux bien y retourner pour vérifier que l'incendie ne va pas repartir, Claire, proposa Culley.

— Merci. Mais ce n'est pas nécessaire. Il y a encore une
petite équipe de pompiers, sur place, qui s'assure que les
braises sont bien éteintes.

Culley approuva d'un signe et jeta un coup d'œil à
Addy.

— Dans ce cas, je rentre chez moi. N'hésitez pas à
m'appeler si vous avez besoin de quelque chose.

— Certainement, dit Claire.

— Bonne soirée, ajouta Addy.

— Bonne soirée à vous aussi.

Il fit faire demi-tour à l'Explorer et redescendit le chemin.
On ne vit bientôt plus que les feux arrière de la voiture au
détour des buissons.

Addy et Claire demeurèrent debout devant la maison,
jusqu'à ce que la voiture ait complètement disparu. Une gêne
étrange s'abattit sur elles. Elles auraient dû se connaître
parfaitement, être aussi proches l'une de l'autre qu'on peut
l'être. Et pourtant, alors qu'elle se tenait là, près de sa mère,
Addy se rendit compte que la distance qui les séparait
depuis des années n'était pas seulement physique. Elle se
demanda si elles pourraient jamais franchir ce gouffre et
se retrouver.

Claire était manifestement accablée de fatigue. Et Addy
était en proie à une immense lassitude. Leurs vêtements
sentaient la fumée, leurs mains et leur visage étaient couverts
de traces noires. Les cheveux d'Addy étaient imprégnés de
l'odeur âcre et écœurante du feu.

— Je vais chercher ma valise, annonça-t-elle.

— Et moi, je vais préparer le dîner.

Addy se dirigea vers sa voiture et Claire vers la
cuisine.

106

Une demi-heure plus tard, les affaires d'Addy étaient rangées dans son ancienne chambre, au premier étage. Des odeurs appétissantes s'échappaient de la cuisine et elle reconnut clairement le bruit du bacon craquant dans la poêle. Son estomac se tordit et elle s'aperçut qu'elle avait faim.

Claire s'affairait devant la cuisinière, faisant sauter des pommes de terre dans une cocotte. La table était déjà prête et deux verres de thé glacé les attendaient.

— Je peux t'aider ? s'enquit Addy.

— Tout est prêt. Assieds-toi.

Addy obéit et regarda sa mère verser les pommes de terre dans un plat de porcelaine blanche qu'elle posa sur la table. Puis elle ouvrit le four, enfila des gants protecteurs et sortit des petits pains chauds et dorés.

— Ça a l'air délicieux ! s'exclama Addy.

Claire s'assit face à elle, de l'autre côté de la table.

— Vas-y, sers-toi. Je parie que tu n'as rien mangé de la journée.

De fait, elle s'était contentée le matin d'un yaourt avalé à la hâte avant son départ, et elle n'avait rien pris depuis. Claire avait toujours été une excellente cuisinière. Elle pouvait préparer un repas délicieux en quelques minutes. C'était un talent qu'Addy ne possédait pas. En outre, Mark avait toujours préféré manger au restaurant plutôt qu'à la maison. Si bien qu'elle avait presque oublié le goût des plats traditionnels que sa mère lui servait quand elle était petite.

— Que vous a dit Nolen, au sujet du faon ?

— Il a soigné ses blessures et m'a expliqué comment le nourrir au biberon. Il pense que le petit animal sera très bien dans la grange.

Claire approuva d'un signe de tête.

— J'irai le voir pendant la nuit, si tu veux bien.

— D'accord, dit Addy en mordant dans une pomme de terre. Mais j'irai aussi lui jeter un coup d'œil avant de me coucher. Au fait, Nolen m'a demandé de tes nouvelles.

Une expression lumineuse et fugitive passa sur le visage de Claire.

— Vous étiez au lycée ensemble, n'est-ce pas ? s'enquit Addy, intriguée par la réaction de sa mère.

— Oui, nous sommes même sortis ensemble une fois ou deux.

— Et les choses ne sont pas allées plus loin ? Que s'est-il passé ?

Claire pencha la tête de côté, plongeant dans ses souvenirs.

— J'ai rencontré ton père. Il a rencontré Alice. Nos chemins ont pris des directions différentes et nous ne nous sommes pas revus...

— Il a perdu sa femme il y a quelques années, il me semble ?

— Oui.

— Pourquoi est-ce que tu ne sors jamais, maman ?

Claire haussa les épaules, l'air détaché.

— Sortir, c'est bon pour les jeunes. J'ai mes habitudes, ma façon de vivre. Il n'y a pas de place pour un homme dans ma vie.

— Vous pourriez vous voir en amis.

— Non, répondit Claire en secouant la tête. Trop de temps a passé, nous avons changé... Et puis, je ne ressens pas le besoin de sortir avec des amis.

Elle prononça ces paroles d'un ton très convaincant. C'était ce qu'elle avait toujours dit à Addy, quand celle-ci lui posait des questions, autrefois. Mais aujourd'hui, alors qu'elle était assise près d'elle et lui parlait face à face, Addy se rendit compte que sa mère devait se sentir seule, certains jours. Pourquoi cette idée la frappait-elle maintenant ? Etait-ce à cause du changement dans sa propre vie ? Avait-elle été si égoïste, pour n'y avoir jamais songé auparavant ?

— Et toi, tu as quelqu'un dans ta vie ? demanda Claire.

— Non.

Claire posa sa fourchette.

— Je peux te demander ce qui s'est passé entre Mark et toi ?

Addy garda les yeux fixés sur son assiette. Elle n'avait jamais raconté à sa mère dans quelles circonstances elle avait découvert l'infidélité de Mark. Elle ne lui avait même pas dit qu'il avait un fils, à présent. Etait-ce sa fierté qui la retenait ? Ou autre chose ?

— Ça ne marchait plus très bien entre nous, se contenta-t-elle de dire d'un ton morne.

— Je ne te pose pas la question par simple curiosité, dit Claire.

— Je sais.

Addy eut l'impression qu'elle aurait dû s'excuser, mais les mots restèrent coincés au fond de sa gorge. Elle repoussa son assiette et se leva.

— Je vais voir le faon. Laisse la vaisselle, je la ferai en revenant.

# 8.

Il faisait toujours sombre dans la grange, même en plein jour.

Addy ouvrit la porte et pénétra dans la stalle. Le faon était couché sur le côté. A son entrée, il leva la tête puis la reposa sur la paille, les yeux ouverts.

Addy s'assit sur le sol et s'adossa au mur, remontant les genoux devant sa poitrine. Elle était injuste avec sa mère. Tout au fond de son cœur, elle en était consciente, et la culpabilité pesait lourdement en elle.

Pourquoi ne lui avait-elle jamais parlé de ce qui s'était passé avec Mark ?

La réponse sautait aux yeux. Elle en prit brusquement conscience.

Cela les aurait rendues trop semblables l'une à l'autre. Or, elle avait toujours été déterminée à devenir aussi différente d'elle que possible. Elle n'avait suivi ses traces que dans un seul domaine. Lorsque Claire avait repris son nom de jeune fille, elle avait aussitôt fait changer son propre nom pour s'appeler également Taylor.

Addy n'avait que douze ans quand son père était parti, pour refaire sa vie en Ohio avec une femme qui avait déjà quatre enfants d'un premier mariage. Un beau jour, il était sorti en refermant doucement la porte derrière lui. Puis elles avaient entendu le bruit du camion s'éloignant dans l'allée. Il n'était jamais revenu.

Le chagrin d'Addy avait fini par se muer en colère. Elle ne comprenait pas ce que sa mère avait bien pu faire pour le décider à partir. Ni pourquoi elle n'avait rien tenté pour le retenir ou le faire revenir à la maison. Addy avait discuté sans fin avec elle, dans l'espoir enfantin de rétablir la situation, de voir les choses rentrer tout naturellement dans l'ordre. Mais sa mère avait gardé un silence obstiné et, peu à peu, un mur d'incompréhension s'était élevé entre elles. Au fil des années, ce mur n'avait fait que se consolider.

A présent, depuis l'autre côté du gouffre où elle se tenait, Addy voyait sa mère telle qu'elle ne l'avait jamais vue auparavant. Ce qu'elle avait pris autrefois pour de la fierté et de l'entêtement apparaissait sous un jour complètement nouveau.

Quelquefois, les gens changeaient. Ils prenaient une autre direction que vous et vous laissaient sur place. Addy se demandait à présent si l'attitude de sa mère, refusant de laisser sa fille être témoin de son chagrin, était réellement due à un orgueil démesuré, comme elle l'avait cru. N'était-ce pas plutôt sa volonté d'aller de l'avant, qu'elle affirmait ainsi ? N'était-ce pas sa décision, de ne pas se laisser détruire par l'abandon de son mari ?

Le faon s'était rendormi, et elle demeura adossée à la cloison de planches rudes. Finalement, c'était peut-être ce qui l'avait autrefois éloignée de sa mère qui allait aujourd'hui les rapprocher.

111

Assis au bord du lit de sa petite fille, Culley referma le livre illustré qu'il tenait à la main. Chaque soir, il lui en lisait un chapitre à haute voix. Comme il l'avait toujours fait, même lorsqu'elle n'était encore qu'un tout petit enfant. C'était un moment de bonheur, de partage, qui avait pris pour lui une très grande importance.

Il était persuadé que l'amour qu'il éprouvait pour sa fille ne pourrait jamais être exprimé par des mots. En tant que médecin, il avait souvent reçu les confidences de patients qui essayaient de lui expliquer ce qu'ils ressentaient pour leur enfant. Mais il n'avait jamais vraiment compris la profondeur de ce sentiment, tant qu'il n'avait pas tenu son propre bébé dans les bras. Alors, il avait su ce qu'était un amour total et définitif.

Quand il avait failli perdre la fillette, trois ans auparavant, cet amour avait revêtu une dimension encore plus démesurée. Et il avait lutté désespérément pour faire renaître l'étincelle qui illuminait autrefois le regard de sa fille.

Madeline était allongée contre son oreiller. Ses cheveux bruns, exactement de la même nuance que ceux de Liz, étaient encore humides et brillants au sortir de la douche. Elle avait été silencieuse pendant tout le dîner.

— Quelque chose ne va pas, ma chérie ?

Elle tortilla le drap entre ses doigts, évitant de rencontrer son regard.

— Maman a appelé aujourd'hui.

Culley tressaillit, mais se ressaisit aussitôt et dissimula sa surprise.

— Qu'a-t-elle dit ?

— Qu'elle allait bientôt être libérée.

Chaque fois qu'il entendait ce genre de paroles dans la bouche de sa petite fille de sept ans, il éprouvait un choc. Ce n'était pas naturel, pour une enfant de son âge, d'utiliser des mots tels que « prison pour femmes », ou « établissement correctionnel ». Cela n'aurait pas dû faire partie de son vocabulaire.

— Oui, elle va bientôt sortir, confirma-t-il d'un ton neutre.

La fillette leva la tête et soutint le regard de son père, comme si elle était décidée à lui soutirer la vérité coûte que coûte.

— Tu es content ?

Difficile de répondre en quelques mots. C'était le genre de question qui appelait toutes sortes d'explications et même de justifications. Des raisonnements que la fillette n'était pas prête à entendre. Aussi se contenta-t-il de répondre avec détachement :

— Bien sûr.

Madeline se mordilla les lèvres de ses petites dents blanches et demanda :

— Elle va revenir vivre ici, avec nous ?

— Nous ne sommes plus mariés, ma chérie.

— Je sais, dit-elle avec un peu de tristesse dans la voix. Mais alors, où elle va aller ?

— Je ne sais pas encore. Mais il ne faut pas que tu t'inquiètes pour ça. Tout ira bien.

— Tu crois qu'elle boit plus, maintenant ?

— Je ne pense pas. Non.

— Et elle recommencera à boire, quand elle sortira ?

— J'espère bien que non.

— Moi aussi.

Culley se pencha pour embrasser Madeline sur le front. La petite fille lui entoura le cou de ses bras et le serra contre elle un instant, avant de le relâcher.

— Bonne nuit, mon poussin, dit-il.

— Bonne nuit, papa.

Elle se tourna sur le côté et ferma les yeux.

Culley redescendit, avec l'impression d'avoir un poids d'une tonne sur le cœur. Madeline avait été autrefois une enfant qui respirait le bonheur. A l'époque où elle faisait ses premiers pas, ses éclats de rire avaient enchanté Culley et l'avaient comblé. Elle exprimait une joie pure, qu'aucune angoisse ne venait ternir. Elle ne connaissait rien d'autre en ce monde que ce qui était bon et agréable. Mais en trois ans, ce bonheur s'était envolé, et elle ne riait plus jamais. Culley aurait donné n'importe quoi pour entendre de nouveau ce rire insouciant.

Sa mère finissait de ranger la cuisine.

— Pourquoi fais-tu cela ? demanda-t-il depuis le seuil. Ce n'est pas nécessaire.

Ida le regarda par-dessus son épaule et sourit.

— Ça ne me dérange pas.

Ida Rutherford ne s'était pas fanée avec l'âge. Son visage avait un éclat que les crèmes les plus onéreuses du monde n'auraient pu lui donner artificiellement. Mais cet éclat, elle ne l'avait acquis qu'assez tardivement dans son existence. Dans ses souvenirs d'enfance, Culley revoyait une femme accablée, dont l'amour de la vie avait été peu à peu usé. Il était rare que son visage s'éclaire d'un sourire.

— Madeline m'a dit que Liz avait appelé, aujourd'hui ?

Ida était occupée à sortir les verres du lave-vaisselle pour les ranger dans le placard. Elle s'interrompit pour se tourner vers lui.

114

— Ce matin, confirma-t-elle.

Culley s'appuya au comptoir et croisa les bras sur sa poitrine, comme dans un effort pour contenir la brûlure qui lui dévorait le cœur. Une émotion terrible se répandit en lui et le fit trembler de tous ses membres.

— Tu lui as parlé ?

— Non, c'est Madeline qui a répondu.

— Elle doit sortir le mois prochain.

Ida hocha la tête et saisit à deux mains un des verres à vin.

— Qu'est-ce que tu ressens ?

— Je ne sais pas, répondit-il avec franchise. Je suppose que je devrais me réjouir pour elle, mais…

— Mais ce n'est pas si simple, n'est-ce pas ?

— Non, ce n'est pas si simple…

Il avait emmené plusieurs fois Madeline rendre visite à sa mère, à la prison de Mecklinburg. Surtout au début. Puis, avec le temps, il s'était aperçu que ces visites devenaient de plus en plus pénibles, aussi bien pour sa fille que pour lui. La Liz qu'ils rencontraient à travers la paroi de verre était la Liz d'autrefois. Celle qui ne buvait pas. Mais là où elle se trouvait, elle n'avait pas le choix. En revanche, il ignorait ce qui se passerait lorsque la décision de toucher ou non à la boisson lui appartiendrait de nouveau.

Ida traversa la cuisine et vint lui tapoter l'épaule, d'un geste un peu gauche. En ce qui concernait Liz, sa mère et lui étaient sur la même longueur d'onde. Ils savaient tous deux à quel point il était difficile de veiller sur une personne qui ne pensait qu'à elle-même. Pour qui la seule question était de savoir à quel moment elle pourrait boire de nouveau.

— J'ai parlé avec Claire, tout à l'heure, reprit Ida. Quel désastre, cet incendie dans le verger…

Culley acquiesça d'un hochement de tête.

— Elle m'a dit qu'Addy était revenue à la maison quelque temps, ajouta Ida.

— Oui, c'est ce que j'ai appris.

— C'est bien, tu ne trouves pas ?

— Oui. Je suis sûr qu'elle va aider sa mère, dit-il d'un ton qu'il s'appliqua à rendre indifférent.

Ida l'observa un moment, à l'affût d'un indice, n'importe lequel, qui aurait pu démentir cet apparent manque d'intérêt. Mais il ne laissa filtrer aucun sentiment.

— Il est temps que je m'en aille, finit-elle par déclarer.

— Merci de t'être occupée de Madeline aujourd'hui.

— Tu sais bien que j'aime être avec elle. Cependant, je suis un peu inquiète. J'appréhende sa réaction, au retour de sa mère.

Culley opina.

— Je sais. Cela m'angoisse aussi.

Il raccompagna sa mère jusqu'à sa voiture. Ida s'installa au volant et contempla Culley par la portière entrouverte.

— Il faut lui faire comprendre que rien de ce qui est arrivé n'était sa faute, dit-elle.

— J'en parlerai encore avec elle.

— Très bien. Bonne nuit, mon chéri.

— Bonne nuit, maman.

Culley retourna dans la cuisine. Si seulement il avait pu, d'un simple claquement de doigts, rendre à sa fille sa joie et son insouciance d'autrefois... Mais il comprenait le sentiment de culpabilité qu'elle éprouvait. Il avait ressenti la même chose, enfant, quand il avait été forcé d'admettre que son père était irrémédiablement esclave de l'alcool.

Jake Rutherford était avocat. Installé à son compte, il avait réussi à se constituer une bonne clientèle et avait mené une assez belle carrière. Le jour, tout allait bien. Mais le soir tombé, l'alcool prenait le dessus. La maison résonnait de ses cris de colère, les crises se succédaient. Culley n'aurait su dire combien de fois il avait vu sa mère se décomposer, abattue par la violence des colères de son père. En grandissant, il n'avait plus eu qu'une idée en tête : montrer à son père tout le mal qu'il leur faisait en s'adonnant à la boisson. S'il prenait conscience de cela, peut-être parviendrait-il à s'arrêter ?

Mais Jake avait continué de boire jusqu'à sa mort. Celle-ci était survenue dix ans auparavant, tout juste après que Culley eut terminé ses études. Et ce n'est qu'à partir de ce moment qu'il avait vu sa mère se redresser et reprendre goût à la vie. Comme une fleur qui a enfin trouvé l'eau et le soleil nécessaires à son épanouissement.

Madeline subissait elle aussi de plein fouet les choix de vie de sa mère. Elle s'éteignait au contact de Liz, perdait sa joie de vivre. D'une manière ou d'une autre, il fallait qu'il l'aide à comprendre qu'elle n'était pas responsable des actes de sa mère.

Il retourna dans la cuisine, se prépara un verre de thé glacé et gagna son bureau, adjacent au salon. Il fallait qu'il prenne des nouvelles de certains de ses patients. Il aurait dû le faire plus tôt, mais n'en avait pas eu le temps au cours de la journée.

Il s'assit et posa la main sur le combiné du téléphone. Ses pensées dérivèrent, retournant vers Addy.

Ces dernières années, il avait essayé de se persuader qu'il était satisfait de son existence. Celle-ci n'avait pas pris exactement le chemin qu'il espérait, mais il avait enfin trouvé la paix, après des années de bouleversements. Pour lui, c'était suffisant. Du moins cela l'avait-il été jusqu'ici.

Mais le fait de revoir Addy avait entrebâillé une porte. Et par cette ouverture, il avait entraperçu quelque chose... quelque chose dont il avait cru ne plus avoir besoin. Cela avait allumé en lui une étincelle, le désir d'avoir plus que ce qu'il possédait en ce moment.

Il n'aurait su définir plus précisément ce désir. Le sentiment était vague. Tout ce qu'il savait, c'est que cela avait commencé avec la présence d'Addy.

Le soleil n'était pas levé depuis longtemps lorsque Addy se rendit à la vieille grange.

Le faon était toujours allongé sur le côté, mais il était éveillé. Addy lui parla doucement et lui présenta le biberon qu'elle avait empli de lait tiède. L'animal commença par lécher la tétine, puis se mit à téter goulûment.

— Tu as faim, ce matin. C'est bon signe.

Le faon but tout le lait contenu dans la bouteille. Encouragée par son appétit, Addy retourna à la maison le cœur plus léger et commença à faire quelques étirements avant d'aller courir. Une jeep marron, appartenant manifestement au shérif, remonta l'allée et vint s'arrêter en face de la maison. Addy interrompit ses exercices et attendit, les mains sur les hanches, de voir ce qu'on leur voulait. Le conducteur sortit du véhicule et la salua d'un signe de tête.

— Je suppose que vous êtes la fille de Claire ?

— Oui. Mon nom est Addy.

— Bonjour. Je suis le shérif Ramsey.

Addy serra la main qu'il lui tendit. Un autre homme s'avança.

— Je suis le capitaine Obermeier, de la brigade des pompiers.

La porte à moustiquaire de la cuisine s'ouvrit brusquement ; Claire surgit sur le perron et dévala les marches.

— Que se passe-t-il, shérif ?

L'homme la salua d'un signe de tête.

— Je viens vous voir au sujet de l'incendie d'hier. Tout laisse penser que le feu était d'origine criminelle.

Claire les regarda un moment sans dire un mot. Puis elle s'exclama :

— Comment pouvez-vous en être aussi certains ?

— Quelqu'un a répandu du gasoil sur le sol puis a allumé le feu avec une allumette, expliqua le capitaine Obermeier.

Addy lança un coup d'œil acéré à sa mère.

— Les appels téléphoniques que tu as reçus... Tu ne crois pas qu'ils ont quelque chose à voir avec ça ?

Ramsey planta son regard dans celui de Claire.

— Quels appels ?

— Je n'ai jamais pris ça au sérieux. Ils proviennent de quelqu'un qui pense que je n'ai pas mon mot à dire dans la construction de la nouvelle route.

— Eh bien... cela nous fournit un point de départ pour notre enquête. Nous allons vérifier l'origine des appels auprès de la société de téléphone. En attendant, le capitaine et moi allons refaire un tour sur le terrain. Pour nous assurer qu'aucun indice ne nous a échappé hier.

Claire approuva.

— Merci, ajouta Addy.

Les deux hommes les saluèrent de nouveau, avant de remonter dans leur voiture pour gagner le lieu de l'incendie.

Addy réfléchit un moment en silence à ce qu'elle venait d'entendre. Claire s'assit sur la dernière marche du perron et posa le front dans sa main.

— Ils trouveront le coupable, dit Addy avec fermeté.

— Sans doute. Mais je ne suis pas sûre que cela ait de l'importance.

— Que veux-tu dire ? Bien sûr, que c'est important !

— Je ne sais pas.

Le regard de Claire se posa sur l'allée sinueuse et elle reprit :

— Ces dernières années, les difficultés n'ont cessé de se succéder. Pour commencer, nous avons eu un problème avec un pesticide. Quand nous avons cessé de l'utiliser, les arbres situés à l'extrémité nord du verger ne se développaient plus correctement. Il a fallu les abattre. Naturellement, cela a réduit notre production. Et puis, il y a deux ans, nous avons eu une vague de gel au printemps, ce qui a sérieusement entamé la récolte de la saison suivante. D'autre part, les travailleurs saisonniers reviennent de plus en plus cher. Les charges sociales sont exorbitantes, ce qui fait que j'ai énormément de mal à joindre les deux bouts. Quand autant d'événements s'ajoutent les uns aux autres, on finit par se demander si le bon Dieu n'essaye pas de nous faire passer un message.

Addy n'avait jamais entendu une telle résignation dans les propos de sa mère. Aussi loin qu'elle se souvînt, Claire avait toujours accompli son travail avec une détermination sans faille.

— Il y a toujours des mauvais passages, dans la vie.

— C'est vrai, concéda Claire avec un faible sourire. Mais quand les mauvais passages sont plus nombreux que les bons…

— Je ne t'ai jamais vue renoncer à quoi que ce soit.

— Disons qu'il faut savoir faire une sortie honorable quand le moment est venu. Mais je t'empêche d'aller courir, reprit Claire en se levant.

Le sport était devenu indispensable à Addy. C'était le meilleur moyen pour elle d'éliminer le stress, l'angoisse, les soucis. Mais si elle était partie maintenant, cela aurait voulu dire qu'elle ne tenait compte que de ses propres besoins.

— Viens avec moi, suggéra-t-elle en regardant sa mère.

Claire secoua la tête, ahurie.

— Je ne me sens même pas le courage de parcourir dix mètres à ton allure !

— Eh bien, nous nous contenterons de marcher, dit Addy. Il faut commencer doucement.

Claire dévisagea sa fille, et quelque chose de doux et d'agréable passa entre elles. Elle se leva, et elles descendirent côte à côte l'allée de graviers. Le soleil matinal leur chauffait les épaules.


Une cheville douloureuse ? Il n'en croyait pas un mot !

Harold Carter avait été foudroyé au printemps dernier par une crise cardiaque. Le résultat d'une alimentation aberrante à laquelle il refusait de renoncer depuis des décennies : poulet frit, mayonnaise, gâteaux au beurre, etc.

Depuis le décès d'Harold, sa jeune veuve, Mae, était venue consulter Culley au moins une dizaine de fois. Ce lundi matin, Culley cherchait encore désespérément ce qui n'allait pas chez elle.

La jeune femme se renversa sur la table d'examen, une jambe repliée et l'autre gracieusement pointée devant elle. Mae était un beau brin de fille. Certains auraient même dit qu'elle était *belle*. En outre, elle avait l'aspect net et soigné d'une femme qui consacre tout son temps à entretenir son apparence.

Il souleva la cheville délicate et palpa doucement la zone qu'elle prétendait être douloureuse. Mae ne broncha pas.

— Ce n'est pas enflé, dit-il. Quand vous êtes-vous tordu la cheville ?

— Hier. Je ne comprends pas comment j'ai pu être aussi maladroite. Ça ne me ressemble pas.

Culley fit tourner la cheville dans un sens, puis dans l'autre. Mae tressaillit très légèrement.

— Cela fait mal, ici ?

— Un peu.

Il la relâcha. Bien que sceptique, il décida de lui accorder le bénéfice du doute.

— Vous allez prendre un comprimé d'Ibuprofène toutes les quatre heures. Dosage normal. Si ça ne va pas mieux dans deux jours, passez-moi un coup de fil.

Mae se dressa. Le décolleté en V de son corsage de soie rose glissa sur le côté, révélant un soupçon de dentelle ivoire.

— Donc, je n'ai rien de cassé ?

Il secoua la tête en signe de négation.

— Non.

— Oh, quel soulagement ! Je craignais d'être obligée de porter un de ces affreux bandages élastiques... Quelle horreur !

Culley recula pour aller noter quelque chose dans l'ordinateur posé sur le comptoir.

— N'ayez pas peur, ça ne sera pas nécessaire.

Mae rajusta son corsage, puis le regarda droit dans les yeux.

— Vous ne voulez pas que nous allions dîner ensemble, un soir ?

Elle ne craignait pas d'aller droit au but, il fallait lui accorder cela.

— Je ne pense pas que ce soit une bonne idée, répondit-il calmement. Du fait de la relation médecin-patient.

— Pour moi, ça ne pose aucun problème.

Il parvint à émettre un petit rire.

— Je suis flatté, Mae. Mais franchement, je ne recherche pas ce genre de chose en ce moment.

Mae glissa au bord de la table, reprit pied sur le sol et marcha vers lui. Elle ne s'arrêta que lorsqu'ils furent face à face, séparés par un espace de quelques centimètres.

— Ecoutez Culley, nous sommes adultes et nous pouvons parler franchement. Je ne suis plus une écolière, je n'ai pas besoin de roses et de promesses. Tout ce que je voudrais, c'est avoir un homme dans mon lit. Et j'aimerais beaucoup que ce soit vous. Voilà, c'est aussi simple que ça.

Il aurait probablement dû être intéressé par la proposition. Au moins flatté d'avoir été choisi. Voilà trois ans qu'il vivait seul. Mais jusqu'à ce jour, une seule femme avait su éveiller en lui quelques regrets. Et faire naître l'idée que peut-être, il passait à côté de sa vie.

— Ce n'est pas le moment, Mae. Et je ne suis pas l'homme qu'il vous faut.

Elle posa un doigt sur le devant de sa chemise blanche, le fit glisser tout le long de la rangée de boutons et ne s'arrêta que sur la boucle de sa ceinture.

— Mon offre tient bon tout de même, dit-elle. Si vous changez d'avis, appelez-moi.

Sur ce, elle prit son sac et sortit.

# 9.

L'après-midi, Addy se rendit en ville en voiture pour faire quelques emplettes chez Simpson's Rexall.

Elle se gara le long du trottoir, juste devant l'entrée du magasin. Une myriade de délicieux souvenirs l'assaillit lorsqu'elle franchit la porte. Les glaces se trouvaient toujours du même côté de la boutique, en entrant à droite. Une paroi tout entière comprenait des rangées de romans en éditions de poche et des bandes dessinées. Sur le mur opposé se trouvait le comptoir de bonbons à l'ancienne : des bâtonnets à la menthe, des boules de réglisse, des caramels, des torsades multicolores.

Dès qu'ils avaient été assez grands pour se rendre en ville à bicyclette, Culley et elle étaient devenus des clients assidus. Ils ramassaient tout le long du chemin des bouteilles de Coca-Cola vides, qu'ils rendaient au magasin. Avec l'argent de la consigne, ils achetaient un Banana split pour deux, qu'ils dégustaient ensuite, assis au bord du trottoir.

Doris Simpson était en train de balayer derrière le comptoir.

— Bonjour, madame Simpson, dit Addy.

La vieille femme leva les yeux et un sourire éclaira son visage.

— Addy ! Quel plaisir de te voir !

— Comment allez-vous ?

— Comme-ci comme-ça. J'avais entendu dire que tu étais chez ta maman, en ce moment. Tu n'as pas changé.

— Ce n'est pas ce que me dit mon miroir chaque matin ! répondit Addy en souriant.

Doris Simpson éclata de rire.

— Alors, tu devrais changer de miroir, mon chou ! Jette un coup d'œil dans la boutique, si tu veux faire tes achats. Et si je peux t'aider, n'hésite pas à me le dire.

— Merci.

Addy prit un panier et s'engagea dans une allée du magasin, prenant au passage un flacon de shampoing, du dissolvant, une lotion tonique pour le visage. Elle cherchait une marque de dentifrice, lorsque des voix lui parvinrent d'une allée voisine.

— Ce Culley Rutherford n'est pas ton genre d'homme, Mae.

— Oh, tu crois ? Et c'est quoi, mon genre d'homme ?

— Plus drôle. D'ailleurs, on ne l'a jamais vu sortir avec une femme, depuis qu'il est ici.

— Il faut croire qu'il a été échaudé. Avec son « ex » en prison !

— Il attend peut-être son retour.

— C'est possible. Mais en attendant, il a du temps à tuer. Et celle qui sait se montrer persévérante finit toujours par...

— Par irriter son monde, compléta l'autre femme.

— *Par obtenir ce qu'elle veut*, rectifia celle qui s'appelait Mae, d'un ton plein d'assurance. Je suis sûre qu'il s'intéresse à moi. Il est juste un peu plus difficile à convaincre que je ne le croyais.

L'ex-femme de Culley était en prison ? Addy demeura clouée sur place. *En prison ?*

Elle attrapa un tube de dentifrice au hasard sur l'étagère. Le tube glissa entre ses doigts. Elle se baissa pour le ramasser et fila à la caisse, trop perturbée pour essayer de se rappeler la liste des articles qu'elle était venue acheter.

Claire était sortie. Aussi Addy fut-elle obligée d'attendre pour lui poser les questions qui tourbillonnaient dans sa tête. Elle se dirigeait vers la grange pour donner au faon son biberon du soir, lorsqu'elle vit sa mère revenir au volant de sa camionnette.

— Comment s'est passée ta réunion à la paroisse ? demanda Addy.

— Trop de reines dans la ruche et pas assez d'ouvrières. L'église profiterait bien davantage de la collaboration de chacun, si les gens se contentaient de faire modestement le travail qui leur est attribué, au lieu de passer des heures à en parler !

Addy eut un sourire amusé.

— J'allais voir le faon. Tu m'accompagnes ?

— Bien sûr.

Addy s'agenouilla à l'intérieur de la stalle et tendit le biberon à l'animal. Celui-ci la connaissait bien, à présent. Il prit la tétine et but avec avidité.

— J'ai surpris une conversation aujourd'hui, en ville. Au sujet de l'ex-femme de Culley.

126

— Ah… Je ne t'en ai jamais parlé, parce que je pensais que c'était à lui de le faire s'il le décidait. C'est sa vie. Je pense toujours la même chose.

— J'ai entendu une femme, une certaine Mae, parler de lui.

— Mae Carter. C'est un drôle de numéro, celle-là ! Je pense qu'elle aimerait bien lui mettre le grappin dessus.

— C'est l'impression que j'ai eue.

Elle entendirent une voiture s'arrêter devant la grange. Le conducteur coupa le contact.

— Je vais voir qui c'est, dit Claire en sortant de la stalle.

Addy caressa la fourrure soyeuse du petit animal. Des voix résonnèrent à l'extérieur. Elle reconnut immédiatement celle du nouveau-venu : Culley. Son estomac se contracta. Tout l'après-midi, elle avait été obsédée par cette conversation surprise par hasard au magasin. Elle s'était dit et répété que tout cela ne la regardait pas. Culley était un homme libre qui vivait dans une petite ville. Les femmes s'étaient toujours intéressées à lui. Mais pourquoi ne lui avait-il jamais parlé de Liz ?

La porte de la grange s'ouvrit en grinçant. Il y eut des bruits de pas, puis Culley apparut devant la stalle ouverte. Une petite fille aux cheveux bruns lui tenait la main.

— Bonjour, dit gentiment Addy.

— Bonjour. Ta maman nous a dit d'entrer. Elle est retournée à la maison, je crois qu'elle avait un plat à mettre au four. Addy, je te présente ma fille, Madeline.

Addy se leva et s'essuya les mains sur son jean.

— Bonjour, Madeline. Je m'appelle Addy.

— Bonjour, répondit la fillette d'une voix douce et timide. Comme il est petit ! ajouta-t-elle en regardant le faon.

— J'étais en train de lui donner son biberon. Tu veux le faire à ma place ?

Les grands yeux bruns de Madeline s'illuminèrent.

— Je peux essayer ?

— Bien sûr.

Addy s'agenouilla avec la petite fille devant le faon et lui montra comment tenir la bouteille de lait. Au bout d'un moment, elle se releva et laissa Madeline se débrouiller seule.

— Il semble être en bonne voie de guérison, fit remarquer Culley.

Addy acquiesça d'un mouvement de tête.

— Je change encore son pansement deux fois par jour, mais la brûlure est en train de guérir. Je pense qu'il va s'en sortir.

— C'est super.

Ils se turent un moment, à court de conversation, et observèrent Madeline qui continuait de donner à boire au petit animal.

Tout à coup, Culley prit Addy par le bras.

— Pourrions-nous sortir un moment ? J'ai à te parler.

— Bien sûr, répondit Addy, déconcertée.

— Nous resterons juste devant la porte, chérie, dit-il à Madeline.

— Oui, papa.

Le soleil disparaissait rapidement à l'horizon et l'air s'était rafraîchi. Un couple d'hirondelles pépiait, perché sur la clôture devant la grange. Assis sur le perron de la maison, Peabody les surveillait d'un air suspicieux.

Culley s'adossa à sa voiture et croisa les bras.

— Alors, tu crois que ça va se passer comme ça ?

128

— De quoi parles-tu ? dit-elle en s'obligeant à soutenir son regard.

— De nous. Nous sommes là, à nous regarder en chiens de faïence, comme si nous ne savions pas quoi nous dire.

Addy haussa les épaules avec désinvolture.

— *Je ne sais pas* quoi te dire.

— D'accord. Et si nous reprenions tout à zéro ? Oublions ce qui s'est passé à New York. Nous ne pouvons pas effacer réellement cette nuit, mais nous pouvons faire comme si elle n'avait pas existé.

— Tu crois que c'est possible ?

— Si nous le voulons vraiment, oui.

— J'aimerais que nous soyons de nouveau amis. Comme avant.

— Comme avant ?

Elle approuva d'un signe de tête.

— Cela veut dire pas de sexe entre nous, répliqua-t-il, le visage sans expression.

Addy sourit malgré elle, surprise.

— Bien sûr. Nous ne faisions pas l'amour, à l'époque où nous étions les meilleurs copains du monde.

— Où avions-nous la tête ?

Son regard s'adoucit quand il prononça ces mots. Addy refoula vivement le souvenir fulgurant de délicieux moments d'intimité, qu'elle avait de plus en plus de mal à tenir enfermés dans le petit coffre secret où elle les avait relégués.

— D'accord, dit-il. Soyons amis.

— Seulement amis.

La porte métallique de la cuisine s'ouvrit avec un grincement familier.

— Addy ? annonça Claire depuis le porche. Le dîner sera prêt dans une minute. Du pain de maïs et des haricots que j'avais préparés hier. Culley ! Tu restes avec Madeline. C'est un ordre.

Culley coula un regard de côté à Addy.

— Tu veux bien que nous restions ?

— Tu as dîné ici aussi souvent que moi-même, jusqu'à...

— Jusqu'à ce que tu rencontres Mark.

— Oui.

Le nom de son mari fit à Addy l'effet d'une douche froide. Elle se mordit la lèvre.

Madeline sortit de la grange en sautillant.

— Il s'est endormi.

— C'est qu'il est rassasié. Tu l'as bien nourri, répondit Addy.

Madeline eut un sourire où se mêlaient le plaisir et la timidité.

— Nous sommes invités à dîner, lui dit son père. Tu es contente ?

La fillette hocha vigoureusement la tête.

Ils regagnèrent la maison, Madeline marchant entre eux. Claire les envoya se laver les mains, puis les fit asseoir autour de la table ronde, dans la cuisine. Un plat chaud trônait au centre de la table, et des assiettes de pain doré et croustillant étaient disposées tout autour. Elle servit du thé glacé aux adultes, un verre de lait à Madeline.

Au moment où ils commençaient à manger, le chat entra d'un bond dans la pièce, vint s'asseoir à côté de Claire et se mit à se lécher la patte avec application.

— Comment il s'appelle ? demanda Madeline.

— Peabody, répondit Claire.

— C'est un drôle de nom ! Il y a longtemps que vous l'avez ?

130

— Tellement longtemps, que c'est lui qui régente tout dans la maison !

— Papa m'a promis que je pourrais avoir un chien.

— Ou un chat, précisa Culley. Jusqu'à présent, tu n'as pas encore décidé ce que tu préférais.

— J'avais un chien, quand j'étais petite, intervint Addy.

— Il s'appelait Porridge et il te suivait partout. Je m'en souviens.

— Pourquoi Porridge ? s'enquit doucement Madeline.

— Parce qu'il était de la même couleur que les flocons d'avoine. Tout frisé, avec un museau adorable. Ton papa et moi l'avions trouvé au bord de la route, un jour, alors que nous nous promenions à bicyclette.

— Il était assis là et il attendait, continua Culley. Comme s'il savait depuis toujours que nous allions venir.

Madeline eut un sourire rêveur.

— J'adorais avoir un chien, dit Addy.

— J'ai toujours été étonnée que tu n'en aies pas repris un, fit remarquer Claire.

Addy pencha la tête de côté et contempla son assiette.

— Mark n'aimait pas les chiens.

Il y eut un bref silence, puis la conversation s'orienta sur un autre sujet. Lorsqu'ils eurent fini leur repas, Culley déclara :

— Vous êtes une fine cuisinière, Claire.

Le sourire de cette dernière indiqua qu'elle appréciait la remarque.

— Merci. Tu veux du café ?

— Volontiers.

— Il est déjà prêt. C'est à moi qu'échoit la corvée de préparer les pommes caramélisées pour la vente de l'église, annonça-t-elle en servant Culley et Addy. Tu ne vois pas d'inconvénient à ce que j'embauche Madeline pour m'aider ?

Madeline lança à son père un regard empli d'espoir.

— Bien sûr que non, dit-il.

— Allez prendre votre café dans la véranda, pendant que nous nous mettons au travail.

Addy et Culley sortirent. L'obscurité était tombée et l'air avait une fraîcheur agréable. Un silence gêné s'installa pendant quelques secondes. Addy le brisa la première en murmurant :

— Ses intentions sont tellement transparentes que cela devient un peu embarrassant.

— Ma mère et elle doivent avoir un plan, acquiesça Culley. Ida s'applique à prononcer ton nom assez souvent pour que je ne puisse pas oublier ton existence.

Cette remarque provoqua chez Addy un sourire attendri.

Ils étaient assis dans la vieille balancelle de la véranda.

— Elle grince toujours de la même façon, dit Culley en donnant un coup de pied sur le sol pour imprimer un mouvement de balançoire au siège.

Addy se tourna vers lui. Il la regardait fixement et son expression n'avait rien de platonique.

Ce fut elle qui baissa les yeux la première.

— Tu as peur ? demanda-t-il.

— Tu étais d'accord pour que nous soyons amis. *Seulement amis*.

Il soupira, sans dissimuler sa réticence. Visiblement, cette suggestion ne l'enthousiasmait pas.

Addy décida qu'il en faisait un peu trop, dans le genre « séducteur déçu ». Il fallait orienter la conversation vers un registre plus léger.

— Et donc, dit-elle de but en blanc, tu as la cote avec toutes les femmes de la ville ?

— Oh, oui. Surtout avec celles du Club du troisième âge. J'ai une invitation permanente pour toutes les séances de loto et les apéritifs.

Addy laissa fuser un rire léger et il sourit.

— Tu as la cote aussi avec Mae Carter, reprit-elle d'un ton plus sobre.

Il renversa la tête contre le dossier de la balancelle et émit une sorte de grognement contrarié.

— En fait, sa compagnie d'assurance maladie m'a même appelé la semaine dernière, pour me questionner sur le nombre de ses visites à mon cabinet au cours des trois derniers mois.

Addy eut un autre rire joyeux.

— Elle va peut-être être obligée de financer elle-même ses visites chez le médecin ?

— Cela ne m'étonnerait pas, répliqua-t-il d'un ton exaspéré.

Addy lui décocha un vif regard de côté. Cela lui rappelait les vieilles taquineries de leur adolescence. Ils avaient environ quatorze ans, quand les filles avaient commencé à s'agglutiner à Culley, comme des guêpes sur un pot de miel. Il avait souvent fait appel à elle pour l'aider à se débarrasser des plus envahissantes de ses admiratrices.

— Pauvre Culley, dit-elle avec une tristesse affectée. Obligé de repousser toutes ces femmes qui l'assaillent sans merci !

Il se tourna carrément sur le siège, repliant sa jambe sur le côté et effleurant la peau nue de Addy qui portait un short en jean.

— Il y a un dîner demain soir, à la mairie. Tu veux m'accompagner ?

— Laisse-moi deviner… Mae sera là ?

— J'en ai peur.

— Tu as donc besoin de moi pour te protéger de ses attaques. Il y a une autre solution : tu te mets un sac sur la tête. Cela devrait résoudre le problème.

Il ne put contenir un rire sonore.

— Avec toi, pas de danger d'avoir la grosse tête !

— Je viens juste de confirmer que tu étais très beau !

— Ah bon ? C'est ce que ça voulait dire ?

— Si j'en disais davantage, tu aurais tellement la grosse tête que tu ne trouverais plus de sac assez grand pour la cacher !

Sans un mot, il passa le bout de son doigt sur l'épaule d'Addy. Celle-ci fut aussitôt parcourue d'un délicieux frisson.

— Pas juste, dit-elle.

— Quoi ?

— Tu as encore oublié que nous étions seulement amis.

— Oh… ça.

— Oui, *ça*.

Il retira sa main et la coinça sous sa jambe repliée, comme s'il ne se faisait pas confiance.

— Alors, pour demain soir ?

Elle aurait dû refuser tout net. C'était le simple bon sens. La seule façon de se protéger contre ses propres sentiments.

— On sort « en amis », d'accord ?

— D'accord, dit-il en levant la main. Parole de scout.

— Eh bien, je viendrai. Mais uniquement pour te servir de garde du corps.

# 10.

Elle avait absolument tenu à prendre sa voiture.

Culley lui avait proposé de venir la chercher, mais elle avait prétexté quelques courses à faire en ville avant de le retrouver. Il avait accepté cette excuse à peine crédible, avec une bonne dose d'amusement dans la voix. Comme s'il était bien décidé à la conquérir, de toute façon. Et il n'était pas impossible qu'il y réussisse !

Face à lui, elle avait la sensation d'être transparente.

Le seul fait de s'être assise dans la véranda avec lui, la veille au soir, avait suffi à réveiller son instinct de fuite. Dans la journée, elle avait été plus d'une demi-douzaine de fois sur le point de décommander leur rendez-vous.

*Onze ans.* Elle en revenait toujours à ça. Elle ne pouvait surmonter cette pensée. Elle avait passé *onze ans* de sa vie avec un homme qu'elle croyait connaître. En qui elle avait eu confiance. Onze ans… tout ça pour ouvrir les yeux un beau matin et s'apercevoir que rien n'était vraiment comme elle l'avait cru. C'était un peu comme si on avait appuyé sur un interrupteur, la plongeant en un clin d'œil dans l'obscurité totale. Elle ne reconnaissait plus rien de ce qui, jusque-là, avait constitué sa vie. Elle n'était même plus sûre de ses propres sentiments. Et elle n'avait plus que le choix entre deux options : demeurer complètement figée dans cette obscurité, ou bien avancer à tâtons. Au hasard.

Il lui paraissait plus prudent d'adopter l'immobilité. Surtout quand elle songeait à sa relation avec Culley.

Elle se gara le long du trottoir, juste devant le bâtiment municipal. Dans la seconde qui suivit, Culley se gara pile derrière elle.

Addy sortit de sa voiture et demeura sur place, tandis qu'il venait à sa rencontre, souriant.

Il était si beau qu'elle en eut le souffle coupé. Vêtu d'une veste, d'une chemise blanche et d'un pantalon kaki, il semblait être venu directement en sortant de son cabinet médical. Ses cheveux souples couleur châtain lui tombaient un peu sur le front et son sourire était éblouissant. En toute honnêteté, on ne pouvait prétendre qu'il n'était pas follement séduisant.

— Bonjour, dit-il.

— Bonjour.

— Tu es très belle.

— Merci.

— Nous entrons ?

— Bien sûr.

Ils longèrent l'allée pavée de briques rouges qui menait à l'entrée du bâtiment. Des voix et des rires leur parvinrent de l'intérieur.

De longues tables avaient été dressées, recouvertes de nappes blanches et entourées de chaises métalliques. Tout au bout de la salle se trouvait le buffet. De la vapeur s'élevait en spirale au-dessus des immenses plats d'argent disposés tout le long de la table.

Les gens bavardaient par petits groupes de trois ou quatre. Plusieurs personnes firent un signe de la main à Culley et dévisagèrent Addy avec surprise.

Il la prit par le bras et l'entraîna vers deux hommes et une femme qu'il lui présenta. Tous trois étaient médecins à l'hôpital. Ils discutèrent un moment, puis se mêlèrent à d'autres groupes. Addy connaissait presque tout le monde, et la plupart des gens déclarèrent qu'ils étaient enchantés de la voir de nouveau avec Culley.

A l'exception, toutefois, d'une personne.

Addy la vit arriver de loin. Elle fendit la foule avec grâce et habileté. Mais sous son apparence détachée, on devinait l'agressivité et la détermination d'un requin. La guerre était déclarée avant même que les deux femmes se soient trouvées en présence l'une de l'autre.

Culley dut la voir en même temps qu'Addy, car il fit un pas vers celle-ci et lui posa familièrement la main sur le dos.

— Culley ! s'exclama Mae. Vous êtes venu, finalement.

— Bonsoir, Mae. Comment va la cheville ?

— Beaucoup mieux.

Elle lui sourit, ignorant délibérément la présence d'Addy.

— Je vous présente Addy Taylor, dit Culley en faisant remonter sa main sur l'épaule de sa compagne.

— Bonjour, dit Mae.

— Enchantée.

Mae pencha la tête de côté.

— Nous sommes-nous déjà rencontrées ?

— Non, dit Addy.

— Addy et moi sommes des amis d'enfance, précisa Culley.

— Oh…

Il y eut une longue pause, puis Mae ajouta :

— Comme c'est charmant…

— Les gens n'ont pas toujours dit ça, fit remarquer Addy.

— Nous avons fait beaucoup de bêtises ensemble, ajouta Culley en enrobant Addy d'un regard brûlant, donnant ainsi à ses paroles un double sens évident.

Il sembla à Addy que la température venait d'augmenter de quelques degrés dans la salle, et elle souleva d'un mouvement rapide ses cheveux sur sa nuque.

— Comme c'est bizarre ! reprit Mae. Vous ne semblez pourtant pas du genre à faire des bêtises.

Il sembla à Addy que son sourire était légèrement forcé.

— Comme c'est bizarre, rétorqua-t-elle en rendant son sourire à la jeune femme. Ça a l'air d'être tout à fait votre genre, à vous.

Mae battit des paupières. Le silence qui suivit fut si long qu'on aurait pu croire que la conversation allait en rester là. En tant qu'avocate, Addy avait appris l'avantage qu'il y a à savoir se taire. En général, le premier à reprendre la parole avait perdu la partie.

— Eh bien…, dit Mae en reculant d'un pas. Je suis ravie d'avoir fait votre connaissance, Addy.

— Moi aussi.

Mae salua Culley d'un signe de tête et se dirigea vers un groupe d'hommes qui semblèrent tous enchantés de la voir approcher.

— Le chaton a des griffes et sait s'en servir, dit Culley en souriant.

— C'est la dernière fois que je joue à ce jeu, déclara Addy. La prochaine fois que tu auras besoin d'un bouclier pour te défendre des attaques d'une belle, trouve quelqu'un d'autre !

Le sourire de Culley s'élargit.

— Avoue que ça t'a amusée.

— Pas du tout.

Quelqu'un attira l'attention de l'assemblée en tapant sur un verre du bout d'une cuillère et déclara que le repas allait commencer. Ils s'approchèrent du buffet. Mae se trouvait à quelques pas devant eux, entourée par deux hommes plus âgés qui la contemplaient avec des yeux gourmands.

Le dîner se prolongea pendant environ une heure et demie. Aux alentours de 9 heures, les gens commencèrent à quitter la salle et Culley suggéra de partir. Addy était impatiente de s'échapper. Pendant toute la soirée, elle avait senti peser sur eux les regards curieux de leurs voisins de table. Dès le lendemain, le téléphone arabe se mettrait en marche et le bruit se répandrait en ville que Culley avait une petite amie.

— Ce n'était pas une très bonne idée de venir ensemble, dit-elle en s'arrêtant à côté de sa Volvo.

Culley s'appuya d'une main à la carrosserie.

— Pourquoi ?

— Maintenant, toute la ville va croire que nous sommes amants.

— Et c'est terrible, parce que...

— Parce que ce n'est pas le cas.

— Pourtant, ça pourrait être vrai.

— Culley...

— Je sais, je sais… « Seulement amis ».

Il la contempla, avec une lueur un peu trop ardente et séduisante dans ses prunelles bleues.

— En tant qu'ami, puis-je t'offrir une glace chez Meyer ? Pour te récompenser d'avoir joué le rôle de bouclier !

C'était le moment ou jamais de mettre un terme à la soirée. De revenir en terrain sûr. Mais après tout, c'était seulement une glace, qu'il lui offrait.

Et peut-être était-elle trop craintive, après tout ? Elle ressemblait à une tortue, qui craignait de mettre le nez hors de sa carapace !

— Ils font toujours des cornets maison ?

— Je le crains…

— Alors, j'accepte.

L'établissement Meyer ne se trouvait qu'à une centaine de mètres de là. Ils s'y rendirent à pied en discutant de choses et d'autres : le dîner, le discours du maire, la transformation de Harper's Mill avec l'essor des commerces. Le maire pensait que, sans ces derniers, la ville aurait fini par mourir lentement et par perdre ses habitants. Aussi tenait-il à faciliter leur développement.

Meyer était le genre d'endroit où il fallait aller absolument si on tenait à faire tripler son taux de triglycérides dans l'heure qui suivait. Ils restèrent un long moment devant le comptoir pour choisir la combinaison de parfums idéale… destinée à saboter le plus strict des régimes.

— Toi qui es médecin, tu devrais pourtant faire attention à ce que tu manges, fit remarquer Addy d'un ton réprobateur.

— Il faut bien vivre un peu. Oublie tes scrupules de temps en temps.

Addy obtempéra et s'offrit une double ration de chocolat et noix de cajou. Culley s'en tint simplement à de la vanille.

— De la vanille toute simple ? s'étonna Addy alors qu'ils ressortaient.

— Difficile de faire mieux. C'est la meilleure que je connaisse.

Ils s'assirent sur un banc devant le magasin. Un lampadaire les enveloppa d'une lumière d'un blanc laiteux.

Addy ferma les yeux pour mieux savourer sa glace.

— Mmm… c'est si bon que ça doit être un péché.

— Ça vaut le coup d'accumuler des calories, non ?

— Il faudra que j'ajoute quelques kilomètres supplémentaires à mon parcours, demain matin.

— Combien de kilomètres parcours-tu, chaque semaine ?

— Trente.

— C'est du masochisme, déclara-t-il en haussant les sourcils.

— Non, c'est une thérapie. Quand je cours six kilomètres d'affilée, je résous mes problèmes. Du moins, une bonne partie, ajouta-t-elle en léchant sa glace.

— Y compris ceux que tu as eus avec Mark ?

— Pour oublier ça, un marathon ne suffirait pas, avoua-t-elle.

— Tu veux en parler avec moi ?

— Il n'y a rien à dire, tu sais.

— J'ignore ce qui s'est passé entre vous, mais apparemment, tu ne l'as pas encore surmonté. Je me trompe ?

Elle arrangea avec application le papier argenté qui entourait son cornet de glace.

— Je n'y pense plus, répondit-elle sur un ton un peu trop défensif. Tout ce que je veux, maintenant, c'est ne plus jamais revivre ça.

Culley l'enveloppa d'un regard hautement sceptique et déclara en levant les yeux vers le ciel :

— D'accord, parlons d'autre chose. Tu ne trouves pas que la lune est particulièrement belle, ce soir ?

Elle suivit son regard et demanda tout de go :

— Comment as-tu rencontré Liz ?

Elle venait d'inverser les rôles et il fut désarçonné par sa manœuvre.

— Deuxième année de faculté. Dans une fête. Nous étions complètement ivres tous les deux.

Il eut une hésitation et murmura :

— Ce fut le premier avertissement. J'ai fait l'erreur de ne pas en tenir compte.

— Que veux-tu dire ?

Culley soupira.

— Personne ne t'en a parlé ?

— Ce que j'en sais, c'est uniquement par des bribes de conversation que j'ai surprises hier au magasin. Tu sais, ton amie Mae…

— Je vois. Qu'a-t-elle dit ?

— Que Liz était en prison.

— Oui…

Un silence, puis il confirma d'une voix ferme :

— C'est vrai.

— Que s'est-il passé ? demanda doucement Addy.

Il demeura silencieux encore quelques secondes. Son visage était grave.

— Elle a heurté de plein fouet une voiture qui venait en sens inverse. C'était un après-midi, elle revenait de l'épicerie.

142

Son taux d'alcoolémie était largement au-dessus de la norme autorisée, et Madeline était avec elle dans la voiture.

— Oh, Culley..., murmura Addy d'une voix étranglée.

— Le conducteur de l'autre véhicule est resté paralysé.

— C'est horrible. Et Madeline ? Elle a été blessée ?

— Elle n'a eu que quelques côtes cassées. Grâce au ciel, elle était solidement attachée dans son siège d'enfant.

— Culley, c'est une terrible histoire... Je suis réellement désolée.

Il jeta le reste de sa glace dans la poubelle placée près du banc.

— J'ai vécu un cauchemar. Et ce n'est pas terminé.

— Tu savais que Liz avait ce genre de problème ?

— Cela fait partie des choses qu'on ne comprend vraiment qu'avec le recul. Liz a toujours aimé s'amuser, faire la fête. Moi aussi j'aimais ça, quand j'étais étudiant. J'ai eu ma période d'insouciance, dans le style : « On est là pour prendre du bon temps. » Quand nous avons commencé à sortir ensemble, c'était une fête chaque soir. La plupart du temps, j'étais incapable de dire comment la soirée s'était terminée. Je ne me suis réveillé que lorsque j'ai vu mes notes baisser. J'ai compris que si ça continuait, je n'obtiendrais jamais mes diplômes de médecin.

— Et Liz ?

Il haussa les épaules.

— En apparence, elle était d'accord avec moi et disait qu'il était temps de redevenir sérieux. Mais certains soirs, elle sortait avec ses copines. Elles buvaient toutes. Mais même à ce moment-là, j'ai deviné qu'il se passait quelque chose. Son rapport à l'alcool était différent... cela tournait à la dépendance.

— Tu lui en as parlé ?

— Oui. Mais elle l'a mal pris, elle m'en a voulu de lui faire ces reproches. A présent, je me rends compte qu'elle réagissait comme mon père. Il aurait pu dire exactement la même chose. « Je n'ai pas de problème avec l'alcool. Je passe mes examens, je fais des études et je m'amuse un peu le soir. Quel mal y a-t-il à cela ? » Je crois que je n'ai pas *voulu* voir ce qui n'allait pas. Car à partir de là, la situation est devenue assez claire, l'alcoolisme de Liz était évident. Comment aurais-je pu être aveugle au point de ne pas en prendre conscience ?

Le cœur d'Addy se serra. Combien de fois, au cours de leur enfance et de leur adolescence, Culley avait-il fait irruption chez elle, tard le soir ? Son regard sombre exprimait des émotions qu'elle ne comprenait pas. Elle savait que son père buvait plus que de raison, qu'il entrait souvent dans de violentes colères, hurlant et jetant à la tête de son fils et de sa femme tous les objets qui lui tombaient sous la main. Malgré la rancune qu'elle éprouvait envers son propre père, elle s'était dit souvent que son sort était préférable à celui de Culley.

— Quelquefois, nous ne nous autorisons pas à voir les choses que nous n'avons pas envie de voir, dit-elle. Nous ignorons le problème, tout simplement parce que c'est plus commode. Jusqu'à ce qu'il soit trop tard.

Elle se leva, jeta à son tour le reste de sa glace et se rassit.

Culley se renversa contre le dossier, contemplant le ciel.

— Tu sais, c'est comme si tu te trouvais dans un train dont les freins ont lâché. Tu sais qu'il n'y a pas d'issue. C'est fichu. Pourtant, tu n'arrives pas à sauter en marche. Alors, tu continues le voyage… jusqu'à ce que soudain, le train déraille. Et le désastre que tu redoutais depuis longtemps se produit en un instant. C'est là que tu te dis : « J'aurais dû faire quelque chose pour éviter ça. »

Addy lui prit le bras.

— Tu te trompes, Culley. Même si nous le voulons, nous ne pouvons pas choisir à la place des autres. Nous pouvons seulement leur dire ce que nous pensons de leur choix de vie. Mais la décision leur appartient. C'est à eux, et à eux seuls, de renoncer à leur erreur.

— Est-ce que ça s'est passé comme ça aussi, entre Mark et toi ?

Addy retira sa main et acquiesça.

— Apparemment, je n'ai pas vu non plus ce que je redoutais de voir.

Il ne lui demanda pas ce qu'elle voulait dire par là, et elle en fut soulagée.

Ils gardèrent le silence un long moment. Assis sur ce banc, en pleine rue, ils se laissèrent envelopper par un sentiment à la fois familier et confortable. C'était de nouveau comme avant. Avant leur premier baiser, quand ils étaient encore adolescents. Avant Mark. *Avant*…

A l'époque où ils étaient jeunes et pouvaient encore se parler de tout.

Il n'y avait jamais eu personne, dans sa vie, avec qui elle ait éprouvé de pareils sentiments. Il y avait eu Mark, certes. Et puis des amis proches, comme Ellen. Mais ce qu'elle avait partagé avec Culley était différent.

Cela lui manquait, à présent. L'impression de manque était si forte qu'elle en eut l'estomac noué.

A tel point que ce sentiment, qui renaissait à présent en elle, elle aurait voulu l'attraper à deux mains et s'y cramponner pour qu'il ne puisse plus jamais s'envoler.

— Tu l'aimes bien, pas vrai ?

Culley était passé chercher Madeline chez sa mère. Ils avaient pris l'autoroute pour rentrer chez eux lorsque la fillette posa cette question. Culley la regarda et répondit en pesant prudemment ses paroles.

— Nous avons été amis. Il y a longtemps.

— Et maintenant, tu l'aimes plus qu'une amie ? s'enquit Madeline en évitant de le regarder.

— Peut-être.

Madeline se tourna pour contempler le paysage à travers la vitre. Mais la nuit était opaque, on ne distinguait plus rien à l'extérieur.

— Et elle, elle t'aime ?

— Je ne sais pas.

— Vous allez vous marier ?

Il ne s'attendait pas à cette question et fit une embardée sans le vouloir. Il mit son clignotant, se rangea sur le côté de la route et se tourna vers sa fille.

— Hé ? dit-il en lui prenant le menton pour obliger la fillette à se tourner dans sa direction. C'est quoi, toutes ces questions ?

Madeline haussa les épaules.

— J'ai bien vu comment tu la regardais.

Culley lui caressa légèrement les cheveux.

— Tu veux savoir ? Eh bien j'ignore complètement ce qui va se passer ! Mais il y a une chose qui ne changera pas.

— Quoi ? demanda-t-elle en levant vers lui un regard inquiet.

— Eh bien, le fait que je t'aime.

— Ah oui ? Combien tu m'aimes ?

— Mmm...

Il fit mine de réfléchir. C'était un jeu auquel ils jouaient souvent autrefois, mais qu'ils avaient un peu oublié depuis trois ans.

— Je t'aime... autant qu'il y a de petites pépites de chocolat dans tous les cookies du monde.

La fillette eut un grand sourire.

— Et moi, je t'aime autant qu'il y a de poissons dans tous les océans du monde.

Il lui entoura les épaules de son bras et la serra très fort contre lui. Quand il la relâcha, il vit que des larmes perlaient dans ses jolis yeux sombres. Il les essuya du bout de son doigt.

— Tu sais que ça, ça ne changera jamais, n'est-ce pas ?

Elle hocha la tête et marmonna :

— On devrait rentrer, maintenant. J'ai plein de devoirs à faire.

Il reprit la route et elle alluma la radio. Ils effectuèrent le reste du trajet sans prononcer un mot.


Addy était dans la cuisine, le lendemain matin, lorsque le téléphone sonna.

— Alors, je commence à te manquer ? Quand est-ce que tu reviens ?

C'était Ellen, naturellement. Et comme à son habitude, elle n'avait même pas pris la peine de saluer son interlocutrice.

— Oui, tu me manques, répondit Addy en regardant la pendule du coin de l'œil.

Il n'était que 8 heures, mais Ellen devait être sur la brèche depuis au moins trois heures.

— J'espère que tu t'ennuies à mourir ?

— Eh bien, à vrai dire... non.

— Grâce aux appels du bon docteur, j'imagine ?

— Non.

— Ah bon ? Mais tu l'as vu ?

— Un peu.

— Qu'est-ce que ça veut dire ?

— Que nous sommes amis.

— Oh..., répondit Ellen avec une évidente déception.

— Nous avons décidé d'un commun accord qu'il était beaucoup plus logique et plus agréable d'être seulement amis.

— « D'un commun accord » ?

— Oui. Il est du même avis que moi.

Alors même qu'elle prononçait ces paroles, une bribe de souvenir lui revint à la mémoire. Elle crut encore sentir la main de Culley sur son bras, comme la veille au soir.

— Mais l'autre nuit, à New York, vous n'étiez pas « seulement amis » ?

— Oh, ça... C'était différent.

— Comment ?

— C'était une erreur.

— Peut-être. Mais tu as quand même éprouvé un peu de plaisir à la commettre, cette erreur !

— Ellen !

— Soyons sérieuses, Addy. Pendant combien de temps encore vas-tu penser à Mark ?

— Je ne pense plus à lui.

— Ah, vraiment ?

— Vraiment.

— Ce n'est pas l'impression que j'ai ! Ce que je vois, moi, quand je te regarde, c'est une femme de trente-trois ans, divorcée et folle d'angoisse à l'idée de se retrouver dans les bras d'un homme. A ta place, je laisserais au moins une chance au gentil docteur. N'oublie pas une chose : tout ce que la prudence peut t'apporter, ce sont de nombreuses soirées passées tristement à la maison, en solitaire !

— Ça peut aussi t'éviter de passer pour une idiote.

— Oh, c'est donc ça ? Ta fierté en a pris un coup ?

— Ce n'est pas si simple.

— Et moi je pense que ce n'est pas très compliqué, Addy. En agissant comme tu le fais, tu laisses Mark gagner la partie. Et c'est quelque chose qu'il ne mérite pas.

Leur conversation s'orienta ensuite sur le travail. Ellen avait quelques questions au sujet des dossiers d'Addy qu'elle avait récupérés. Quand elles eurent terminé, Addy, songeuse, reposa le téléphone sur le comptoir de la cuisine. Ellen avait-elle vu juste ? Mark occupait-il encore une place trop importante dans sa vie ?

C'était peut-être vrai. Mais il était vrai aussi que les gens étaient façonnés par la vie, par les événements qu'ils traversaient. Elle par exemple, avait été irrémédiablement changée par ce qui lui était arrivé. Et par la découverte que son mariage était entièrement bâti sur du sable.

Il était grand temps de passer à autre chose, elle le savait. Et pourtant, elle avait l'impression d'être immobilisée dans une chape de ciment. Bouger, vivre, cela signifiait mettre une fois de plus son jugement à l'épreuve. Et chasser l'image qui s'était imprimée au fer rouge dans son esprit : celle de Mark, dans leur lit, avec une autre femme. Une femme qui portait un enfant de lui.

Elle souhaitait ardemment oublier tout cela. Mais elle n'était pas sûre d'en être capable.

Addy et Claire passèrent les deux journées suivantes à mettre la comptabilité du domaine à jour : l'argent qui entrait dans la caisse, celui qui en sortait pour l'entretien du verger. Le problème résidait dans le fait que les sorties étaient plus importantes que les rentrées.

Ce n'était pas la faute de Claire. Addy s'aperçut que tout ce que lui avait dit sa mère était exact. Au fil des ans, le marché s'était réduit, et la concurrence s'était faite plus dure à cause des importations de produits venant du Mexique ou du Canada. Pendant longtemps, Taylor Orchards avait été l'unique fournisseur de trois grandes chaînes de distribution en Virginie et en Caroline du Nord. Ce n'était plus le cas.

Au cours des dix dernières années, leur part de marché n'avait cessé de décroître. A tel point qu'Addy en était arrivée à la conclusion qui s'imposait. Le choix le plus judicieux consistait sans doute à vendre le domaine.

A la fin de la deuxième journée passée devant la table de travail à éplucher les comptes, Claire finit par l'admettre.

— Il n'y a pas de honte à cela, ma chérie, dit-elle en passant une main dans ses cheveux. Tout a une fin. Cela fait partie de la vie. Il n'existe pas une seule affaire qui puisse continuer éternellement à être rentable.

— Mais le domaine appartient à notre famille depuis l'époque de tes grands-parents, protesta Addy.

Claire soupira.

— Il faut croire que l'exploitation a fait son temps. Je suis d'accord pour vendre.

Addy contempla les papiers rangés en petits tas bien nets sur la table. Des factures, des reçus. La preuve que Claire avait travaillé pendant des années avec acharnement. Sa mère était-elle dans le vrai ? Etait-il temps de reconnaître la défaite, d'admettre que les temps avaient changé ? De se retirer avec les honneurs ?

Si elle ne devait en juger que par les documents alignés devant elle, la réponse était évidente.

Mais les quelques jours qu'elle venait de passer au domaine avaient opéré en elle un changement subtil. A son arrivée, elle avait eu le sentiment d'être une étrangère qui avait vécu là autrefois. Mais avec chaque jour qui passait, son amour pour le domaine avait augmenté. C'était comme une marée qui montait, enflait, imperceptiblement. Son souhait secret était de voir Taylor Orchards retrouver la prospérité d'antan.

Un peu plus tard ce soir-là, Addy alla voir le faon dans la vieille grange. Elle lui apporta quelques carottes fraîches qui avaient peu à peu remplacé les biberons. De retour à la maison, elle s'installa dans l'un des fauteuils de cuir du salon et ouvrit son ordinateur portable pour se brancher sur Internet.

Claire était déjà montée dans sa chambre en expliquant qu'elle se sentait fatiguée. Addy l'avait regardée gravir les marches avec lassitude. Elle était certaine qu'il y avait plus de résignation, en elle, que de réelle fatigue.

Elle rechercha les sites de leurs principaux concurrents. La plupart d'entre eux étant de gros producteurs, leurs sites étaient impressionnants. Puis elle consulta les études réalisées sur la production de fruits dans leur région. Elle était si absorbée par sa lecture qu'elle entendit à peine une voiture remonter l'allée et passer devant la maison.

Elle se leva et traversa la pièce pour aller voir qui leur rendait visite à cette heure tardive. Mais au même instant,

151

un bruit aussi assourdissant qu'une explosion retentit. Les vitres volèrent en éclats. Addy fit un bond en arrière et poussa un cri de douleur en sentant un morceau de verre lui entailler le mollet.

Une énorme pierre atterrit sur son ordinateur et pulvérisa le clavier. Hébétée, Addy regarda fixement l'appareil, trop choquée pour esquisser un geste. Quelques secondes passèrent avant qu'elle ne se ressaisisse et se précipite à la fenêtre. Mais trop tard. La voiture s'éloignait déjà, tous feux éteints, dans l'allée obscure.

Claire dévala l'escalier en criant.

— Addy ! Qu'y a-t-il ? Que s'est-il passé ?

— Quelqu'un a lancé une pierre par la fenêtre, répondit-elle, encore abasourdie.

— Seigneur ! Tu es blessée… Tu saignes !

Addy baissa les yeux et vit un filet de sang couler le long de sa jambe. Claire lui prit le bras et l'entraîna vers le canapé.

— Il faut voir si la blessure est profonde.

La chair était déchirée et le sang s'écoulait de plus en plus vite, formant une petite flaque sur le sol.

— Je vais chercher la mallette de premiers secours, dit Claire en se précipitant dans la cuisine.

Elle revint au bout de quelques secondes, le téléphone coincé entre son cou et son épaule.

— Ida, quelle chance que tu sois chez toi ! Culley est à la maison ?

Addy agita les deux mains devant elle pour l'empêcher d'aller plus loin. Mais Claire fit comme si elle ne la voyait pas.

— Oh, c'est bien… Addy est blessée. Peux-tu lui demander de passer le plus vite possible ?

Excédée, Addy renversa la tête contre le dossier du canapé.

— Ce n'était pas la peine, maman. Je n'ai rien de grave.

— Je préfère qu'il jette un coup d'œil à cette blessure. Et je sais qu'il le fera volontiers.

Elle sortit de la gaze de la mallette et en plaqua un morceau sur la blessure.

— Où est la pierre qu'ils ont lancée ?

— Elle a roulé sous le bureau.

— Tiens cela plaqué sur ta jambe pendant que je la cherche.

Elle dénicha la pierre, de la taille d'un gros pamplemousse, et la leva à la hauteur de ses yeux.

— Il y a une lettre enroulée autour.

— Qu'est-ce qu'elle dit ?

Claire déroula le papier et l'aplatit sur la table.

— « Que vous le vouliez ou non, l'autoroute traversera le comté de Lindmore. Attention. Ce petit incendie n'était qu'un avertissement. »

— Qui est capable de faire une chose pareille ? demanda Addy, effondrée.

— Je n'en ai aucune idée.

Les phares d'une voiture apparurent dans la fenêtre. Il y eut un bruit de pas dans l'allée, puis on frappa à la porte.

— Addy ? Claire ?

La voix de Culley. Claire alla lui ouvrir. Addy dut s'avouer qu'elle n'était pas fâchée de le voir. Il traversa le salon à grandes enjambées, vint s'agenouiller à côté d'elle et déposa sa grosse sacoche de médecin sur le sol.

— Qu'est-il arrivé ?

— Je pense que quelqu'un essaye de nous faire comprendre quelque chose, dit Addy.

Claire souleva la pierre pour la lui montrer et lui tendit la lettre qui l'accompagnait. Il la lut, les sourcils froncés. Puis, sans un mot, il ouvrit son sac et en sortit de la gaze et un onguent.

— La coupure est nette, il ne sera pas nécessaire de mettre des points de suture. Mais tu vas avoir très mal pendant un jour ou deux.

Addy hocha la tête.

— Vous avez appelé le shérif ?

— Non, dit Claire. Ce n'est peut-être pas la peine.

— La prochaine fois, ce sera pire, maman. Il vaut mieux confier l'affaire aux autorités.

— Addy a raison, déclara Culley d'une voix ferme. Il faut alerter le shérif.

Claire composa à contre cœur le numéro du poste de police, pendant que Culley nettoyait la plaie.

— Désolé, je sais que ça brûle, dit-il, mais ça ne sera pas long.

— Maman n'aurait pas dû te déranger. J'ai des remords de t'avoir fait venir pour si peu de choses.

— Mais non, protesta-t-il avec un sourire ensorcelant. A quoi serviraient *les amis*, s'ils n'accouraient pas lorsqu'on a besoin d'eux ?

# 11.

Le shérif Ramsey arriva quelques minutes plus tard avec deux de ses adjoints.

Ils demandèrent à Claire et à Addy de leur raconter le plus précisément possible ce qui s'était passé.

Il n'y avait pas grand-chose à dire. Aucune des deux femmes n'avait vu quoi que ce soit. Ramsey leur assura qu'il ferait tout son possible pour retrouver l'auteur de l'agression, mais il ne semblait pas convaincu lui-même qu'il y parviendrait.

— J'étais chez Oscar Hammond ce matin, dit-il d'un ton soucieux. Quelqu'un a crevé les pneus de tous les véhicules de la ferme. On lui a laissé le même genre de message qu'à vous.

— Mais qui peut bien avoir tellement intérêt à ce que l'autoroute soit construite ? demanda Claire.

— C'est ce que j'aimerais savoir. Alors, nous tiendrions notre coupable, n'est-ce pas ?

Il n'était pas loin de 10 heures du soir quand le shérif et ses adjoints repartirent. Culley se rendit dans la grange, où il trouva quelques planches pour boucher la fenêtre, en attendant la venue du vitrier.

— Ce n'est pas un travail merveilleux, dit-il en revenant dans le salon, mais ça suffira pour empêcher que quelqu'un entre par la fenêtre.

— Merci, Culley. Et maintenant, si vous n'y voyez pas d'inconvénient, je monte me coucher, dit Claire. Je suis exténuée.

— Tu ne te sens pas mal, maman ?

— Absolument pas. A demain, ma chérie. Et encore merci, Culley.

Claire s'éclipsa et quelques instants après ils entendirent la porte de sa chambre se refermer.

— Je ferais mieux de partir, à présent. Comment va ta jambe ?

— Bien, merci. Je te raccompagne jusqu'à la voiture.

Le ciel constellé d'étoiles était illuminé par un croissant de lune d'une blancheur argentée. Culley jeta sa sacoche à l'intérieur de l'Explorer et se retourna, une main sur la portière.

— Tu penses que ça ira ?

— Oui, répondit-elle en croisant les bras.

— Ils finiront par trouver qui a fait le coup.

— Sûrement.

— Je suis content que tu n'aies rien de grave, tu sais.

Il y avait plus que de la politesse dans ses paroles. De la sincérité, de l'affection. Et tout à coup, Addy se sentit à la fois heureuse et reconnaissante de savoir qu'elle pouvait compter sur lui.

Il tendit le bras et lui caressa la joue du dos de la main. Ce fut aussi léger que la caresse d'une plume. Puis, entre-croisant les doigts avec les siens, il l'attira vers lui. Il se

enait adossé à la voiture, les pieds écartés. Addy se blottit
entre ses jambes solides, les yeux baissés, le regard fixé
sur les boutons de sa chemise.

Elle n'avait qu'à faire un pas en arrière pour empêcher
que les choses n'aillent plus loin. Mais le désir de savoir si
leur nuit à New York n'était pas embellie par le souvenir
était trop fort.

Un baiser...

Quel mal cela pouvait-il faire ?

Et alors il l'embrassa avec ferveur, l'enveloppant de ses
bras comme pour repousser toute arrière-pensée.

A cet instant-là, en fait, le regret était bien la dernière
chose qu'elle aurait pu ressentir !

Ce fut un de ces baisers qui emportent tout sur leur
passage, comme un torrent en furie. Et qui agit comme une
drogue dont l'effet est instantané. Elle se sentit envahie
d'une immense faiblesse. Et en même temps, par une sensation si merveilleuse, si *réelle,* qu'elle aurait voulu que le
temps s'arrête et que ce moment demeure figé, intact dans
sa mémoire.

Culley s'écarta légèrement et ils se dévisagèrent, éblouis.
Sans chercher à dissimuler tout ce que ce baiser venait de
faire surgir en eux d'émotions.

Il lui entoura la taille de ses mains, la plaquant étroitement
contre lui. Et ils échangèrent un autre baiser. Plus tendre
sans doute, mais aussi enivrant que le précédent.

— Finalement, cette histoire d'amitié..., murmura-t-il,
les lèvres contre la bouche d'Addy.

— Mmm ? dit-elle en penchant la tête de côté.

— Ce n'est pas si mal. Surtout si on peut s'embrasser
comme ça.

— Oui, acquiesça-t-elle dans un souffle. Tu penses que… ce n'est pas parce que nous sommes amis que nous n'avons pas le droit de nous embrasser ?

— Exactement.

Tout en chuchotant, il lui embrassa le lobe de l'oreille, puis fit glisser ses lèvres dans son cou. Ses mains abandonnèrent sa taille pour s'aventurer sur ses hanches rondes.

Elle avait de plus en plus de mal à penser. Et encore plus à respirer.

Renversant la tête en arrière, elle s'écarta de lui.

— Rentre chez toi, Culley Rutherford.

Il la regarda avec un sourire irrésistible.

— Tu crois qu'il le faut ?

Un autre pas en arrière. Une bonne distance entre eux. Il fallait cela pour qu'elle retrouve les idées claires.

— Oui, j'en suis sûre…, bredouilla-t-elle d'un ton peu convaincant.

Il ouvrit néanmoins la portière et s'installa au volant.

— Tu peux me promettre quelque chose ? s'enquit-il.

— Peut-être.

— Ne passe pas les deux prochaines heures à te demander comment cela va finir. Considère juste les choses telles qu'elles sont.

— C'est-à-dire ?

— Quelques baisers passionnés entre deux personnes qui se sont beaucoup aimées. Et qui s'aiment encore.

Il referma la portière. Les bras croisés, elle le regarda faire demi-tour. Il lui adressa un petit signe de la main, puis s'engagea dans l'allée et disparut.

*
* *

158

Quelques minutes plus tard, Culley entra chez lui. Sa mère l'attendait dans le salon.

— Madeline s'est endormie ?

— Oui. Je lui ai lu quelques histoires.

— Merci, maman.

— Comment va Addy ?

— Bien, si ce n'est qu'elle a une belle coupure sur la jambe.

— Une bénédiction. Elle aurait pu être plus gravement blessée.

Ils allèrent dans la cuisine. Ida lui servit du thé froid auquel elle ajouta des glaçons.

— Tu ne m'en voudras pas de faire une petite remarque ?

— Que je réponde oui ou non, tu la feras quand même, répondit-il avec un sourire indulgent.

— Je trouve la présence d'Addy très bénéfique. Depuis qu'elle est là, j'ai l'impression de retrouver un peu le Culley d'autrefois.

En disant ces mots, elle lui tapota l'épaule et hocha la tête.

Après le départ d'Ida, Culley se rendit dans son bureau, son verre de thé glacé à la main. Il s'assit dans le fauteuil de cuir et réfléchit aux paroles de sa mère.

Certes, les années passant, il avait changé. Difficile à croire, mais il avait aimé s'amuser, autrefois. C'était un bon vivant, un optimiste qui avait tendance à considérer que le verre était toujours à moitié plein. Son mariage avec Liz avait tout changé. Le résultat, c'est qu'il était devenu quelqu'un qu'il n'aimait pas beaucoup. Un type qui travaillait trop, ne passait pas assez de temps avec sa

fille, et souriait si peu que celle-ci était étonnée quand, pa[r]
hasard, cela arrivait.

Ce soir, sous un ciel illuminé d'étoiles, il avait embrass[é]
une femme. Une femme avec laquelle il avait partagé se[s]
jeux d'enfance ! Et il avait senti qu'il voulait redeveni[r]
celui qu'il avait été. Un homme capable d'admettre que s[a]
vie n'avait pas pris la direction qu'il espérait. Mais capabl[e]
aussi de se reprendre et d'aller de l'avant.

Il ouvrit les yeux et se redressa dans son fauteuil. C'était ç[a]
la différence. Pour la première fois depuis trois ans, il avai[t]
envie d'aller de l'avant. De tout recommencer à zéro.

Le téléphone mobile qu'il avait posé sur son bureau se mi[t]
à sonner. Il jeta un coup d'œil au cadran, mais ne reconnu[t]
pas le numéro affiché.

— Allô ?

— Bonsoir. C'est moi.

Il se renversa dans son fauteuil, pressant les doigts su[r]
l'arête de son nez, comme pour supprimer un brusque ma[l]
de tête.

— Liz…

— Je suis à l'infirmerie. J'ai attrapé un virus, je pense[.]
Ce n'est pas grave. Mais il y a une gentille infirmière qu[i]
a bien voulu me prêter un téléphone en cachette.

— Ah…

Il y eut un long silence, comme s'ils ne savaient plus quo[i]
se dire. De fait, Culley était totalement pris de court.

— Tu as reçu ma dernière lettre ?

— Oui, murmura-t-il, gêné et culpabilisé à l'idée qu'i[l]
n'avait pas pris la peine de répondre.

— Peux-tu venir me voir, Culley ?

Il ferma les yeux et serra très fort les paupières. Ils
n'étaient plus mari et femme. Mais il avait beau se dire

que Liz n'était plus rien pour lui, il ne pouvait se défendre
d'un sentiment de pitié envers elle.

— Je sais que tu ne me dois rien, Culley, dit-elle d'une
voix à peine audible. Mais j'ai peur. C'est tout.

La boule qui lui nouait la gorge se défit un peu et il
parvint à expliquer :

— Ecoute, Liz. J'ai hâte que cette période se termine et que
tu puisses recommencer à vivre normalement. Mais tu dois
comprendre, n'est-ce pas ? Désormais, ce sera *ta* vie.

— Je sais. Je sais aussi que notre mariage est derrière
toi et que tu mènes une autre existence, à présent. Je ne
t'en blâme pas.

Il reconnut dans sa voix un terrible sentiment de solitude,
presque de désespoir. Ce qu'elle lui demandait n'était pas
grand-chose, après tout. Ils ne s'étaient pas vus depuis longtemps. Les dernières fois, quand il avait emmené Madeline
à la prison, c'était Ida qui avait accompagné la fillette au
parloir, car il n'avait pas voulu voir son ex-épouse.

Une autre vague de culpabilité le submergea à cette
pensée. Peut-être fallait-il qu'il y aille. C'était sans doute
la façon la plus élégante de mettre définitivement un terme
à leur relation.

— Eh bien, d'accord. Je viendrai lundi.

— Merci, Culley. A lundi.

Il raccrocha et resta assis un long moment, plongé dans
ses pensées. Il songeait à Addy, à la façon dont ils s'étaient
embrassés ce soir. Il était rentré chez lui aussi exalté que
s'il avait respiré de l'hélium !

Rien à voir avec ce qu'il éprouvait à présent. Il avait
l'impression qu'un rideau avait été tiré, et que l'obscurité
pesait sur lui comme une chape de plomb.

161

Il ne voulait plus ressentir cette sensation d'accablement. Ce qu'il voulait, c'était ouvrir les fenêtres, laisser entrer la brise, se sentir libre.

Les douze coups de minuit sonnèrent à la vieille horloge. Et alors, il prit sa décision. Il irait voir Liz lundi. Et ensuite, il fermerait la porte sur son passé. Une fois pour toutes.

Le pire de tout, c'était la nuit.

Allongée sur son étroite couchette, Liz Rutherford contemplait le plafond. Au-dessous d'elle, sa compagne de cellule ronflait doucement. Elle avait été condamnée pour mauvais traitements à enfants.

La nuit, lorsqu'elles étaient couchées toutes les deux et cherchaient le sommeil, les remords planaient dans la cellule sinistre comme une épaisse nappe de brouillard. Liz se demandait souvent si l'une ou l'autre verrait un jour le brouillard se dissiper.

Finalement, c'était ce qu'il y avait de plus dur dans le fait d'être emprisonnée, songea Liz. Cela vous laissait tout le temps de réfléchir au mal que vous aviez commis. Et pourtant, elle ne pouvait plus réparer ses erreurs. Rien n'était réparable. Elle avait détruit son mariage, mis la vie de sa fille en danger, plongé son mari dans un cauchemar.

Tout ça pour une bouteille d'alcool...

Parfois, alors qu'elle était allongée là et pensait à tout ce qui lui était arrivé, elle avait l'impression de passer en revue la vie de quelqu'un d'autre. Comment avait-elle pu commettre de tels actes, provoquer des événements aussi désastreux ? Cela paraissait impossible.

Cependant, elle avait beau réfléchir, revenir sur les faits dramatiques qu'ils avaient vécus, elle en arrivait toujours u même point. Elle était bel et bien responsable de toutes es choses horribles.

Mais en contrepartie, il y avait tout de même un espoir. eut-être n'était-il pas trop tard pour tout arranger. Culley vait accepté de lui rendre visite. Cela représentait déjà uelque chose. Une lueur vacillante à laquelle elle pouvait 'accrocher.

Elle roula sur le côté et pressa son visage contre l'oreiller. l lui avait déjà donné tellement de chances de se racheter ! Culley était comme ça : il avait cru en elle. Il avait cru qu'elle aurait tourner le dos à la boisson, se donner des objectifs t s'y tenir, placer sa famille au-dessus de tout.

Le besoin d'alcool avait été plus fort que le reste. Plus ort que tout ce qu'elle avait connu dans sa vie. Elle avait onte de l'admettre…, mais le besoin de boire avait même té plus fort que l'amour qu'elle portait à son mari et à on enfant.

C'était pour cette raison que la perspective de sortir ientôt l'effrayait à ce point. Elle avait suivi un traitement, ien sûr. Elle n'avait pas bu une goutte d'alcool depuis son ncarcération. Mais après ? Que se passerait-il quand elle erait libre et de nouveau responsable de ses actes ?

Elle tendit la main devant elle et l'observa dans la semi-bscurité de la cellule. Elle tremblait.


Culley fut éveillé par des sanglots.

Tout d'abord, il crut qu'il rêvait. Il resta allongé dans le oir et tendit l'oreille. Les pleurs convulsifs reprirent.

Madeline. C'était elle, qui pleurait.

Tout à fait éveillé cette fois, il quitta son lit d'un bond t se précipita dans le couloir.

163

— Madeline ? appela-t-il doucement en ouvrant s porte.

Il fit quelques pas dans la chambre. Allongée sur le côt la fillette lui tournait le dos. Et elle pleurait, comme il n l'avait encore jamais entendue pleurer. De gros sanglo qui la faisaient hoqueter, comme s'ils provenaient d'un blessure secrète au plus profond d'elle-même. Culley allum la lampe de chevet et s'assit au bord du lit pour lui caress les cheveux.

— Ma chérie... Qu'y a-t-il ?

Madeline se retourna lentement. Puis elle se dressa po nouer les bras autour du cou de son père, comme si ell était en train de se noyer et qu'il représentait son seul espo d'être sauvée. Elle pressa le visage contre sa poitrine et le sanglots redoublèrent. Culley la serra contre lui et la cajol tout en la laissant pleurer tout son soûl.

Lorsqu'il sentit que son chagrin s'apaisait, il s'écarta u peu pour demander :

— Qu'est-ce qui ne va pas, mon bébé ?

— J'ai fait un cauchemar. C'était affreux.

— Quel genre de cauchemar ?

Madeline baissa les yeux et secoua obstinément l tête.

— Non, non... je ne peux pas le dire. Ça ne fait rien C'est pas important.

— Mais si, protesta-t-il en l'obligeant à lever le mento pour le regarder. Pour moi, c'est très important.

Ses yeux étaient rouges et gonflés de larmes. Elle demeur silencieuse un moment et ses sanglots laissèrent place à d petits reniflements.

— J'ai rêvé de l'accident.

— Oh, mon pauvre petit cœur...

Elle eut un instant d'hésitation, puis raconta, le souffle court :

— J'étais... enfermée dans la voiture. Je pouvais pas sortir. J'appelais maman pour qu'elle m'aide, mais elle dormait. Elle m'entendait pas.

Culley la reprit dans ses bras et la serra contre lui, le cœur lourd.

— Ce n'était qu'un rêve, ma chérie. Un méchant rêve.

— Mais c'est comme ça que ça s'est passé ! s'exclama-t-elle en s'écartant pour le regarder. J'arrêtais pas d'appeler, d'appeler... Mais elle se réveillait pas ! Je voyais l'autre voiture à travers le pare-brise, cet homme qui hurlait...

Transpercé par les flèches douloureuses du chagrin et des remords, Culley posa doucement la main sur sa joue. Jusqu'ici, Madeline n'avait jamais voulu parler de l'accident. Il s'était persuadé qu'elle ne se souvenait de rien. Ou qu'elle ne voulait pas se souvenir, refoulant inconsciemment des images trop pénibles.

— Je suis désolé, ma chérie.

Elle se jeta encore une fois contre lui, serrant très fort ses petits bras autour de son cou. Comme si elle redoutait de devoir être séparée de lui.

— C'était tellement horrible, papa...

Il la tint gentiment, en lui caressant les cheveux. Il était court de mots. Que pouvait-il dire pour la réconforter, pour effacer ce jour de sa mémoire, et faire comme si rien ne s'était produit ?

— Je suis désolé, répéta-t-il d'une voix sourde.

C'étaient les seuls mots qui lui venaient à l'esprit, les seuls qui exprimaient réellement ce qu'il ressentait, même s'il savait que tous les regrets du monde ne pourraient rien changer.

*
**

Une grande réunion avait été programmée pour le samedi après-midi, en ville. Le député Bill Powers allait s'adresser aux habitants de Harper's Mill et leur expliquer pourquoi il pensait que la construction d'une nouvelle autoroute serait bénéfique au développement du comté.

Addy et Claire décidèrent de s'y rendre ensemble. Il n'était pas tout à fait 7 heures quand elles se garèrent devant le centre municipal.

La salle de réunions était pleine à craquer. Lowell Duncan, le maire de Harper's Mill, demanda le silence à l'aide d'un micro. Celui-ci émit un crachotement désagréable. Duncan recula en souriant, tapota le micro deux ou trois fois et se remit à parler.

— Je vous salue tous et vous remercie de votre présence. Nous connaissons l'objet de cette réunion : il s'agit du trajet prévu pour l'autoroute 92, qui traverserait notre comté de part en part. Beaucoup d'entre vous possèdent des maisons ou des exploitations, qui seront directement affectées par la construction de cet axe. Réunis autour de la table à ma gauche, nous avons plusieurs représentants du ministère des transports de Virginie, ainsi que le membre du Congrès, Bill Powers. Monsieur le député, je vais vous donner la parole pour commencer.

Le député Powers était un petit homme doté d'une grosse voix. Il ôta le micro de son support et s'avança au bord de l'estrade.

— Je suis très heureux d'être parmi vous ce soir. Mais je suis sûr que nombreux sont ceux qui auraient préféré me voir dans d'autres circonstances. Mon rôle n'est pas facile, et je sais que je ne me rendrai pas populaire en plaidant pour la construction de cette route. Néanmoins, je crois

166

incèrement que l'intérêt de la communauté passe parfois ar le sacrifice de quelques-uns. La route en question apporerait certes quelques changements dans la région. Mais es études prouvent qu'elle engendrerait aussi la création le nouveaux commerces qui représenteraient une chance le réelle explosion économique.

Le député continua de parler pendant une vingtaine de ninutes, apparemment sans réussir à convaincre l'auditoire lu bien-fondé de son projet. Addy regarda autour d'elle et vit les habitants de Harper's Mill assis, raides, les bras roisés, le visage fermé et désapprobateur.

Le député termina son discours en évoquant le bien-être utur du comté. Puis le maire reprit le micro.

— Merci, monsieur le député. A présent, nous allons épondre aux questions de nos concitoyens.

Addy et Claire étaient assises au milieu de l'assemblée. Tout autour d'elle, des mains se levèrent et des gens demanlèrent la parole. La discussion s'enflamma rapidement. Si a construction de la route était décidée, des centaines de naisons devraient être rasées. L'une d'elle, construite en 1769, contenait des témoignages précieux de cette époque. Elle était entourée d'un domaine offert à la communauté par e roi d'Angleterre George III. Les habitants de la région le voulaient pas voir leur patrimoine disparaître au profit le routes sillonnées par des nuées de camions.

Cinq personnes avaient pris la parole pour exprimer leur oint de vue, lorsque Addy se pencha vers sa mère.

— Tu ne veux rien dire ?

— Je n'avais pas prévu de le faire.

— Pourtant, tu devrais intervenir.

— Oh, après tout… pourquoi pas ? répondit Claire en secouant la tête.

Elle leva la main.

— Oui, Claire ? dit Duncan.

Claire se leva en s'éclaircissant la gorge.

— Si ce projet se réalise, ma maison et mon exploitation
agricole devront être détruites. Je sais que, quel que soit
le trajet choisi pour cette route, quelqu'un y perdra une
maison ou un terrain auquel il attache une grande valeur.
Et d'après ce que j'ai compris, certains croient que l'expan-
sion économique engendrée par une telle route compensera
largement la perte éprouvée par des gens comme moi. C'est
peut-être vrai. Mais ça ne change rien au fait que j'aime ma
maison. Mes grands-parents ont créé Taylor Orchards dans
les années 20. Il est vrai que l'exploitation du domaine est
quelque peu en perte de vitesse, mais il serait néanmoins
douloureux de voir le travail de plusieurs générations rasé
par les bulldozers et enterré sous le béton, comme s'il
n'avait jamais existé. Je sais que ceci est le sentiment de
nombreuses personnes dans cette salle, ajouta-t-elle avant
de se rasseoir.

— Merci, Claire, dit le maire.

Addy pressa la main de sa mère dans la sienne.

A ce moment, la porte au fond de la salle s'ouvrit et Addy
jeta un rapide coup d'œil par-dessus son épaule. Culley se
tenait sur le seuil. Il lui fit un petit signe de la main, auquel
elle répondit de même. Elle était heureuse de le voir. A tel
point qu'elle sut qu'une foule de sentiments allaient être
difficiles à ignorer, désormais.

La discussion se poursuivit pendant encore une heure.
Les paroles de Claire trouvèrent un écho chez quasiment
toutes les personnes qui s'exprimèrent à leur tour. Au bout
d'un long moment, Duncan les remercia d'être venus et
déclara que la réunion était terminée. Les gens se levèrent

et des petits groupes se formèrent, continuant à discuter en privé. Claire s'écarta un peu pour parler avec les dames qui s'occupaient de l'église. Addy se fraya un chemin vers le fond de la salle, où Culley attendait.

— Bonsoir, dit-il.

— Bonsoir. Tu ne m'avais pas dit que tu viendrais.

— J'avais l'intention d'arriver au début de la réunion, mais j'ai eu une urgence au cabinet. Tu veux faire quelques pas dehors ?

Elle acquiesça d'un hochement de tête.

La nuit commençait à peine à tomber, et il faisait très doux. Ils demeurèrent près de la porte, tandis que la foule sortait lentement hors de la salle. La plupart des gens les saluèrent gentiment.

— On t'aime bien, ici, n'est-ce pas ? fit observer Addy.

— C'est réciproque, répondit-il en la dévisageant. Je peux te raccompagner chez toi ?

Addy prit le temps de réfléchir. Etait-ce bien raisonnable ? Mais alors même qu'elle hésitait, elle se rendit compte qu'elle avait envie d'être avec lui.

— D'accord, dit-elle enfin. Je vais avertir maman.

Il l'attendit. Quelques minutes plus tard, ils sortirent de la ville et s'engagèrent sur de petites routes de campagne qu'Addy n'avait plus vues depuis des années. Culley conduisait au hasard, tournant chaque fois qu'une route à l'aspect engageant se présentait devant eux.

— Qu'as-tu pensé de la réunion ? Tu crois que ça se passera bien ?

— Je ne sais pas. Powers semble diablement déterminé à construire cette autoroute. Mais les gens ont exprimé pas mal d'opinions différentes. Beaucoup ont pris ce problème très à cœur. Cela veut forcément dire quelque chose.

— Je l'espère. Je crois aux bénéfices du progrès et je sais que les choses doivent changer, quelquefois. Evoluer. Mais le prix à payer est parfois trop élevé.

Ils se retrouvèrent sans l'avoir voulu devant le terrain de base-ball, un endroit autrefois très fréquenté par les adolescents. Culley se gara. Ils descendirent de la voiture et s'adossèrent à la carrosserie.

— C'est un lieu chargé de souvenirs, fit remarquer Addy.

— Tu lances toujours aussi bien qu'un garçon ?

— Cette remarque sexiste n'est pas digne de toi ! répliqua-t-elle en se renversant en arrière, contre la voiture.

— Disons que tu jouais mieux que la plupart des garçons.

— C'est vrai.

— La nuit est superbe. Il faudrait avoir un télescope pour observer les étoiles.

— Tu t'intéressais à l'astronomie autrefois, non ?

— Oui, à l'époque où je pensais que ce serait génial de vivre sur une autre planète. N'importe où, sauf dans la maison de mon père, en fait.

Il y avait une légèreté forcée dans ses paroles, mais Addy savait qu'elles contenaient un fond de vérité. Elle posa la main sur la sienne et la pressa doucement.

Culley parut sur le point de dire quelque chose, puis se ressaisit. Il se tut encore quelques secondes avant d'annoncer :

— Liz m'a téléphoné hier soir. Elle veut que j'aille lui rendre visite.

170

Addy battit des paupières, désarçonnée. Qu'était-elle censée répondre ?

— Elle va bien ?

— Elle doit être libérée dans quelques jours.

— C'est une bonne nouvelle, non ? demanda-t-elle avec douceur.

— Je crois que oui. Je pense qu'elle a des remords. Elle n'a jamais voulu faire de mal à personne, j'en suis sûr.

Il prit une profonde inspiration, puis soupira.

— J'aurais tellement voulu pouvoir revenir en arrière ! Rembobiner le film et changer le scénario. Mettre Liz dans une situation qui l'aurait obligée à laisser tomber la boisson. Mais c'était impossible. Et maintenant, je ne souhaite qu'une chose, c'est que ça finisse. Je ne veux plus me sentir responsable de ses actes. C'est terrible, n'est-ce pas ?

Addy posa sa main sur le bras de Culley.

— Ce sentiment de responsabilité, ça fait partie de toi. C'est dans ta personnalité. Et je trouve ça admirable.

— Eh bien moi, je ne me trouve pas admirable du tout. Au contraire, je n'éprouve que du ressentiment. Comme si la chaîne que Liz traîne derrière elle était aussi attachée à moi.

— Que va-t-elle faire, à sa sortie de prison ?

— Je n'en sais rien.

— Tu crois qu'elle recommencera à boire ?

— Madeline m'a posé la même question et je n'ai pas su quoi répondre.

Il baissa les yeux et soupira, le cœur lourd.

— Elle a fait un cauchemar, la nuit dernière, dans lequel elle revivait l'accident. C'est la première fois qu'elle en parle. J'aime autant te dire que ça m'a déchiré le cœur !

— Ça va mieux, à présent ?

— Oui. Dans un sens, il vaut mieux que ces images soient remontées à la surface. J'ai toujours eu peur qu'elle ne refoule ce souvenir et refuse absolument de revoir en pensée ce qui s'était passé ce jour-là. Maintenant, elle va peut-être pouvoir aller de l'avant, ne plus y penser. Mais je crois qu'elle est très angoissée au sujet de sa mère. Elle se demande ce qui va arriver à Liz, à présent.

Ils demeurèrent ainsi un long moment, baignant dans un silence confortable. Un silence qu'Addy n'aurait sans doute pas supporté auprès d'une autre personne.

— Je peux te demander quelque chose ?

— Bien sûr, dit-elle.

— Tu penses qu'il y a une raison pour que nos chemins se croisent de nouveau, après toutes ces années de séparation ?

— Je l'ignore, avoua-t-elle en se mordant les lèvres.

Il lui passa un doigt dans les cheveux.

— Cela fait trois ans que je vis avec un vide au plus profond de moi, reprit-il. Un vide immense… Et depuis la nuit où nous nous sommes retrouvés à New York, j'ai l'impression que ce vide se comble peu à peu. Qu'il rétrécit.

Addy ne sut quoi répondre. Ils étaient en train de s'engager dans une voie qu'elle refusait depuis le début. Et pourtant, alors même qu'elle était traversée par cette pensée, elle eut envie que Culley l'embrasse encore une fois.

Et comme s'il avait lu en elle, c'est ce qu'il fit. Il l'embrassa avec une fougue irrésistible. Le genre de baiser qui réduit à néant tous vos efforts pour garder les idées claires… qui se poursuit pendant si longtemps qu'on voudrait ne le voir jamais finir.

Un sourire flotta au coin de ses lèvres, et il murmura :

— J'ai toujours eu envie de t'embarquer dans ma voiture pour aller flirter avec toi.

Elle lui décocha un regard oblique.

— Comme si tu avais eu du temps à me consacrer ! Tous tes samedis et tes dimanches étaient réservés !

— Pas vrai.

— Si, c'est vrai !

— Tu crois que ç'aurait été comment, entre nous ? Je veux dire, s'il n'y avait pas eu Mark...

Elle s'était elle-même posé la question. A plusieurs reprises.

— Je pense que ça n'aurait pas pu marcher.

— Pourquoi ?

— Tu as toujours préféré les filles un peu boute-en-train.

— Et tu comptes m'en garder rancune ?

— Je construis simplement mon dossier pour prouver que j'ai raison.

— Je peux présenter la preuve du contraire, monsieur le procureur ?

— Vas-y.

Il se pencha et l'embrassa de nouveau.

Elle songea un instant à feindre l'indifférence, mais elle y renonça très vite. C'était hors de question, avec un homme qui embrassait aussi bien !

Quelques minutes plus tard, elle se dégagea et reconnut :

— D'accord. Tu as démontré ton point de vue.

— Tu veux bien qu'on se donne rendez-vous demain soir ? s'enquit-il avec un petit sourire.

— Quel genre de rendez-vous ?

— Un vrai. Je viens te chercher chez toi et je t'emmène au restaurant, ou au cinéma.

— Et que devient notre amitié, dans ce cas ?

Il la contempla longuement, avant de déclarer :

— Je crois que la question est tranchée.

Elle aurait pu songer à une bonne douzaine d'arguments pour lui démontrer le contraire. Mais tout à coup, la voix d'Ellen résonna dans sa tête. *Tu laisses Mark gagner la partie.*

— D'accord, dit-elle. Dis-moi à quelle heure tu comptes passer, je me tiendrai prête.

# 12.

Addy avait l'impression d'être redevenue adolescente. Elle s'était changée une demi-douzaine de fois, avant de parvenir à se décider pour une tenue. Elle avait finalement opté pour un pantalon corsaire noir et sexy, avec un débardeur Gap.

Culley vint la chercher à 18 h 30, et sa réaction quand elle ouvrit la porte fut exactement celle que toutes les femmes espèrent.

Il la regarda longuement avant de déclarer, d'une voix douce :

— Tu es merveilleuse.

— Tu n'es pas mal non plus, rétorqua-t-elle avec un sourire en coin.

Il portait un pantalon en denim et une chemise blanche qui mettait en valeur ses larges épaules. Pendant toute la journée, elle s'était répété qu'elle devait garder la tête froide au sujet de ce rendez-vous. Mais son cœur semblait réagir indépendamment de toute raison. En outre, elle ne pouvait se cacher que le pacte d'amitié qu'elle avait essayé d'imposer à Culley ne tenait guère debout.

En fait, il était largement dépassé. Et remplacé par autre chose. Quelque chose, elle devait l'avouer, qu'elle contrôlait assez mal.

Ils se rendirent à Roanoke, à une trentaine de kilomètres de Harper's Mill, et dînèrent en ville, dans un magnifique restaurant. La cuisine, très raffinée, était typiquement américaine. Grâce aux lumières douces et aux murs lambrissés d'acajou, il régnait dans la salle une atmosphère exquise de calme et d'intimité. Ils prirent place dans un coin discret, sur une banquette de cuir. Culley commanda un excellent vin rouge qu'ils burent en apéritif.

Le repas fut excellent. Addy avait choisi une salade de tomates et de mozzarella, assaisonnée de basilic et de vinaigre balsamique, qui aurait pu constituer un dîner à elle seule. Ils passèrent deux heures à déguster leur repas tout en bavardant de tout et de rien. Les sujets de conversation s'enchaînaient naturellement. L'université, leur travail. Le don déjà visible de Madeline pour le dessin. L'inquiétude d'Addy au sujet de l'incendie. Le shérif Ramsey n'avait encore aucune piste où diriger ses recherches. On ignorait qui était l'auteur des menaces proférées contre Claire et contre les autres habitants de la ville opposés à la construction de l'autoroute.

— Il paraît que quelqu'un a mis le feu à la grange d'Owen Blankenship ce matin, de bonne heure, dit Culley. Toute sa provision de balles de foin pour l'hiver a été brûlée.

— Il s'agit de cet homme, qui est propriétaire de la grande laiterie sur la Route 638, n'est-ce pas ?

— Oui. Owen n'a pas hésité à clamer son opposition à la construction de l'autoroute, dès le début. Il a fait paraître des annonces dans le journal pour exprimer son opinion. Et il a même proposé à Powers d'avoir un grand débat public à

176

ce sujet. Si jamais l'autoroute était construite, sa propriété serait littéralement coupée en deux.

— Comment peut-on être sûr que cet incendie a un rapport avec sa prise de position à ce sujet ?

— Apparemment, l'incendie a été précédé par des lettres de menaces adressées à lui et à sa famille.

Addy eut l'impression que le sang se retirait de son visage.

— J'ignore qui se cache derrière tout ça, mais je crois qu'il vaut mieux ne pas prendre leurs menaces à la légère ! fit observer Culley.

— Que faut-il faire, alors ? Nous n'allons tout de même pas vendre nos propriétés sans même essayer de nous défendre !

— Les partisans de l'autoroute finiront par commettre une erreur. Ils vont trop loin dans la violence.

— Eh bien, qu'ils la commettent, cette erreur ! Le plus tôt sera le mieux. Tu veux bien m'excuser un instant ? Je vais téléphoner à la maison pour m'assurer que tout va bien.

Elle sortit son téléphone mobile pour appeler Claire. Celle-ci répondit à la première sonnerie et assura à sa fille qu'elle n'avait absolument aucune raison de s'inquiéter.

— J'ai l'impression que si quelqu'un se pointe de nouveau à Taylor Orchards, il sera bien reçu ! dit Culley. Dis-moi… elle possède toujours ce vieux calibre 22 ?

— Oui. Ce n'est pas une arme très puissante, mais elle pourrait quand même faire pas mal de dégâts.

Culley sourit avec attendrissement.

— Tu te rappelles la fois où elle a flanqué à Wimmer Brown la frousse de sa vie ? Ce vieux fou nous avait accusés de lui avoir volé des glaces dans sa camionnette.

Addy hocha la tête et ils éclatèrent de rire.

— Si je m'en souviens ! Il avait un vieux tacot qui faisait au moins du soixante kilomètres heure dans les descentes !

La conversation continua de rouler sur divers sujets. Les vieux souvenirs, les événements récents. Leur carrière, leurs projets, leurs aspirations et leurs déceptions.

Pendant leur enfance et leur adolescence, ils pouvaient parler de tout, ensemble. C'était toujours vrai à présent. Addy se rendit compte que cela lui avait manqué. Pendant son mariage, il était arrivé un moment où elle n'avait plus pu communiquer avec Mark, sur quelque sujet que ce soit. Plus rien ne passait entre eux.

— T'arrive-t-il quelquefois de regretter l'époque où tu vivais avec ta femme ? demanda-t-elle en faisant glisser son doigt au bord de son verre.

Il réfléchit quelques secondes avant de répondre.

— Ce qui me manque, c'est la vie de famille. Je n'ai pas envie de me retrouver comme les autres célibataires. Mes copains échafaudent des rêves au sujet de ce qu'ils pourraient faire s'ils recouvraient leur liberté du jour au lendemain. Mais la réalité n'a rien à voir avec l'idée qu'ils s'en font.

Addy approuva d'un signe de tête.

— J'ai une amie, à Washington. Elle s'appelle Ellen et elle est divorcée depuis cinq ans environ. Elle m'a raconté tellement d'histoires horribles sur les hommes avec qui elle est sortie depuis, que je préfère nettement rester à l'écart de cette vie-là.

— Ce n'est pas aussi facile qu'on le croit, de rencontrer quelqu'un. Il y a tellement de gens atroces !

— Je pense qu'Ellen les connaît tous ! Ses petits amis m'ont toujours paru détestables.

Culley sourit.

Addy baissa les yeux et tapota le bord de son assiette du bout de son doigt. Elle aimait être franche, même si elle savait que cela la rendait parfois vulnérable.

— J'ai l'impression de me cacher derrière une armure, expliqua-t-elle. L'idée que quelqu'un pourrait me faire sortir de ma cachette, me… me terrifie.

L'expression de Culley s'assombrit. Il garda le silence un moment, puis murmura :

— Tu as accordé toute ta confiance à un homme que tu aimais. Et il t'a trahie.

— C'est comme si j'avais suivi un certain chemin toute ma vie en me fiant à une carte routière. Et soudain, je me réveille, et je me rends compte que je ne suis pas du tout où je croyais être. Ma carte était complètement fausse.

Culley lui prit la main.

— Il s'agissait d'un homme, d'un seul, Addy. Visiblement, il ne te connaissait pas. Ce n'est pas pour cela que le monde entier va te traiter comme il l'a fait.

Elle s'aperçut que des larmes roulaient sur sa joue et elle les essuya d'un revers de la main, terriblement embarrassée par sa propre émotivité.

— Je ne m'en suis pas encore remise. Je déteste me sentir aussi faible.

— Et moi, je déteste te voir souffrir.

— Si seulement il suffisait de claquer des doigts pour chasser la souffrance ! Ce serait merveilleux.

— Mais ce n'est pas ainsi que ça marche. Quand quelqu'un te laisse tomber, c'est comme si tu perdais l'équilibre et que le sol se dérobait sous toi. Il te faut du temps pour t'apercevoir que tu peux te relever et pour te remettre à marcher normalement. Je le sais pas expérience. Je l'ai vécu.

Addy lut la compréhension dans son regard, et elle sut qu'un nouveau lien venait de se forger entre eux.

— Alors cette nuit, à New York, c'était sans doute un coup de chance... Ou un coup du destin. Tu crois à cela ? demanda-t-elle dans un souffle.

— Je crois que notre vie est jalonnée de liens que nous formons avec les autres. Quelquefois, ces liens restent en suspens. Et si nous avons de la chance, une opportunité se présente et nous permet de les reprendre où nous les avons laissés.

— Tu penses que c'est ce qui se passe pour nous ?

Il la fixa longuement, l'enveloppant d'un regard brûlant, intense.

— Oui, je crois que c'est cela, répondit-il enfin.

Ces dernières semaines, Addy avait essayé d'étouffer ses sentiments pour Culley. De les enfermer tout au fond de sa pensée, dans un tiroir si petit, si enfoui au fond d'elle-même, qu'elle finirait peut-être par l'oublier ! Mais le tiroir craquait de toutes parts. Impossible de l'ignorer. Impossible d'ignorer le fait qu'elle se sentait heureuse lorsqu'elle était en compagnie de Culley. *Heureuse.* Ce seul mot suffisait à lui donner envie de regarder autour d'elle, de s'ouvrir au monde. Elle était prête à sortir la tête de sa carapace... et à contempler ce qui l'entourait avec des yeux nouveaux.

Ils décidèrent de partager un dessert. Un superbe gâteau au chocolat, recouvert d'un nappage de chocolat blanc et fondant.

Addy en prit une cuillère et ferma les yeux pour mieux le savourer.

— Mmm... c'est délicieux.

Culley goûta le gâteau à son tour.

— Lequel de nous deux en mangera le plus ? dit-il en riant.

Ils rentrèrent sans se presser à Harper's Mill. Addy trouva une station de radio qui ne diffusait que des succès des années 80. Les chansons firent affluer une foule de souvenirs à sa mémoire. Les journées d'été, quand ils prenaient leur bicyclette pour se rendre à l'étang, tout au bout du champ de pommiers de Taylor Orchards. Ils se faisaient bronzer sur la jetée de bois, mangeaient des sandwichs à la tomate et buvaient de la limonade qu'ils avaient emportée dans une glacière.

Addy avait l'impression d'être de nouveau lycéenne. Elle avait envie que le trajet jusqu'à la maison dure longtemps, beaucoup plus qu'en temps normal. Mais trop vite, Culley s'engagea dans l'allée de la propriété et coupa le contact. Le toit de l'Explorer était ouvert. Addy renversa la tête contre le dossier de son siège, pour contempler le ciel criblé d'étoiles. Culley lui prit la main et leurs doigts s'entremêlèrent. Ils demeurèrent ainsi quelques minutes.

— Alors, que se passe-t-il au juste ? demanda-t-elle, brisant le silence.

— Entre nous ?

— Oui, entre nous.

— Tu es sûre de vouloir en parler maintenant ? J'ai l'impression que si nous le faisons, tu vas vouloir t'enfuir. Je crois que l'idée qu'il puisse y avoir autre chose que ce à quoi tu t'attends te terrifie au dernier degré.

— Il y a déjà une histoire entre nous, lui rappela-t-elle. Et, je ne sais pas, mais… Je n'ai pas envie de gâcher tout ça.

— Eh bien pour moi, cette histoire qui nous rattache l'un à l'autre n'est que le début de tout. Grâce à cette histoire, nous savons déjà tout l'un de l'autre.

181

— Vraiment ? demanda-t-elle dans un sourire. Alors dis-moi, où ai-je enterré la première dent de lait que j'ai perdue ?

— Dans le jardin, sous le massif de buis. Ta théorie, c'était que si la petite souris existait vraiment, elle la trouverait.

— Mmm… Je pense toujours que c'est une excellente théorie.

— En effet. Sauf que tu n'as pas eu ton billet d'un dollar.

— C'est vrai.

Ils se dévisagèrent en silence, laissant le temps à leurs sentiments de les envelopper, de les pénétrer.

— J'ai trente-trois ans, dit Culley au bout de quelques instants. Mais je te jure, Addy, que quand je suis avec toi, j'ai l'impression d'en avoir dix-sept. Et j'ai envie que tout soit comme avant.

Il se pencha et déposa un baiser sur ses lèvres. C'était un baiser tout à la fois doux et troublant. Idéal. La brise d'été caressa leurs visages enflammés par l'émotion.

Ils s'embrassèrent un long moment, prenant leur temps. L'important n'était pas la destination, mais plutôt le moment présent. Ce voyage imaginaire qu'ils accomplissaient dans les bras l'un de l'autre.

Quand il se redressa, Culley lui caressa la joue du bout des doigts.

— L'amitié, ça a des avantages. Mais pouvoir t'embrasser, c'est dix fois mieux.

La remarque fit éprouver à Addy un plaisir incommensurable. Elle n'essaya même pas de le nier.

— Je reconnais que tu embrasses à merveille, dit-elle.

Culley leva une main à hauteur de son visage.

— Stop ! Pas de flatterie. C'est trop.

Elle se mit à rire et rectifia :

— D'accord. Tu embrasses bien. Ça va, tu es satisfait ?

— Mmoui…

— Tu es habitué à voir toutes les femmes s'évanouir quand tu les regardes. Comme Mae Carter, par exemple.

— C'est vrai. Elle s'évanouit au moins deux fois par jour, chaque fois que je la croise sur mon chemin. Alors… qu'en penses-tu ? Nous sortons ensemble ? Tu veux bien être ma fiancée officielle ?

— Et si nous décidions simplement de prendre notre temps, pour voir comment les choses vont évoluer entre nous ?

Il pencha la tête de côté et haussa les épaules.

— Oui. Je suis d'accord.

— J'ai passé une excellente soirée, Culley.

— Moi aussi. Je peux te rappeler ?

Elle acquiesça et ouvrit sa portière.

— Il faut que je rentre, à présent.

— Je te raccompagne jusqu'à la porte.

— Tu vas essayer de m'embrasser encore.

— Je vois que tu me connais bien.

— Bonne nuit, Culley, dit-elle en souriant.

— Bonne nuit, Addy.

Elle gravit les marches du perron et se retourna pour regarder les feux arrière de l'Explorer disparaître entre les arbres qui bordaient l'allée. Les choses pouvaient-elles vraiment être aussi faciles ? Deux personnes découvrant des sentiments aussi délicieux, après avoir survécu à des épreuves apparemment insupportables ?

Il était effrayant de penser qu'après tout, la vie était peut-être aussi simple que ça.

Elle songea qu'il aurait fallu être lâche pour ne pas accepter de tenter l'expérience.

Addy passa la journée suivante perchée sur le tracteur, à tondre les allées entre les rangées de pommiers. La liste des corvées à accomplir dans le domaine semblait interminable. Elle ne comprenait pas comment sa mère avait réussi à faire tourner l'exploitation, avec l'aide réduite dont elle disposait. Addy avait fait passer une annonce dans le journal, avec l'intention d'embaucher un employé à plein temps. Jusqu'ici, personne n'avait répondu.

Il y avait des années qu'elle n'était plus montée sur un tracteur. Elle y alla doucement au début, avançant avec prudence entre les pommiers. Puis, retrouvant peu à peu son assurance, elle accéléra l'allure.

Vers midi, Claire apporta des sandwichs au poulet et du thé glacé. Elles mangèrent sur l'herbe, à l'ombre des arbres.

— Le shérif m'a rappelée, annonça Claire. Il pense tenir une piste au sujet de la voiture qui est passée ici, l'autre soir. Le même véhicule a été repéré aux alentours de la ferme d'Owen Blankenship, juste avant que le feu ne se déclare dans la grange.

— J'espère qu'ils leur mettront la main dessus avant qu'ils n'aient eu le temps de faire davantage de dégâts.

— Ils les attraperont, j'en suis sûre.

Claire regarda longuement Addy avant d'ajouter :

— Au fait... Culley et toi, c'est du sûr, maintenant ?

Addy avala une gorgée de thé en évitant de croiser le regard de sa mère.

— Je ne sais pas très bien où nous en sommes.

— Quoi qu'il en soit, cela semble te réussir.

— Et quoi qu'il en soit, nous nous sentons bien ensemble.

Addy rentra un peu plus tard dans l'après-midi, échevelée et couverte de poussière. Son T-shirt bleu pâle était trempé de sueur et son jean maculé de graisse, car elle avait dû s'allonger sous le tracteur pour retirer une branche coincée dans la calandre. Elle n'avait qu'une hâte : prendre une bonne douche.

Après avoir ramené le tracteur sous l'auvent, près de la grange, elle gagna lentement la maison. En approchant, elle vit qu'une BMW bleu foncé, décapotable, était garée devant la porte. Un homme parlait avec sa mère, dans la véranda.

Elle le reconnut brusquement. Son cœur sombra. *Mark*. Que faisait-il ici ? Sa première réaction fut de tourner les talons pour s'enfuir. Mais il la vit avant qu'elle ait pu mettre cette idée à exécution.

Il portait un pantalon de costume gris anthracite et une chemise blanche. Sa cravate était dénouée. Il semblait avoir perdu du poids et elle remarqua que ses yeux étaient soulignés de cernes sombres.

— Bonjour, Addy.

— Que viens-tu faire ici ?

— Je voudrais te parler.

Claire s'éclaircit la gorge et annonça :

— Je rentre. Aimeriez-vous boire quelque chose, Mark ?

— Ce n'est pas la peine, maman, intervint Addy. Il ne restera pas longtemps.

185

— Je vous remercie, Claire, ajouta Mark.

Avec un signe de tête, Claire ouvrit la porte de la cuisine et disparut à l'intérieur.

Mark désigna le tracteur d'un geste du menton.

— C'est pour conduire ce genre d'engin que tu as passé des diplômes de droit ?

— Pourquoi es-tu venu ? s'enquit Addy sèchement.

Il s'assit dans un fauteuil en rotin blanc et se pencha en avant, les coudes sur les genoux.

— Tu me manques, Addy.

Elle le dévisagea avec stupeur, incapable de prononcer un mot.

— Ce n'est pas sérieux ? parvint-elle enfin à articuler.

— Au contraire, c'est très sérieux.

Elle rejeta la tête en arrière et s'obligea à compter jusqu'à cinq avant de répondre.

— La dernière fois que j'ai entendu parler de toi, tu étais le père comblé d'un adorable bébé. Et tu vivais avec une ravissante jeune femme de vingt ans à peine.

Le regard de Mark se fixa sur le sol de la véranda.

— Ce n'est pas aussi idyllique que tu le crois.

— Et tu es venu pour te faire plaindre ? s'exclama-t-elle en contenant à peine sa rage. Dans ce cas, tu perds ton temps. Va-t'en.

— Non, je ne suis pas venu pour ça.

— Alors, pour quoi ?

— Pour te voir, tout simplement.

— Je ne comprends pas.

— Parce qu'autrefois, nous pouvions parler, tous les deux.

Addy croisa les bras devant elle, comme pour s'empêcher de tomber à la renverse.

— Et de quoi veux-tu parler avec moi ?

— De nous.

— Nous ? C'est une notion qui n'existe plus. Nous ne formons plus un couple.

Il se passa une main dans les cheveux, l'air réellement accablé.

— Addy, je suis désolé. Seigneur… tu n'imagines pas à quel point je le suis.

Et voilà ! Les mots qu'elle avait tellement souhaité entendre au début, il les avait enfin prononcés. Il était sincère. Cela transparaissait dans sa voix. Et pourtant, aujourd'hui, pour elle, ces mots sonnaient creux. De toute façon, ils ne changeaient rien à ce qui s'était passé.

— Tu n'as quand même pas fait tout ce chemin pour me dire ça ? Il est trop tard pour être désolé, Mark.

Il se leva et s'avança vers elle, ne laissant entre eux qu'un infime espace. Il lui caressa les cheveux du dos de la main.

— Je sais, dit-il. Ce que j'ai fait est impardonnable. Si je pouvais tout recommencer…

Elle l'interrompit en levant une main devant elle.

— Tais-toi, Mark.

Il lui prit le menton pour l'obliger à croiser son regard.

— Peux-tu affirmer, sincèrement, que tu n'éprouves plus rien pour moi ?

Elle ne répondit pas tout de suite. C'était une question qui méritait que l'on pèse ses mots.

Une voiture se fit entendre dans l'allée. Addy jeta un coup d'œil par-dessus son épaule. C'était Culley. Elle fit un pas en arrière.

— Bonjour, Mark ! dit-il en descendant de l'Explorer.

— Salut, Culley.

— Je repasserai plus tard, Addy, dit ce dernier.

— Non. Reste. Mark allait justement partir.

Mark les dévisagea l'un après l'autre.

— Ce qu'on dit est vrai, alors ?

Addy lui jeta un regard incrédule.

— C'est pour cela que tu es venu ? Parce que tu as appris que je sortais avec Culley ?

Il baissa les yeux, l'air piteux. Quand il releva la tête, ses traits exprimaient de la rancœur.

— Vous n'avez pas perdu de temps ! Les papiers du divorce viennent à peine d'être signés.

Culley darda sur lui un regard perçant.

— Les choses se sont passées comme ça, Mark. C'est un hasard.

— Mon œil ! Tu crois que je n'avais pas deviné que c'était elle, que tu voulais ? Ça durait depuis le lycée.

— Peu importe ce que je voulais à l'époque. De toute façon, elle était avec toi.

— Oh, oui. Fais-nous le coup de la loyauté !

— Ne parle pas des choses que tu ne connais pas, Mark ! dit Addy d'une voix rageuse. Ce mot n'a aucun sens pour toi.

Culley fit quelques pas et s'immobilisa au pied de l'escalier.

— Je pense que tu ferais mieux de repartir et d'aller te calmer quelque part.

— Pour te laisser le champ libre, Rutherford ? Il me semble que tu n'as pas besoin de ça. Tu t'es tracé une voie royale jusqu'à Addy. Surtout, n'oublie pas de lui dire tout ce que tu sais de plus moche à mon sujet. Ne laisse rien de côté. Ni les petites virées que nous avons faites ensemble, ni où j'étais pendant le week-end qui a précédé notre mariage.

188

Addy eut l'impression qu'un poids d'une tonne s'installait au creux de son estomac.

— Va-t'en, Mark, parvint-elle à ordonner d'une voix tremblante.

Il pivota sur ses talons, plissant les yeux.

— D'accord, je m'en vais. Je me demande quelle mouche m'a piqué de venir jusqu'ici.

Addy s'avança jusqu'à la première marche du perron. Elle gardait les bras croisés devant elle, comme pour empêcher les questions qui résonnaient dans sa poitrine de s'échapper. Mark monta dans sa voiture, fit demi-tour et s'éloigna.

— Comment te sens-tu ? demanda Culley, avec une évidente inquiétude.

Elle répondit d'un simple mouvement de tête. Elle semblait clouée au sol, incapable d'esquisser un pas. Culley vint se camper à côté d'elle et lui prit le bras.

— Assieds-toi, dit-il.

Elle obéit et se laissa tomber sur une marche, tout en passant une main dans ses cheveux.

— Peux-tu m'expliquer ce qu'il a voulu dire ?

— Addy...

— Je le connaissais vraiment mal, n'est-ce pas ? marmonna-t-elle d'une voix éteinte. Comment est-ce possible ? Comment ai-je pu rester mariée onze ans avec un homme, tout en le croyant totalement différent de ce qu'il était en réalité ?

Culley voulut lui passer un bras sur les épaules, mais elle s'écarta.

— Dis-moi ce qui s'est passé.

— Addy...

— Je veux savoir. Raconte-moi.

Le regard de Culley se perdit au loin. Il hésita longuement, avant de répondre :

— Ce n'est pas à moi de le faire.

— Mais puisque je te le demande ?

Une autre hésitation. Puis il se décida à parler.

— Le week-end précédant le mariage… Mark était avec quelqu'un.

— Qui était-ce ?

— Qu'est-ce que ça peut faire ? rétorqua Culley avec réticence.

— *Qui ?*

— Gina… quelque chose. J'ai oublié son nom. C'était la sœur d'une de tes demoiselles d'honneur.

Elle lui avait posé la question. Elle *voulait* savoir. Mais les paroles de Culley la transpercèrent et firent brusquement resurgir toute la douleur qu'elle croyait disparue. Elle regretta amèrement de l'avoir obligé à parler.

— Tu savais tout cela… et tu ne me l'as jamais dit ?

— Addy ! Comment aurais-je pu te révéler une chose pareille ?

Elle se leva en se tordant nerveusement les doigts.

— Je te croyais différent. Je pensais que tu ne pourrais jamais me mentir. Mais je me suis trompée, n'est-ce pas ?

— Ce n'était pas le genre de choses que tu aurais aimé entendre à ce moment-là, plaida-t-il d'un ton suppliant.

— Peut-être. Pourtant, c'était *la vérité*.

Elle se tourna, ouvrit la porte métallique et pénétra dans la cuisine sans jeter un seul regard derrière elle.

# 13.

A première vue, la prison pour femmes de Mecklinburg aurait pu être n'importe quel bâtiment administratif. Un bureau de poste, une école. Ce n'est que lorsqu'on l'observait plus attentivement que la réalité devenait apparente. Les rouleaux de fils de fer barbelés tendus au-dessus des murs. La porte d'entrée, gardée par des hommes en armes.

Culley détestait cet endroit. Il détestait les sentiments de tristesse et d'abattement qui fondaient sur lui dès qu'il posait les yeux sur ces murs gris.

Il était parti de chez lui peu après 5 heures, ce matin-là. Les quatre heures de trajet lui avaient amplement laissé le temps de réfléchir à ce qui s'était passé avec Mark. A la colère d'Addy, dirigée contre lui. D'ailleurs, il ne pouvait lui en vouloir pour cela. Il y avait longtemps qu'il aurait dû tout lui raconter.

Il avait décroché le téléphone une bonne douzaine de fois, avant de se décider à composer le numéro de Taylor Orchards. Claire lui avait dit que sa fille était en train de travailler dans le verger. Il avait demandé qu'elle le

191

rappelle plus tard. Naturellement, elle n'en avait rien fait. Rien d'étonnant à cela.

Elle lui en voulait terriblement, et elle n'avait sans doute pas tort.

Mais quand les événements qu'elle lui reprochait s'étaient produits, des années auparavant, il avait cru avoir choisi la meilleure solution. Rester en dehors de ces histoires. Ne pas intervenir.

Il se gara sur le parking, coupa le contact et demeura assis dans la voiture, les bras posés sur le volant. Avait-il donc eu tort de ne rien lui dire ?

Mark était le genre de type qui savait toujours justifier ses actes. « Une dernière petite folie avant le mariage. Et ça ne se reproduira plus jamais. »

Au cours des années suivantes, Culley s'était souvent demandé s'il avait pris la bonne décision. Il aurait dû en parler à Addy. Mais alors, il aurait eu l'impression de se mêler de leur vie de couple... et on aurait pu se méprendre sur ses propres motivations.

C'était d'ailleurs ce dernier argument qui l'avait décidé à garder le silence sur la conduite de Mark.

Il se décida à sortir de sa voiture et à s'approcher du bâtiment. Une réceptionniste au visage austère le toisa par-dessus ses lunettes. Il lui expliqua la raison de sa visite.

Une demi-heure plus tard, une surveillante l'introduisit dans une petite salle d'attente meublée de deux chaises. Une minuscule fenêtre laissait entrapercevoir le monde extérieur. La porte s'ouvrit et Liz pénétra dans la pièce. La surveillante les informa qu'elle restait postée dans le couloir et referma la porte.

— Bonjour, dit Liz.

— Bonjour.

Culley l'observa un moment en silence, choqué par le changement de son apparence.

L'air un peu gêné, elle se passa une main dans les cheveux et annonça :

— Je les ai fait couper.

L'opulente chevelure de Liz avait toujours été sa plus belle parure. Quand elle était étudiante, les autres filles essayaient souvent de copier son style de coiffure. En vain, car elles n'obtenaient jamais le même effet.

— Ils sont jolis, comme ça.

— Menteur, dit-elle avec un sourire. Je sais que c'est affreux. Mais… j'ai envie de devenir différente pour entamer ma nouvelle vie.

— Il y a beaucoup de choses, chez toi, qui n'ont pas besoin d'être changées.

— Merci. Mais tu sais aussi bien que moi que ça ne va pas être facile. J'ai beaucoup de travail à faire pour laisser émerger ce nouveau *moi*.

— Le plus important, c'est de vouloir.

— Je ne crois pas que quelqu'un puisse vouloir changer autant que je le désire moi-même !

— Madeline te fait dire qu'elle t'embrasse. Et elle m'a demandé de te donner cela, ajouta-t-il en tirant une enveloppe de sa poche.

Liz la tint un moment entre ses doigts avant de se décider à l'ouvrir en déchirant le papier. Elle contenait une petite construction en carton rouge qu'elle contempla longuement, avec attendrissement. Une larme roula le long de sa joue, et elle gagna la fenêtre pour regarder à l'extérieur. Une expression d'infinie nostalgie passa sur son visage.

— Elle me manque tellement… Mais je comprendrais que tu m'interdises de la revoir.

— Liz…

— Depuis que je suis ici, j'ai l'impression que tout ça n'était qu'un rêve… ou plutôt un cauchemar. Un peu comme si c'était arrivé à quelqu'un d'autre. Quand je pense à ce que j'ai fait, à toutes les vies que j'ai gâchées… Sans compter que j'aurais pu tuer mon propre enfant !

Sa voix se brisa, et elle cacha son visage dans ses mains. Un sanglot rauque lui échappa et son corps fut parcouru de soubresauts.

Le cœur serré, Culley alla vers elle et lui posa gauchement la main sur l'épaule. Il se sentait terriblement impuissant face à son chagrin.

Elle se tourna et leva vers lui des yeux emplis de larmes.

— Quelquefois, il me semble que je mériterais de rester enfermée ici jusqu'à la fin de mes jours. D'autres fois, j'ai tellement envie de sortir que j'ai l'impression que je vais en mourir de frustration.

Il l'attira vers lui et la tint serrée contre lui, tandis qu'elle pleurait tout son soûl. De vieux sentiments qu'il connaissait bien le submergèrent : les doutes sur lui-même, la sensation de ne pas être à la hauteur, de ne savoir que faire pour sauver la situation, pour sauver Liz d'elle-même.

— Liz, j'ai confiance en toi. Je sais que si tu veux vraiment changer de vie, tu y parviendras.

— Merci, balbutia-t-elle. Merci d'être venu aujourd'hui. Et merci pour tes paroles d'encouragement. Je suis désolée d'avoir détruit tout ce que nous avions. Si je pouvais revenir en arrière, je…

— N'y pense pas. Ce qui est fait est fait, nous n'y pouvons plus rien. Il ne faut songer qu'à l'avenir. D'accord ?

Elle parut sur le point de dire quelque chose, mais se ravisa.

— D'accord, murmura-t-elle simplement.

Addy s'occupa pendant toute la journée du mardi, ne s'accordant pas un seul instant pour réfléchir. Elle se trouvait dans le hangar, en fin de matinée, en train de trier une pile de cageots, lorsque Claire entra. Elle avait deux bouteilles d'eau à la main et lui en tendit une. Peabody arriva dans son sillage, la queue dressée comme un point d'exclamation.

— Tu es décidée à parler de ce qui te tracasse ? demanda Claire.

Addy avala une gorgée d'eau fraîche et se pencha pour caresser Peabody. Ce dernier s'enroula autour de ses jambes et daigna émettre un ronronnement de satisfaction.

— Il n'y a pas grand-chose à dire, en fait.

— Je vois bien que tu n'es plus la même depuis que Mark est passé. Sa visite t'a bouleversée.

Addy se redressa et se massa les tempes du bout des doigts.

— Comment peut-on rester mariée à un homme pendant onze ans et ne pas connaître sa réelle personnalité ?

Claire soupira et s'assit sur un vieux banc de bois.

— Je pense que nous ne connaissons des gens que ce qu'ils veulent bien nous laisser voir.

— C'est comme s'il y avait eu deux personnes en lui. Je n'arrive pas à admettre que j'ai été idiote à ce point !

— Tu n'es pas idiote.

Addy s'assit à côté de sa mère, les lèvres pincées.

— Je l'ai surpris au lit avec sa maîtresse. Elle était enceinte.

— Oh, mon Dieu ! s'exclama Claire en lui posant une main sur l'épaule.

— Quand j'ai épousé Mark, je croyais que c'était un homme fidèle, qui ne ferait jamais…

— Ce que ton père a fait ?

Les traits de Claire parurent se creuser, et Addy se rendit compte que malgré les années, la souffrance n'avait pas disparu.

— Ne parlons pas de ça, maman.

Claire posa sa bouteille d'eau à ses pieds.

— Je pense qu'il vaut mieux en parler, au contraire, même si nous ne l'avons encore jamais fait. Je ne sais pas pourquoi, à vrai dire. Si ce n'est qu'au début, je trouvais trop douloureux d'évoquer ce sujet. Et ensuite, eh bien… Je pensais que tu m'en voulais.

Addy aurait bien voulu démentir cette dernière remarque, mais sa mère avait vu juste. A sa grande stupéfaction, elle s'apercevait qu'elle commençait à peine à voir son père sous un jour différent. Elle se rendait compte que, comme sa mère, elle n'était pas responsable de l'infidélité de son mari. Confuse, elle baissa les yeux.

— Je suis désolée, maman.

Claire lui prit la main.

— Il ne faut pas, ma chérie. Tu t'es sentie aussi trahie que moi par son départ.

— Oui, mais j'ai rejeté la faute sur toi, alors que tu n'étais coupable de rien.

Peabody sauta sur le banc entre elles, et frotta son museau contre le bras de Claire puis contre celui d'Addy.

196

— Parfois, quand il nous arrive quelque chose que nous ne comprenons pas, nous sommes tellement désespérés que nous nous en prenons à ceux qui sont les plus proches de nous.

Claire se frotta les mains sur son vieux jean usé et reprit :

— C'est Ida qui m'a avertie que ton père me trompait. Elle l'avait vu sortir d'un motel en compagnie d'une femme, un après-midi. Pendant des jours et des jours, elle s'est interrogée sur ce qu'elle devait faire. Puis elle s'est décidée à venir me trouver. Et je ne l'ai pas crue. J'ai pensé qu'elle était jalouse de moi, à cause du comportement ignoble que son mari avait envers elle.

Abasourdie, Addy contempla sa mère qui continua de raconter, la gorge nouée :

— C'était une position horrible pour Ida. Elle avait voulu faire preuve de loyauté et ça se retournait contre elle. Je suis même étonnée qu'elle m'ait finalement pardonné ma réaction.

En proie à un brusque sentiment de culpabilité, Addy regarda fixement ses mains posées sur ses genoux.

— Je crois que j'ai fait la même chose à Culley. Mark a passé le week-end précédant notre mariage avec une autre femme. Culley était au courant, mais il ne me l'a jamais dit.

— S'il t'en avait parlé, est-ce que tu l'aurais cru ?

— Franchement, je n'en sais rien. Peut-être pas.

Claire soupira, le cœur lourd.

— Quelquefois, les gens font des choses pour nous, parce qu'ils nous aiment. Mais nous n'avons pas toujours envie d'entendre ce qu'ils nous disent, même si c'est pour notre bien. C'est parce qu'elle était mon amie qu'Ida m'a révélé la trahison de ton père. Et Culley a sans doute aussi agi par amitié envers toi.

Elle posa sa main sur celle d'Addy. Elles restèrent assises là un long moment, en silence, avec le sentiment qu'elles se comprenaient mieux, désormais.

Addy songea qu'une perte, si cruelle qu'elle fût, pouvait quelquefois faire apparaître un gain immense. La vie était ainsi.

Il lui fallut toute une semaine pour parvenir à démêler un peu les divers sentiments qu'elle éprouvait. Il lui paraissait toujours impossible que Mark ait pu être aussi différent de ce qu'elle avait cru. Pourtant, c'était ainsi, et Culley n'y était pour rien. Claire avait raison. Mais elle avait trouvé plus facile de se fixer sur ce que Culley lui avait caché, plutôt que d'admettre que Mark lui avait été infidèle dès le début de leur mariage.

En attendant, ce qui était sûr, c'est qu'elle devait des excuses à Culley.

Elle se rendit chez lui vers 7 heures, le mardi soir. Claire et Ida étaient parties au cinéma ensemble, aussi espérait-elle le trouver à la maison. Son Explorer était garée dans l'allée et Madeline jouait à la marelle dans le jardin, devant la maison.

Addy descendit de voiture et lui fit un signe de la main.

Madeline accourut aussitôt.

— Bonjour, Addy.

— Comment vas-tu, Madeline ?

— Bien. Et le faon ?

— Il grandit et il a bon appétit.

198

— Je pourrai venir le voir ?

— Bien sûr. Quand tu voudras.

La porte d'entrée s'ouvrit et Culley apparut sur le perron.

— Bonjour, dit-il d'un air réservé.

Addy s'avança jusqu'au perron et s'arrêta devant la première marche. Elle désigna des yeux le plat à tarte encore tiède qu'elle tenait dans les mains.

— Je n'avais pas de calumet de la paix chez moi, alors j'ai apporté une tarte aux pommes à la place.

Il la regarda longuement, puis esquissa l'ombre d'un sourire.

— Va pour la tarte aux pommes !

Elle lui passa le plat.

— Ça sent bon, fit-il remarquer.

— C'est la recette de maman. J'espère que je l'ai réussie aussi bien qu'elle.

Il lui fit signe d'entrer, et avertit Madeline qu'ils se trouvaient dans la cuisine.

— Tu vas bien ? s'enquit-il en déposant le plat sur la table.

Elle évita de croiser son regard et opina simplement de la tête.

— Je te dois des excuses…, balbutia-t-elle en se mordillant les lèvres.

— Non, Addy. Ce n'est pas la peine.

— Si. Je me sens tellement idiote ! L'idée que pendant tout ce temps tu savais à quel point j'étais bête et naïve…

— Addy, tais-toi. Je n'ai jamais pensé cela.

— Oh, je suis sûre que si…

— C'est moi qui suis désolé et qui te dois des excuses.

199

Elle se décida à lever la tête et trouva le courage de soutenir son regard.

— C'est pour cela que je suis venue. Pour te dire que tu n'avais rien fait de mal, Culley.

Il alla vers elle et murmura :

— Tu m'as manqué.

Elle hésita un instant, se demandant si elle devait prendre cette remarque à la légère ou non. Finalement, elle opta pour la sincérité.

— Tu m'as manqué aussi.

Ils se dévisagèrent pendant quelques secondes. Et Addy fut heureuse, vraiment heureuse, d'avoir trouvé le courage de venir ce soir-là.

Il l'embrassa avec un mélange de douceur et de légèreté, comme pour lui faire comprendre à quel point il avait ressenti son absence. Elle lui entoura le cou de ses bras et il la serra contre lui. Une vague de passion les enflamma, le baiser se fit plus ardent.

— Papa ! Tu peux venir ?

La voix anxieuse de Madeline retentit dans le jardin. Culley posa le front contre celui de Addy, respira profondément pour calmer les battements de son cœur et murmura :

— Désolé. Je reviens tout de suite.

Addy sourit avec indulgence. Il sortit et revint quelques minutes plus tard.

— C'était une urgence. Une grosse araignée brune se promenait sur le carreau numéro 7 de la marelle. Où en étions-nous ?

— Nous foncions tête baissée vers de gros problèmes.

— Ah… oui.

Addy traversa la cuisine et alla se camper de l'autre côté de la table, hors de portée.

200

— Parlons un peu. Qu'as-tu fait ces jours-ci ?

Il laissa échapper un soupir et passa une main sur sa nuque.

— Voyons. Je me suis demandé combien de temps j'allais attendre avant de venir te voir et te demander pardon.

— Tu n'as pas à me demander pardon, dit-elle en recouvrant sa gravité.

— Pourquoi Mark est-il venu te voir, au fait ?

— Il m'a dit que je lui manquais. Ce qui me paraît bizarre. Après tout, il a une jeune femme d'une vingtaine d'années et un petit garçon qui vient de naître.

Culley écarquilla les yeux.

— En effet...

— Il me semble que je commence à comprendre comment il fonctionne. Il compte sur les autres pour lui apporter le bonheur. Mais un jour, il faudra bien qu'il se rende compte que c'est en lui qu'il doit le trouver.

Culley la regarda d'un air approbateur.

— Tu apprends à maîtriser la situation, n'est-ce pas ?

— J'ai beaucoup réfléchi, cette semaine, répondit-elle avec un haussement d'épaules. Je pense que le fait de revoir Mark m'a poussée à réviser complètement mon style de vie. J'ai décidé de ne pas retourner à Washington. J'ai donné ma démission.

Les yeux de Culley s'arrondirent de surprise.

— C'est super... Vraiment super !

— Je suis en train d'élaborer des projets pour le verger. J'ai quelques idées pour rendre l'exploitation plus rentable.

— Ta volonté m'impressionne !

— Ce verger représente des dizaines d'années de travail. Maman y a consacré toute sa vie. Je n'ai pas envie de le voir disparaître.

Culley lui caressa la joue et murmura :

— Moi non plus.

A ce moment, la porte d'entrée s'ouvrit à la volée et Madeline entra en courant dans la cuisine.

— C'est de la tarte aux pommes ?

— Oui. Tu en veux un morceau ?

— Oh, oui !

— Prends une chaise, ma chérie, dit Culley en allant chercher trois assiettes dans le placard.

Avec un sourire plein de douceur, il murmura à l'adresse d'Addy :

— J'ai hâte de savoir si une femme aussi jolie que toi est également capable de cuisiner.

— Cette tarte était fabuleuse.

— Oh ? Seulement fabuleuse ? rétorqua Addy avec une moue taquine.

— Si je devais te noter, je te donnerais 9,80 sur 10.

— Je vois. Si tu m'avais accordé 10 sur 10, je ne t'aurais pas cru.

— Bien sûr…

— Et pourquoi 9,80 au fait ?

— Parce que tu ne m'as pas laissé t'embrasser après avoir mordu dedans.

— Oh… Dans ce cas, je m'en remettrai.

Ils étaient installés dehors, dans des transats garnis d'épais coussins. Culley avait construit lui-même la terrasse recouverte de pans de céramique à l'arrière de la maison. C'était un endroit agréable, protégé de la route par une haute rangée de bouleaux. L'air s'était rafraîchi à la nuit tombée et une légère humidité s'était installée.

— Quelque chose te préoccupe ? demanda Addy, après qu'il eut gardé le silence un long moment.

Il se renversa dans son fauteuil, croisant les bras sous sa tête.

— J'ai rendu visite à Liz, la semaine dernière, expliqua-t-il d'une voix sourde.

— Alors ?

— J'ai l'impression qu'elle est vraiment décidée à prendre un nouveau départ.

— Elle a des projets ?

— Je ne sais pas.

— Va-t-elle venir ici ?

— Je ne le lui ai pas proposé, dit-il en soupirant. Tu crois que c'est vraiment horrible de ma part ?

Addy réfléchit.

— Tu as trouvé un nouveau style de vie, répondit-elle en pesant prudemment ses mots. Madeline avait besoin de calme et d'équilibre. Le fait de revoir Liz risque de faire resurgir beaucoup de problèmes et de souffrances.

— Je suis inquiet pour Madeline. Je ne sais pas comment elle va réagir.

— Ne t'en fais pas, ça ira, dit-elle en lui prenant la main.

— Il faut que j'aille passer deux jours à Richmond. Je partirai tôt demain matin. Le Festival d'Eté doit avoir lieu le week-end prochain. J'avais l'intention d'y emmener Madeline. Tu veux nous accompagner ?

— Cela me plairait beaucoup, dit Addy en souriant de plaisir.

Il observa un nouveau silence, puis ajouta :

— Je ne sais pas ce qui va se passer quand Liz sera sortie de prison. La route risque d'être un peu accidentée pendant quelque temps. Tu crois que… tu pourras attendre que les choses s'aplanissent ?

— Je serai là, affirma-t-elle sans l'ombre d'une hésitation.

Il se pencha pour déposer sur ses lèvres un baiser qui en disait bien plus long que des mots. Puis il se leva, l'étreignit et continua de l'embrasser avec ferveur.

Et là, dans la lueur de la pleine lune qui baignait le paysage de sa lumière argentée, elle lui rendit son baiser avec la même passion.

# 14.

Le reste de la semaine s'écoula lentement. Culley appelait Addy chaque soir et ils parlaient pendant des heures au téléphone, tels deux adolescents qui veulent tout se dire, tout partager.

Cet échange procurait à la jeune femme un sentiment délicieux. Cet homme, qu'elle avait connu enfant, qui avait été son ami, prenait chaque jour une place plus importante dans sa vie.

Il y avait eu une époque, pas si éloignée que ça, où sa propre image avait été dévalorisée à ses yeux. Réduite à une dimension ridicule, à cause de Mark et de son attitude odieuse.

Mais à présent, elle comprenait que ce comportement ne concernait que lui, qu'il trahissait ses faiblesses et ses erreurs. Pas les siennes. Et cela, c'était grâce à Culley qu'elle en avait pris conscience.

Addy consacra toutes ses journées à établir des projets pour la transformation du verger. Elle avait trouvé sur Internet une mine d'informations concernant l'agriculture biologique. Plus elle lisait les articles publiés à ce sujet, plus elle était surexcitée, tant les possibilités dans ce domaine étaient considérables.

Le jeudi matin, alors qu'elles prenaient le petit déjeuner, elle posa le dossier qu'elle avait constitué sous les yeux de Claire.

— Regarde, maman. Je pense que ça pourrait marcher.

Claire ouvrit le dossier et le feuilleta rapidement, avec curiosité.

— Tu voudrais te lancer dans l'agriculture biologique ?

Addy acquiesça.

— Tu avais raison. Nous n'avons pas les moyens de nous mesurer à la nouvelle concurrence. Leurs exploitations sont trop importantes, comparées à notre petit domaine. En revanche, en changeant nos méthodes pour produire des fruits biologiques, nous pourrions nous positionner dans une niche intéressante. Et fournir, par exemple, les magasins d'alimentation biologique et certains restaurants. Je pense que nous trouverions un marché intéressant pour nos produits à Washington D.C. La ville ne se trouve qu'à quatre heures de route d'ici.

Claire étudia sans un mot le reste du dossier. Puis elle le referma en déclarant :

— Addy, tu es avocate. Et tu réussis très bien dans ta profession. Es-tu sûre de vouloir l'abandonner ? Car nous n'avons aucune garantie que ce nouveau projet aura le succès que nous espérons.

— En effet. Mais si j'ai appris une chose cette année, c'est que rien n'est jamais garanti, justement. Alors, autant se lancer dans une voie qui semble avoir quelque chose à offrir.

— Et si ça ne marche pas ?

— Nous aurons au moins le mérite d'avoir essayé, rétorqua Addy. Et j'aurai cette consolation.

Elle marqua une pause, comme pour chercher ses mots.

— Je suis contente d'être revenue, maman. Contente d'avoir passé ces quelques jours avec toi. Cela m'a permis de comprendre des choses qui m'échappaient auparavant.

Claire se leva et prit sa fille dans ses bras.

— Que nous réussissions dans cette nouvelle aventure ou non, cela m'est égal. La seule chose qui compte pour moi, c'est que tu veuilles essayer. Tu ne peux savoir à quel point cela me fait plaisir.

— Merci, maman.

— C'est moi qui devrais te remercier.

Claire s'apprêta à quitter la pièce, mais fit brusquement volte-face.

— J'ai oublié de te dire... Culley a téléphoné ce matin. Il m'a dit qu'il rentrerait tard, demain soir. Il était censé emmener Madeline acheter une robe pour un spectacle de danse, et il voulait savoir si tu pouvais le faire à sa place.

— Oh, oui ! Certainement, répondit Addy.

— Ida sait exactement ce qu'il faut acheter, elle pourra te renseigner.

— Je vais l'appeler.


Le vendredi après-midi, Addy alla chercher Madeline à la sortie de l'école, à 3 heures. La petite fille monta dans sa voiture avec un sourire timide.

— Bien. Nous avons une mission, annonça Addy en sortant du parking. Je connais trois magasins en ville qui ont de superbes vêtements pour les petites filles de ton âge. Je propose qu'on aille les voir toutes les deux, d'accord ?

Madeline hocha la tête avec enthousiasme.

— Tu crois qu'on trouvera une robe bleue ?

— C'est ta couleur préférée ?

— Oui.

— Alors, nous trouverons du bleu, c'est promis.

Elles se rendirent dans le centre de Roanoke et s'arrêtèrent devant le premier magasin. Madeline trouva que les robes avaient trop de dentelles et de volants. Dans le deuxième, il y avait un modèle qui lui plaisait énormément, mais pas dans sa taille. Le troisième était une minuscule boutique appelée *Puddles*. C'est là que Madeline découvrit la robe de ses rêves. Elle sortit du salon d'essayage avec un grand sourire.

— Oh, Madeline, comme elle te va bien ! s'exclama Addy.

C'était une robe d'une marque française, qui faisait d'adorables vêtements pour enfants. Elle était d'un bleu foncé, avec de très fines rayures vertes.

Madeline s'observa dans le miroir, lissant le tissu du plat de la main.

— Tu la trouves bien ?

— Elle est parfaite. Tu seras la plus jolie petite fille du spectacle.

Madeline lui coula un regard incertain.

— Tu crois qu'elle plaira à papa ?

— Il va l'adorer.

— Alors, d'accord, dit Madeline, rassurée.

Elles achetèrent aussi des sandales blanches, pour aller avec la robe. Sur le chemin du retour, elles s'arrêtèrent pour manger un sandwich dans l'un des cafés de Franklin County

Road. La salle était bondée et on leur donna la dernière table libre, près de la fenêtre. Une serveuse vint prendre leur commande et rapporta deux minutes plus tard du thé glacé pour Addy et un verre de lait pour Madeline.

Madeline avala une gorgée de lait en regardant par la fenêtre.

— On t'a parlé de ce qui est arrivé à ma maman ?

Addy vida un paquet de sucre dans son thé et remua en faisant tinter sa cuillère contre le bord du verre.

— Oui, dit-elle simplement.

— C'est affreux, hein ?

Addy acquiesça en hochant la tête.

Madeline fit rouler sa paille entre ses doigts, se mordilla les lèvres et finit par dire d'une petite voix :

— J'avais pas été très sage, ce jour-là. Maman a dit que je la rendais folle. Je l'ai vue sortir la bouteille du placard de la cuisine. Elle croyait que j'étais pas au courant, mais je l'avais déjà vue la prendre, là, dans sa cachette. Peut-être que si j'avais été plus sage, elle aurait pas fait ça. Rien ne serait arrivé… Et elle serait pas en prison, maintenant.

— Oh, Madeline, il ne faut pas croire cela… C'est un fardeau trop lourd pour toi, ma chérie. Mais tu sais, moi, je n'ai compris cela que quand je suis devenue adulte. Quand j'avais douze ans, mon papa a quitté la maison. Un jour, il est parti, comme ça. Et il n'est jamais revenu. Je n'arrivais pas à comprendre la raison de son départ. Alors, je me suis mise à penser que j'aurais pu dire quelque chose, pour le faire changer d'avis. Etre plus gentille, plus jolie… ou faire des reproches à ma maman. Ce que je ne savais pas, à l'époque, c'est qu'il avait pris sa décision tout seul. Et ça n'avait rien à voir avec moi. Les gens n'agissent pas toujours comme ils devraient, mais les enfants ne doivent pas se sentir responsables des erreurs que commettent leurs parents. Je sais que parfois, on a du mal à comprendre le comportement des adultes. Mais dis-toi bien que tu n'étais qu'une toute petite fille quand c'est arrivé. Et tu n'es encore qu'une petite fille, d'ailleurs, ajouta-t-elle en prenant gentiment la main de Madeline. Tu n'es pas responsable du tout de l'accident que ta mère a causé.

Madeline leva vers elle un regard grave, dans lequel se lisait un immense soulagement.

— Merci, Addy.


Elles mangèrent des croque-monsieur et de la tourte aux pêches surmontée de glace à la vanille en dessert.

En quittant le restaurant, Madeline remercia Addy.

— C'est vraiment gentil de m'avoir emmenée acheter ma robe.

— C'était un plaisir. Je ne connais rien de plus amusant que de faire du shopping entre filles. Surtout quand on trouve d'aussi jolies choses que cette robe ! Elle te va tellement bien !

Un sourire radieux illumina le visage de Madeline. L'émotion serra le cœur d'Addy. Un lien de profonde affection était en train de se former entre elle et la fillette. C'était à la fois merveilleux et inespéré.

Elle manœuvrait pour sortir du parking quand Madeline s'écria :

— Addy ! Regarde !

Elle pointait le doigt vers trois grandes poubelles séparées du restaurant par une haute clôture de bois peinte en vert.

— Qu'est-ce que tu as vu ?

210

— Un tout petit chien. Je crois que c'est un bébé. Il se cache derrière la poubelle du milieu.

Addy se gara de nouveau et coupa le contact.

— Allons jeter un coup d'œil.

Elles contournèrent les conteneurs. Recroquevillé derrière une des poubelles se trouvait un chiot à peine plus haut qu'une boîte de conserve. Son pelage était noir, à l'exception d'une étoile blanche sur le poitrail. Il était si maigre que ses côtes saillaient ; il tenait sa patte avant soulevée, comme s'il était blessé.

Addy s'accroupit devant lui et tendit la main.

— Hé, petit ! Viens voir...

Le chiot se recroquevilla davantage sur lui-même, se collant contre la poubelle comme s'il cherchait à se fondre en elle.

— Tu crois qu'il est perdu ? demanda Madeline.

— Quelqu'un l'a probablement abandonné ici.

— Pourquoi ?

Addy soupira.

— Parce que les gens ne prennent pas toujours leurs responsabilités.

— Ils auraient dû lui trouver un nouveau maître, n'est-ce pas ?

— Oui. Je crois que j'ai un paquet de biscuits dans la boîte à gants. Tu veux bien aller les chercher ?

Madeline s'éloigna en courant et fut de retour en quelques secondes.

— Voilà !

— Merci. Voyons quelle impression ils vont lui faire.

Elle ouvrit le paquet et plaça un biscuit devant le chiot. Celui-ci l'observa d'un air méfiant, se pencha pour renifler la friandise et l'avala en une seule bouchée.

211

— Il aime ça ! s'exclama Madeline, ravie.

Addy donna un autre biscuit, qui disparut aussi vite que le premier. Au troisième, le chiot vint carrément renifler la main de la jeune femme en remuant la queue. Addy souleva sa patte blessée.

— Oh… Il a une grosse coupure sur le coussinet. Cela doit lui faire très mal.

Madeline s'approcha pour examiner le chiot de plus près.

— Qu'allons-nous faire ?

Addy souleva le petit animal.

— Pas question de le laisser ici ! déclara-t-elle. Je crois que nous allons rentrer à la maison avec un compagnon inattendu.

Le regard de Madeline s'éclaira.

— C'est vrai ?

— C'est vrai, confirma Addy en souriant.


Elle appela Culley de la voiture. Celui-ci venait juste de rentrer chez lui, et elle lui raconta en deux mots ce qui s'était passé.

— Laisse-moi deviner, dit-il d'un ton taquin. Je parie que tu vas chez le Dr Nolen, maintenant ?

— Eh bien, le pauvre petit n'est pas en grande forme.

— Je peux faire quelque chose ?

— Non. Mais ça ne t'ennuie pas que je ramène Madeline un peu plus tard que prévu ?

— Pas du tout. Veux-tu que je téléphone à Nolen pour le prévenir de ton arrivée ?

— Oh, ça serait super…

— C'est comme si c'était fait.

212

Elles atteignirent la clinique vétérinaire en moins de vingt minutes. Pendant tout le trajet, Madeline n'avait pas quitté des yeux le petit animal qui dormait, roulé en boule sur le siège arrière.

— Comme il a l'air fatigué !

— Ce n'est pas étonnant. Il est beaucoup trop jeune pour devoir se débrouiller tout seul.

Addy prit le chiot dans ses bras pour traverser le parking, devant la clinique. Le vétérinaire l'observait depuis la porte, en secouant la tête.

— Je vois que vous avez une nouvelle recrue, dit-il. La plus jeune des Rutherford !

— Eh bien, en fait, c'est Madeline qui a trouvé ce petit chien.

— C'est vrai ? demanda le vétérinaire à la fillette.

Celle-ci confirma d'un hochement de tête.

— Il n'aurait pas pu mieux tomber. Tu vas l'emmener chez toi ?

— Je ne sais pas, balbutia Madeline en coulant un regard en coin à Addy.

— Nous voulions que vous lui fassiez un petit bilan de santé. Il est blessé à la patte.

— Voyons ça, répondit Nolen en les entraînant à l'intérieur.

Trente minutes plus tard, le chiot était soigné.

— Il faudra changer son pansement deux fois par jour et appliquer la crème que je vous ai donnée. A part cela, il est en pleine forme. Ramenez-le dans un mois pour que je lui fasse ses rappels de vaccins.

— Merci, docteur.

— Je vois tellement d'animaux abandonnés ! J'aimerais qu'ils aient tous autant de chance que lui. Transmettez mon bonjour à Claire.

— Ce sera fait.

Elles remontèrent en voiture, Madeline à l'arrière avec le chiot sur ses genoux. Addy jeta un coup d'œil dans le rétroviseur et la vit caresser la tête de son petit protégé avec une expression d'adoration.

Culley les attendait sur le perron.

— Regarde, papa ! s'écria Madeline en sortant de la voiture, le chiot dans les bras. Il n'est pas trop mignon ?

— Adorable. Alors, la séance de shopping a pris une tournure inattendue ? ajouta-t-il en regardant Addy.

— C'est un peu ça.

— Fais-le entrer.

Culley avait déjà disposé un grand coussin et un bol d'eau dans la cuisine.

— Il y a du poulet dans le réfrigérateur. Seulement du blanc, pas d'os. On peut lui en donner ?

— Oh, oui, répondit Addy. Il meurt de faim, le pauvre chou.

Ils s'assirent tous les trois sur le sol pour regarder le chien dévorer son repas.

— Qui va le garder ? demanda Culley.

Addy lança un coup d'œil à Madeline et déclara :

— C'est à vous de décider.

Madeline garda les yeux fixés sur le chien. Celui-ci se roula sur le sol et elle lui caressa le ventre.

— Qu'en penses-tu, ma chérie ? s'enquit Culley en lui posant une main sur l'épaule.

— Je peux pas le garder, balbutia Madeline d'une voix sourde.

214

— Il y a de la place pour lui, tu sais.

Madeline se leva d'un bond, les lèvres tremblantes.

— Non. Je peux pas le garder ! Je peux pas.

Elle sortit de la cuisine en courant et se rua dans l'escalier.

Addy et Culley échangèrent un regard consterné. Culley se leva.

— Je vais lui parler. Tu peux m'attendre un instant ?

— Bien sûr.

Il la remercia d'un signe de tête et monta dans la chambre de Madeline.


Il frappa légèrement à la porte, avant de tourner la poignée et d'entrer dans la pièce. Pelotonnée sur son lit, la fillette tenait son lapin en peluche rose serré entre ses bras.

Culley s'assit à côté d'elle et lui passa une main sur les cheveux.

— Qu'y a-t-il, mon bébé ?

Elle secoua la tête en se mordant les lèvres.

— Tu l'aimes, ce chiot, n'est-ce pas ?

Il y eut un lourd silence, puis elle hocha la tête.

— Pourquoi tu ne veux pas le prendre ?

Un peu plus d'une minute s'écoula. Enfin, elle se redressa contre les oreillers, mais garda les yeux fixés sur ses genoux.

— Parce que si je l'aime, il risque d'avoir un accident, lui aussi.

Il fallut quelques secondes à Culley pour absorber le sens de ses paroles. Quand il comprit enfin ce qu'elles signifiaient, il eut l'impression que son cœur se brisait. Il souleva la main de la fillette, et la serra entre les siennes.

— Pourquoi dis-tu cela, ma chérie ?

Elle secoua la tête en silence.

Toutefois, Culley connaissait la réponse. Une vieille colère resurgit au fond de lui.

— Ma chérie, tu n'es pas responsable de ce qui est arrivé à ta maman. Ce n'est pas ta faute.

Madeline leva vers lui un regard si angoissé qu'il éprouva un choc. Il s'était persuadé que la fillette avait fini par accepter ce qui était arrivé à sa mère et qu'elle n'en souffrait plus. Quelle illusion ! Il la prit dans ses bras et la tint contre son cœur. Quand il essaya de parler, il s'aperçut que sa voix était étranglée par le chagrin et la colère.

— Ecoute-moi, Madeline, déclara-t-il d'un ton grave. Quelquefois, les adultes font des choix qui ne sont pas bons. C'est ce qui s'est passé pour ta maman. Mais tu n'avais rien à voir avec ça, ce n'était pas toi la responsable. Tu comprends ?

Toujours blottie contre lui, elle fit un signe de tête. Il sentit ses larmes mouiller sa chemise.

Il s'écarta pour la regarder.

— Je t'aime, ma chérie. Je reviens tout de suite, d'accord ?

Elle hocha de nouveau la tête et essuya ses joues du revers de la main.

Addy s'était installée sur le canapé, le chiot sur ses genoux.

— Comment va-t-elle ?

— Je pense que ça ira, répondit Culley en repoussant ses cheveux en arrière. A cause de l'accident de Liz, elle est convaincue que tous ceux qu'elle aime sont en danger et vont avoir un accident aussi.

— Oh, Culley... Elle voulait le chiot, alors ?

216

— Bien sûr. Viens avec moi.

— Tu crois ?

— Oui, viens. Je t'en prie.

Il était presque 10 heures du soir quand Culley raccompagna Addy à sa voiture.

— Merci, dit-il en fourrant les mains dans les poches de son jean.

— Je n'ai rien fait de spécial.

— Si. Grâce à toi, Madeline a passé une journée formidable. Il y avait longtemps que je ne l'avais pas vue aussi heureuse.

— J'ai parlé un peu avec elle. Je crois qu'elle se sent responsable de l'accident. Elle m'a dit qu'elle n'avait pas été sage, ce jour-là, et que c'était pour cela que sa mère avait bu.

Culley déglutit et secoua la tête, l'air abattu.

— Je lui ai expliqué que les enfants n'étaient pas responsables des actes des adultes, poursuivit Addy. J'espère qu'elle a compris.

— J'aurais dû me douter que cette idée la hantait. Elle a gardé cette culpabilité en elle, pendant toutes ces années.

— C'est une petite fille merveilleuse, Culley. Elle s'en sortira.

— Je crois que Hershey l'y aidera. Elle avait besoin d'un petit compagnon.

— Je suis contente pour elle. Et ce nom me plaît bien.

Culley s'adossa à la voiture, glissa les bras autour de la taille d'Addy et la serra contre lui.

— J'ai cette impression qui revient constamment...

— Quelle impression ?

— Que tout cela devait arriver. Que nos vies devaient se rencontrer.

Elle posa la joue contre sa poitrine et écouta les battements réguliers de son cœur. Culley lui avait redonné un équilibre, la possibilité de repartir sur de nouvelles bases et de considérer l'avenir avec espoir.

— C'est une pensée qui me plaît, avoua-t-elle.

Il lui prit le menton et l'embrassa longuement, comme s'il souhaitait que rien ne puisse jamais les séparer.

La porte d'entrée s'ouvrit et le porche fut inondé par la lumière du hall.

— Je crois que Hershey veut sortir ! s'écria Madeline depuis le seuil.

— Très bien, je m'en vais, dit Addy en souriant. Bonne nuit, Madeline. Bonne nuit, Hershey.

Culley se pencha et lui chuchota à l'oreille :

— Il y aura d'autres baisers plus tard.

— Plus tard, acquiesça-t-elle en souriant.

# 15.

Le samedi matin, Addy se leva en même temps que le soleil, après une nuit de sommeil entrecoupé. Culley devait venir la chercher à 11 heures. Dès 10 heures et demie, après avoir essayé toutes les tenues possibles, elle était fin prête. Claire était partie à 10 heures pour faire quelques emplettes. Ensuite, elle devait se rendre au festival où elle tenait un stand de pâtisseries pour l'église de Harper's Mill.

Addy était assise sur les marches du perron, quand Culley arriva. Il descendit de l'Explorer, marcha droit vers elle et demanda tout de go :

— Pouvons-nous entrer une minute ?

Elle battit des paupières et regarda Madeline, assise à l'arrière de la voiture, un téléphone mobile contre l'oreille.

— Elle parle avec sa grand-mère, expliqua Culley. Je lui ai dit que nous n'en avions que pour un instant.

Addy alla ouvrir la porte et il la suivit à l'intérieur.

— Tout va bien ? s'enquit-elle en se retournant.

Sans répondre, il l'étreignit et l'embrassa avec force, comme si elle lui avait terriblement manqué. Addy s'abandonna contre lui avec délices et lui rendit son baiser.

— Tu ne peux pas imaginer à quel point j'avais envie de ça, chuchota-t-il.

— Je sais à quel point j'en avais envie, moi.

— Tu vois, nous sommes faits l'un pour l'autre.

Addy le regarda en souriant.

— Difficile de le nier. Du moins sur ce plan !

Avec lui, elle se sentait désirée. Il pencha la tête pour l'embrasser de nouveau.

— Je pense que je m'habituerais facilement à ce genre de choses, dit-elle quand il s'écarta.

— J'espère de tout mon cœur que tu t'y habitueras.

Addy inspira à fond, calmant les battements de son cœur.

— Madeline nous attend. Nous allons nous attirer des ennuis si nous ne sortons pas d'ici.

Avec un sourire, elle l'attrapa par la main et l'entraîna dans le jardin. Madeline avait baissé sa vitre.

— Coucou, Addy !

— Coucou, Madeline. Comment va Hershey ?

— Bien. Je voulais l'emmener, mais il est trop petit, il se fatiguerait. On peut aller voir le faon, avant de partir ?

— Bien sûr ! Tu vas voir comme il a grandi.

Ils se rendirent à pied jusqu'à la grange. Addy ouvrit la porte de la stalle et Madeline se précipita vers l'animal, qui lui renifla les mains.

— Je lui donne des pommes tous les soirs, expliqua Addy. Il les adore.

— Tu le garderas toujours ici ?

— Oh, non ! Dès qu'il sera assez grand, je lui rendrai sa liberté.

Madeline approuva d'un signe en caressant la tête de l'animal.

— Il faut partir, maintenant, dit Culley.

— D'accord, dit la fillette.

Avec un dernier regard plein de tendresse pour le faon, elle sortit.


Le festival d'été de Harper's Mill avait lieu tous les ans au mois de juillet.

Le temps était tout à fait exceptionnel pour cette époque de l'année, en Virginie. Il n'y avait pas une trace d'humidité dans l'air, et le ciel était d'un bleu d'azur. C'était une journée parfaite.

Pour Addy, c'était une journée de rêve à tous points de vue, pas seulement à cause du temps radieux. Ils déambulèrent tous trois entre les attractions, essayant la grande roue, un manège, les autos tamponneuses. C'est sur celles-ci qu'ils s'amusèrent le plus. Addy ne se souvenait pas avoir autant ri.

— Avoue que les femmes conduisent mieux que les hommes, dit-elle à Culley, alors qu'ils allaient déjeuner.

— Les femmes sont surtout sans pitié, rétorqua-t-il. J'ai ressenti un soupçon de rage quand tu as tamponné ma voiture pour la troisième fois.

Culley fit un dernier tour de manège avec Madeline, tandis qu'Addy partait à la recherche de Claire et Ida, avec lesquelles ils devaient déjeuner. Elle les retrouva toutes deux au stand de la paroisse, et elles partirent ensemble rejoindre Culley et Madeline.

Ils s'installèrent autour d'une table de pique-nique, à l'ombre d'un grand arbre et mangèrent des hot dogs.

— J'aimerais qu'on mange des hot dogs et de la barbe à papa tous les jours ! s'exclama Madeline.

— Je pense que tu as eu ta ration de sucre au moins jusqu'à Noël.

— Oh, papa ! protesta la fillette.

— Bon. Jusqu'à Halloween.

— Papa, regarde ! Ce clown distribue des ballons. On peut en prendre un ?

Culley lui prit la main et ils partirent tous deux à la poursuite du clown. Claire s'éclipsa pour se rendre aux toilettes. Addy et Ida se retrouvèrent seules devant la grande table.

— Madeline a passé une excellente journée avec toi, hier, dit Ida.

— C'était amusant. Et nous sommes revenues à la maison un peu plus chargées que nous ne l'avions prévu.

— Ce chiot est exactement ce qu'il fallait pour lui faire oublier ses angoisses. Je suis inquiète pour Madeline. Elle porte sur ses petites épaules une culpabilité trop lourde pour elle.

Sur ces entrefaites, Claire revint en se frottant les yeux.

— J'ai perdu une de mes lentilles de contact. Cela m'apprendra à vouloir être moderne ! Je ne vois plus rien.

— Tu n'as pas une paire de lunettes de secours ? s'enquit Addy.

— Si, mais je l'ai laissée dans la voiture.

— Je vais la chercher.

— Merci, ma chérie, dit Claire en lui tendant ses clés. Je suis garée près de l'entrée.

Lorsque Culley revint avec une brassée de ballons, il confia Madeline à Claire et Ida et courut rejoindre Addy. Ils n'avaient pas eu une minute en tête à tête de toute la journée, et il mourait d'envie de reprendre les choses là où ils les avaient laissées le matin.

A peine avait-il franchi le portail du parking, qu'il entendit un cri de frayeur. Addy... Une décharge d'adrénaline lui transperça le corps et il se mit à courir entre les voitures. Enfin, il la repéra. Un grand escogriffe avec une queue-de-cheval l'avait coincée contre la portière de la voiture de Claire.

— Hé, vous ! hurla Culley.

L'homme jeta un rapide coup d'œil par-dessus son épaule puis, tapant de son doigt contre la poitrine d'Addy, il lui dit quelque chose que Culley ne put entendre. Ensuite, sans attendre son reste, il détala.

Culley atteignit enfin Addy et lui posa les mains sur les épaules.

— Ça va ?

Elle hocha la tête, les dents serrées, le visage blême.

— Je vais le rattraper.

— Culley, attends...

Mais il était déjà reparti, se frayant difficilement un chemin entre les voitures et les gens ébahis qui se retournaient pour le suivre des yeux. L'inconnu atteignit l'extrémité du parking et accéléra l'allure. Culley n'abandonna pas la poursuite.

Alors que l'individu se dirigeait vers la route qui menait au champ d'attractions, il se retourna pour voir s'il était toujours poursuivi, trébucha contre un rocher et s'étala sur le sol. Culley l'eut vite rattrapé et se jeta sur lui pour le maintenir à terre.

L'inconnu lui décocha un coup de poing qu'il parvint à esquiver. Lui, par contre, ne manqua pas son but et sentit

les os craquer lorsque son poing s'abattit sur la mâchoire
de son adversaire.

L'homme hurla de douleur.

— Qui êtes-vous ?

— Qu'est-ce que ça peut vous faire ?

Culley frappa de nouveau. L'homme secoua la tête,
étourdi.

— Qui êtes-vous ?

— J'ai mal ! Je me suis fait une entorse en tombant.

— Parle ! Et vite, si tu veux que je te relâche.

— Je bosse pour Dudley Contracting.

— La société de Raymond Dudley ?

— Lui-même, rétorqua-t-il, sarcastique.

— Que veut-il ?

— T'as qu'à lui demander toi-même.

— C'est à toi que je le demande et tu as intérêt à
répondre.

L'homme lui lança un regard mauvais et marmonna :

— Il veut que l'autoroute traverse le comté. Il m'a payé
pour décourager les opposants au projet.

— Alors, tu t'amuses à menacer deux femmes seules qui
essayent de maintenir leur exploitation en vie ?

L'inconnu plaqua une main sur sa mâchoire rouge et
enflammée.

— Elles feraient mieux de laisser tomber. Dudley et
Powers sont trop forts pour elles. Elles gagneront pas.

— Powers ? Le député ?

— Ouais.

Culley se releva, résistant difficilement à l'envie de lui
coller un troisième coup de poing en plein visage.

— Culley !

Il se retourna et vit Addy accourir vers lui.

— J'ai appelé le shérif. Tu n'es pas blessé ?

— Je n'ai rien. Et toi ? demanda-t-il en se penchant en avant pour reprendre son souffle.

— Ça va.

Elle posa les yeux sur l'homme étendu à terre qui se tordait en gémissant de douleur.

— Je ne pense pas qu'on te balance encore des pierres par la fenêtre, dit Culley.

Une sirène de police résonna au loin, et deux voitures brunes surmontées de gyrophares apparurent au bout de la route. Elles s'arrêtèrent et le shérif descendit, accompagné de deux adjoints.

— Que se passe-t-il, ici ? demanda Ramsey.

Culley désigna l'homme allongé sur le sol rocailleux du chemin.

— Il vous expliquera tout ça.


Claire et Ida, tremblantes, écoutèrent Culley relater ce qui s'était passé.

Puis, tandis qu'il passait un coup de téléphone sur son portable, Addy leur rapporta les détails que Ramsey avait pu soutirer à son agresseur avant de l'emmener au poste de police.

— Raymond Dudley est l'un des plus fervents supporters de Powers, remarqua Claire en fronçant les sourcils.

— Et Dudley Contracting s'est porté candidat pour effectuer les travaux si l'autoroute était construite, précisa Culley en rempochant son téléphone.

— C'est intéressant, fit remarquer Addy.

— En effet. Je viens d'appeler un de mes amis qui travaille au journal. Je lui ai suggéré d'explorer les liens possibles entre les deux hommes.

Claire s'assit lourdement sur le banc et posa une main sur sa poitrine.

— Cet homme aurait pu te blesser, Addy.

— Je pense que son intention était plutôt de me faire peur. Mais n'y pensons plus. C'est fini.

Culley et Addy s'efforcèrent de recouvrer leur bonne humeur, pour ne pas gâcher la journée de Madeline. Vers 4 heures de l'après-midi, la fillette exténuée s'endormit dans les bras de son père.

Ils regagnèrent le stand où Claire et Ida avaient repris leur poste.

— Je vais toujours passer la nuit chez grand-mère ? s'enquit la fillette en ouvrant les yeux à demi.

— Tu es épuisée, ma jolie. Tu es sûre que tu ne préfères pas rentrer à la maison ?

— Grand-mère a loué une cassette et elle m'a dit que je pouvais emmener Hershey.

— Dans ces conditions, il est difficile de discuter ! marmonna Culley, vaincu. C'est d'accord.

Ida intervint, déclarant joyeusement :

— Vous n'avez qu'à sortir tous les deux, ce soir. Claire, tu veux passer la soirée avec Madeline et moi ?

— Euh… c'est-à-dire que… j'ai un rendez-vous, ce soir.

Addy leva vivement la tête.

— Oui, je sais, dit Claire avec un sourire en coin. C'est choquant, n'est-ce pas ?

— Eh bien… non. Pas du tout. C'est Nolen ?

— Oui. Il est passé au stand il y a un moment et m'a invitée à dîner.

Addy remarqua que les joues de sa mère étaient roses. Sa voix contenait une note d'excitation qu'elle n'avait encore jamais entendue.

— Il connaît l'existence de Peabody ?

— Non. Ce sera un bon test, tu ne crois pas ?

— Certainement, admit Addy en souriant.

— Ne t'inquiète pas pour le faon, je passerai le nourrir avant de sortir.

— Merci, maman. Amuse-toi bien.

Le cœur léger tout à coup, elle embrassa sa mère.


Culley proposa de préparer le dîner, à la condition expresse qu'Addy ne lui tiendrait pas rigueur de ses talents pitoyables en ce domaine.

Ils arrivèrent à la maison à 17 h 30, en même temps que Madeline et Ida, qui repartirent aussitôt avec Hershey.

Culley invita Addy à aller prendre une douche, ce qu'elle fit volontiers car elle était couverte de poussière. Elle demeura un long moment sous le jet d'eau tiède, en essayant de ne pas penser que Culley se tenait sous cette même douche chaque jour. Et qu'il aurait pu s'y trouver en ce moment même, avec elle.

*Stop*… Elle s'engageait sur un chemin dangereux.

Elle se rhabilla et descendit dans la cuisine.

— J'ai une carte limitée, annonça Culley en fouillant dans le réfrigérateur. Mais je peux faire une salade composée.

— Ce sera parfait. Je peux t'aider ?

— Volontiers.

Il lui passa la planche à découper, des concombres et de petits poivrons.

La cuisine était agréable, l'atmosphère conviviale. Culley avait de toute évidence l'habitude de préparer les repas. Addy fut même surprise de le trouver aussi à l'aise. Mark n'aurait pas su faire la différence entre une poêle à frire et un fer à repasser.

De la musique douce s'échappait du lecteur de C.D. dans le salon.

— Je ne sais pas si j'ai pensé à te remercier d'avoir volé à mon secours, aujourd'hui ?

— Inutile de me dire merci, ce fut un plaisir.

Leurs regards se croisèrent, et un courant chaud passa entre eux.

Addy détourna les yeux la première.

— Tu crois que Dudley et Powers sont de mèche ? demanda-t-elle.

— Je l'ignore. Le fait est qu'ils sont les deux plus fervents partisans de la construction de l'autoroute. A présent, nous savons que Dudley est à l'origine des menaces que les adversaires de l'autoroute ont reçues. Je pense qu'il sera intéressant de faire une petite enquête sur eux.

Ils se concentrèrent sur la préparation de la salade, coupant et hachant les différents ingrédients. Addy trouva merveilleux de pouvoir prendre plaisir à faire une chose aussi simple que la cuisine. Mais ce qui rendait cela deux fois plus agréable, c'était de le faire ensemble.

— C'est formidable, dit-elle.

— Quoi donc ?

— Simplement d'être là. De préparer la salade. Je ne faisais jamais ce genre de choses avec Mark.

— Ah non ? Pourquoi ?

Elle haussa les épaules, d'un air vague.

— Pendant longtemps, nous n'avons été absorbés que par notre carrière. Il fallait réussir. J'étais aussi coupable que lui. Mais le temps passant... j'ai commencé à trouver qu'il me manquait quelque chose. Ma profession ne me comblait plus totalement.

— Tu voulais des enfants ?

Elle opina de la tête.

— Et Mark n'en voulait pas ?

— Il disait qu'il ne se sentait pas prêt. En fait, je crois qu'il ne voulait pas en avoir avec moi.

Culley posa son couteau, fit pivoter Addy vers lui et la regarda au fond des yeux.

— Je ne sais pas ce que Mark avait dans la tête. Tout ce que je sais, c'est qu'il avait une sacrée chance de t'avoir. D'après moi, il vient seulement de s'en rendre compte.

— Ça ne fait rien, murmura-t-elle dans un souffle, les yeux baissés.

Il lui souleva le menton et chuchota :

— Si, c'est important.

Alors, il se pencha pour l'embrasser. Addy eut l'impression que rien n'avait jamais été plus naturel, plus *normal* que ce baiser. C'était un peu comme si elle trouvait enfin l'endroit qu'elle avait cherché pendant des années. Sa place dans le monde.

Elle posa son couteau, glissa les bras autour du cou de Culley et s'abandonna totalement à l'ivresse de ce baiser. Une vague de douce nostalgie l'envahit, le passé et le présent se confondirent.

Au bout de quelques minutes, ils se remirent au travail, s'effleurant, se touchant chaque fois qu'ils saisissaient quelque chose sur la table.

— Quel chef-d'œuvre ! s'exclama Culley quand la salade fut terminée.

— Presque trop belle pour être mangée, reconnut Addy.

Ils allèrent s'asseoir sur la terrasse, bavardant de choses et d'autres. La nuit était d'une beauté exceptionnelle, comme s'il y avait dans l'air quelque chose de magique. Addy aurait aimé que cette nuit puisse se prolonger à l'infini.

Quand ils eurent fini de dîner, ils ramenèrent leurs assiettes dans la cuisine.

— A présent, dit Culley en lui prenant la main, j'ai quelque chose à te montrer.

— Qu'est-ce que c'est ?

Souriante, elle le suivit dans le salon, consciente de la chaleur de leurs doigts entrecroisés.

— Attends-moi là, je reviens.

Il disparut quelques secondes. Quand il rentra dans la pièce, il tenait sous chaque bras un gros album de photos.

— Nous allons voir si tu es courageuse ! annonça-t-il.

Addy esquissa une grimace.

— Ça dépend. A quelle année remontent-elles ?

— Assez loin.

— D'accord. Voyons ce désastre.

Ils s'assirent côte à côte, sur le tapis. Culley plaça un des deux albums en face d'eux et l'ouvrit.

Les premières pages étaient couvertes de photos prises à l'école. Cela commençait au jardin d'enfants et continuait pendant toutes leurs années de classes primaires. Il y avait des photos d'eux à neuf ans, à dix ans. L'époque où ils passaient toutes leurs vacances d'été à monter à poney ou à se baigner dans l'étang derrière le verger.

— Tu as vu ce pantalon ? s'exclama Addy en désignant une photo. Quelle horreur ! Où l'avais-tu acheté ?

— Et là, tes cheveux ! Comment faisais-tu pour te coiffer comme ça ?

Addy se rappela que le cliché avait été pris après qu'elle eut réussi à persuader sa mère de l'emmener chez le coiffeur pour qu'on lui fasse une permanente.

Dans le deuxième album, Mark commençait à apparaître. Une photo les montrait tous les trois près des falaises de Smith Mountain Lake, où ils se rendaient en été pour plonger du haut des rochers dans l'eau glacée de la rivière.

Sur les premières photos, ils étaient tous trois côte à côte, Addy au milieu des garçons, leur entourant les épaules de ses bras. Puis les attitudes changeaient imperceptiblement. On voyait plus souvent Addy et Mark ensemble, tandis que Culley demeurait un peu à l'écart.

Addy leva la tête et s'aperçut que celui-ci avait les yeux rivés sur elle.

— Je trouvais que c'était le type le plus heureux du monde, dit-il, l'air grave.

Ces paroles la touchèrent profondément. Elle se détourna pour feuilleter rapidement le reste de l'album. La pendule sonna 9 heures à l'instant où elle le referma. Elle se renversa en arrière, appuyant ses mains sur le tapis.

— C'était intéressant. Merci.

Il déposa les albums sur la table basse et noua les bras autour de ses genoux.

— Si je pouvais retourner à cette époque-là, dit-il, je donnerais un peu plus de fil à retordre à Mark, au lieu de m'avouer vaincu dès le départ.

— Que veux-tu dire ?

Culley prit une longue inspiration, soupesant prudemment ses mots avant de parler.

— Ce que je veux dire, c'est que ce que j'éprouvais pour toi allait bien au-delà de l'amitié. Mais je n'avais pas le courage d'exprimer mes sentiments. Pour commencer, tu étais carrément folle de lui. Et moi, j'étais… ton ami d'enfance, tout bêtement.

Addy, pensive, posa un coude sur ses genoux et appuya la joue dans sa main.

— Comment se fait-il que nous soyons si sûrs de nos sentiments à un moment et que… des années plus tard, avec le recul, nous puissions nous demander où nous avions la tête ?

— Je ne sais pas. Peut-être que parfois, les choix que nous faisons nous transforment, nous aident à nous améliorer. Enfin… ça peut se passer comme ça, si nous avons de la chance !

Addy réfléchit un moment à cette hypothèse.

— Lorsque j'ai enfin ouvert les yeux sur Mark, je les ai ouverts aussi sur tout le reste. Je me suis rendu compte que j'étais en train d'accepter une existence sans enfant, tellement axée sur ma vie professionnelle que je n'avais même plus le temps de penser à tous les vides qui me restaient à combler dans ma vie personnelle.

— Je pense que souvent, nous avons envie de stabilité, tout simplement parce que c'est plus facile que de changer de vie. Plus confortable, en un sens. Tu sais ce que je suis en train de comprendre, à présent ?

— Non. Quoi ?

— Ces moments, que nous avons laissé filer sans dire ou faire ce que nous aurions aimé… eh bien, on ne les rattrape jamais. Je savais ce que je ressentais pour toi il y a des années. Et je n'ai jamais saisi l'occasion de te le dire.

Il s'interrompit, dardant sur Addy un regard d'une profonde intensité.

— Je te le dis, maintenant. Je te trouvais merveilleuse. Et ça n'a pas changé.

Addy eut la gorge serrée par l'émotion. Elle soutint le regard de Culley, lui laissant voir à quel point ses paroles la touchaient.

La voix d'un crooner qui chantait à la radio leur parvint. La chanson faisait allusion à une deuxième chance offerte par la vie. A cet instant, Addy se rendit compte qu'elle se trouvait face à deux voies. Elle pouvait laisser son histoire avec Mark dévorer sa vie, absorber tout ce qui lui arriverait de bon désormais. Et Mark aurait gagné la partie, comme disait Ellen. Ou bien elle pouvait considérer ce qui s'était passé comme une expérience dont elle sortait plus forte et meilleure.

Qui ne risquait rien ne pouvait rien obtenir.

Forte de cette pensée, elle se pencha, posa les lèvres sur celles de Culley et l'embrassa doucement. Il lui rendit son baiser avec légèreté, comme s'ils esquissaient les premiers pas d'une nouvelle danse. Lentement d'abord, pour trouver le rythme qui leur convenait, s'imprégner de la présence de l'autre, gagner un peu plus de confiance.

Addy aurait pu l'embrasser sans jamais s'arrêter, comme s'ils avaient toute la vie devant eux, comme si ce baiser était trop bon pour ne pas s'attarder longuement à le savourer. Cette nuit, tout était différent. Même *elle* se sentait différente. Elle se trouvait dans les bras d'un homme qui l'attirait au-delà de tout. Le passé se mêlait au présent, ce qu'ils avaient été autrefois se fondait avec ce qu'ils étaient aujourd'hui. Et elle aimait infiniment l'homme qu'il était devenu.

Une autre chanson fit suite à la première, puis encore une autre. Leur baiser se transforma, s'intensifia. Culley fit glisser les mains sur ses reins, sous son chemisier.

Il l'attira sur lui, face à lui, la faisant asseoir à califourchon sur ses genoux. Il explorait son corps, faisant naître une explosion de sensations sous ses doigts. Addy posa les mains sur ses larges épaules, sur son dos, se lovant toujours plus étroitement contre lui.

— Je peux continuer ? murmura-t-il en s'écartant légèrement.

D'un regard, elle lui donna son accord. Il lui enleva son corsage en le faisant passer par-dessus sa tête et le jeta sur le sol. Elle lui défit un à un les boutons de sa chemise, puis en rejeta les pans sur les côtés pour l'admirer un instant. Elle renoua ensuite les bras autour de son cou et se blottit de nouveau contre lui. Une sensation de bonheur profond la submergea à la pensée qu'elle était avec lui, chez lui. Elle se sentait beaucoup plus légère que lorsqu'ils s'étaient rencontrés à New York, débarrassée du fardeau qu'elle portait alors sur les épaules.

Il fit rouler deux coussins sur le sol et ils s'allongèrent sur l'épais tapis de laine oriental. Addy était sur le dos, il se coucha sur elle à demi, insinuant une jambe entre les siennes.

Ils s'embrassèrent encore longuement en prenant tout leur temps.

Culley se releva un peu et s'accouda, contemplant tout son corps.

— Qu'y a-t-il ? demanda-t-elle avec un petit sourire incertain.

— Je pourrais rester des heures, à te regarder.

Le visage de la jeune femme s'enflamma.

— Tu es trop doué pour les compliments.

— Je suis sincère, Addy. Je n'ai aucune raison de dire quelque chose que je ne pense pas.

— Je suis désolée, balbutia-t-elle en posant une main sur son bras. Ce n'était pas ce que je voulais dire.

Il se pencha, l'embrassa encore et la fit rouler sur le tapis pour la hisser au-dessus de lui. Il posa les mains sur le dos de ses cuisses, l'attirant plus près.

— Addy…, chuchota-t-il en cessant un instant de l'embrasser. Si tu préfères arrêter maintenant, je comprendrai. Je serai d'accord.

Elle rejeta sa chevelure en arrière et se laissa tomber sur le sol à côté de lui, posant la joue sur son épaule.

— J'ai dit quelque chose qui te fait croire ça ?

Il lui caressa les cheveux et lui embrassa le front.

— Je ne ferai rien de plus, si tu ne te sens pas prête. Ce qui se passe entre nous est trop important pour…

Elle le fit taire d'un doigt sur ses lèvres.

— Merci, Culley. Merci d'y avoir pensé.

Il se leva et la prit par la taille pour l'aider à en faire autant. Puis il l'attrapa par la main et l'entraîna dans l'escalier. Parvenus devant la porte de la chambre, ils s'arrêtèrent et se regardèrent.

— Tu es sûre ?

— Tout à fait sûre, dit-elle.

Alors, il la souleva dans ses bras, ouvrit le battant d'un coup d'épaule et pénétra dans la pièce. Il l'embrassa encore, longuement, avant de refermer la porte derrière eux.

# 16.

Addy s'étira en arquant le dos.

— Comment est-ce possible ?

— Quoi ? s'enquit Culley en laissant courir un doigt tout le long de son bras.

— Comment est-ce que ça peut être encore meilleur chaque fois ?

— Mmm… Un homme ne vit que pour entendre un jour ce genre de remarque.

— Comme si on ne te l'avait jamais dit !

Il se laissa retomber en arrière, sur l'oreiller, les yeux fixés au plafond.

— Tu te fais une idée de moi qui n'est pas tout à fait exacte. Je ne suis pas le tombeur de ces dames, tu sais ! Loin de là !

— Et ça t'ennuie que je pense ça ?

— Oui… En fait, je n'ai pas envie de traîner toute ma vie l'image de ce personnage !

Elle posa doucement une main sur son torse, éprouvant la puissance de ses muscles.

— Je crois que c'est ce qui m'a toujours intimidée, avoua-t-elle.

— Quoi donc ?

— Ton succès auprès des femmes. Toutes ces filles qui étaient folles de toi !

Il la regarda brièvement avant de déclarer :

— Tout ça est sans importance, tant qu'on n'a pas rencontré la seule fille qui compte vraiment.

Elle se pencha, et l'embrassa tendrement. Il glissa les bras autour de sa taille pour l'attirer sur lui.

— Il est minuit passé, dit-elle à mi-voix.

— Très tard…

— Il faudrait que je parte.

— Reste encore un peu.

Il accompagna cette suggestion d'un baiser, plaquant une main virile au creux de ses reins.

— J'ai du mal à te refuser quoi que ce soit, reconnut-elle avec un sourire.

Il repoussa les mèches de cheveux qui lui barraient le visage et lui caressa la joue.

— C'est parce que *la seule fille qui compte vraiment*, c'est toi.

Elle accepta de rester encore un peu.


Il était presque 2 heures du matin lorsqu'ils remontèrent l'allée de Taylor Orchards et s'arrêtèrent devant la maison.

Ils avaient échangé peu de paroles pendant le trajet. Ce n'était pas nécessaire. Le silence leur convenait parfaitement. Certes, il y avait un bon nombre de questions en suspens. Mais Addy savait que les réponses viendraient en leur temps. Elle n'était pas pressée. C'était peut-être cet aspect de leur relation qui était si agréable, d'ailleurs. Elle évoluait à son rythme, sans heurts, comme un ruban se déroulant souplement.

— J'ai passé une soirée merveilleuse, dit Culley d'un air grave.

— Moi aussi.

— Je voudrais simplement m'assurer qu'une chose est bien claire entre nous.

— Oui ?

— Pour moi, c'est très sérieux.

— Pour moi aussi.

— Je ne veux pas te pousser, ou exercer une pression quelconque, mais...

— Ne t'en fais pas, dit-elle en lui prenant la main. Cette soirée était parfaite. Je t'assure.

— D'accord. Je t'appellerai.

— Bonne nuit.

Elle ouvrit sa portière et sortit.

— Bonne nuit, Addy.

Elle se dirigea vers le perron, se retournant à mi-chemin pour le regarder. Elle demeura devant la porte, jusqu'à ce que les feux arrière de l'Explorer aient disparu dans le sous-bois.

Le petit déjeuner était déjà prêt quand Addy descendit dans la cuisine, le lendemain matin.

— Qu'est-ce que ça sent bon !

— J'ai fait des muffins aux myrtilles, annonça Claire. Ils seront cuits dans une minute. Le café est chaud.

— Merci.

238

Addy remplit une tasse et leva les yeux. Claire l'observait.

— Tu as l'air heureuse, dit-elle.

Addy avala une gorgée de café, s'appliquant à garder un visage neutre.

— Je le suis. Mais ça me fait un peu peur.

Claire ouvrit le four et planta la pointe d'un couteau dans un muffin.

— Pas tout à fait cuit, annonça-t-elle. Le plus difficile, c'est d'admettre qu'on a trouvé quelque chose ou quelqu'un de bien. C'est tellement plus facile de se persuader qu'on n'a besoin de rien !

— De qui parles-tu ? De toi, ou de moi ?

Claire sourit en haussant les épaules.

— Clayton est très intéressant.

— Tu as passé une bonne soirée avec lui ?

— Oui. C'est agréable, d'être assise en face d'un homme, pour dîner. Agréable, mais… pas vraiment indispensable.

— Que veux-tu dire ?

— Oh, simplement ça. Pendant longtemps, j'ai cru que je n'étais pas une femme comme les autres, qu'il me manquait quelque chose. Le fait que ton père m'ait abandonnée en était la preuve.

— Et je ne t'ai pas aidée à penser autrement, admit Addy, submergée par la culpabilité.

Claire alla vers sa fille et lui prit la main.

— Ce n'est pas ta faute. Tu as essayé de surmonter cette épreuve comme tu pouvais.

— Oui, en rejetant la faute sur toi ! Ce n'était pas juste.

— C'est du passé. L'eau a coulé sous les ponts et balayé tout ça.

Addy leva les yeux.

— Merci, maman. Après tout ce que j'ai vécu avec Mark, je ne sais pas comment je réagirais si j'avais une fille qui refusait d'admettre la vérité. Je ne le prendrais sans doute pas aussi bien que toi.

Claire secoua la tête avec vigueur.

— Quelquefois, la vérité est trop dure pour qu'on la regarde en face, ma chérie. Nous avons besoin de la filtrer, de l'interpréter à notre façon pour pouvoir la supporter.

— Mais mon attitude a dû te faire tellement de mal ! En grandissant, je voulais absolument être différente de toi. Et maintenant, je me rends compte que je ne t'arrive pas à la cheville.

Les yeux de Claire s'embuèrent de larmes.

— Oh, ma chérie… Ne dis pas cela ! Je suis tellement contente que tu sois là en ce moment. Quoi qu'il arrive au domaine, je serai heureuse d'avoir passé ces quelques semaines avec toi.

La gorge nouée, Addy se jeta dans les bras de sa mère. Elles restèrent blotties l'une contre l'autre un long moment, comme si un lien nouveau les unissait et qu'elles en prenaient pleinement conscience.

Au bout de quelques minutes, Claire ébouriffa gentiment les cheveux de sa fille et monta dans sa chambre pour s'habiller. Addy resta dans la cuisine et but une deuxième tasse de café. Pendant des années, elle n'avait pas voulu reconnaître les traits de ressemblance qui l'unissaient à sa mère. Ces années s'étaient envolées, ce temps s'était perdu à jamais. Et maintenant, par une curieuse ironie du sort, elles se retrouvaient confrontées au même choix, au même moment. Soit elles demeuraient sur un chemin triste et ennuyeux, mais sûr, et familier. Soit elles trouvaient le courage de changer de route pour éventuellement atteindre le bonheur.

Addy avait une idée de ce que sa mère devait faire, pour être enfin heureuse. Et cela l'aiderait sans doute à trouver également sa voie. A admettre ce qu'elle ressentait pour Culley.

Il téléphona vers midi. Addy avait emporté son téléphone cellulaire dans le hangar, où elle travaillait. Elle avait passé toute la matinée dans l'ancien bureau, nettoyant et triant de vieux dossiers et des factures qu'elle comptait transférer sur ordinateur.

La sonnerie du téléphone la surprit et fit battre son cœur un peu plus vite. Son rythme s'accéléra encore quand elle reconnut la voix de Culley.

— Claire ne t'a pas grondée d'être rentrée si tard ? demanda-t-il d'un ton taquin.

— Maman avait elle-même passé une très bonne soirée. Cela lui a fait oublier l'heure !

— Tant mieux. Tu crois que j'exagère, si je t'invite à dîner avec moi, ce soir ?

— Non, répliqua-t-elle, surprise elle-même par la spontanéité de sa réponse.

— Très bien ! Alors, je peux venir te chercher vers 7 heures ?

— Cela me convient très bien.

Le taxi s'arrêta devant la maison juste un peu avant 6 heures. Liz tendit un billet de dix dollars au chauffeur, puis attendit qu'il ait sorti son unique valise du coffre à bagages.

L'homme remonta en voiture et s'éloigna dans un nuage de poussière noire. Liz demeura un long moment au bord du trottoir, sans oser s'engager dans l'allée, tenaillée par un terrible sentiment d'indécision.

Elle avait pris l'autocar à Mecklinburg. Pendant tout le trajet, elle avait eu l'estomac noué par l'angoisse. Ce n'était peut-être pas bien, de débarquer comme ça... Elle aurait dû téléphoner pour prévenir de son arrivée.

Ses doigts tremblaient sur la poignée de la valise. Elle frissonna et éprouva l'envie de boire un verre pour se donner du courage.

Malgré le temps qui avait passé, son premier réflexe était toujours de se tourner vers l'alcool. Ce besoin n'avait pas diminué. La seule différence, c'est qu'à présent elle voyait la situation objectivement. Elle savait qu'elle était en état de dépendance. Mais la perspective de boire était grisante. Ce serait si facile, de céder à cette tentation. De se rappeler la façon dont l'alcool brouillait la réalité, lui ôtait ses inquiétudes, ses angoisses.

Ce serait vraiment beaucoup plus facile de céder, plutôt que de rester là, devant la maison de Culley en sentant toutes ses fautes et ses erreurs s'amonceler sur ses épaules. Plutôt que d'essayer de rassembler son courage en vue de ses retrouvailles avec sa fille.

Elle reprit la valise qu'elle avait déposée sur le sol, gravit les cinq marches du perron et frappa à la porte. Puis elle serra le poing pour ne plus sentir le tremblement de ses doigts.

Il y eut un bruit de pas à l'intérieur. La porte s'ouvrit,

Madeline apparut sur le seuil. *Madeline,* sa fille. La gorge de Liz se noua à tel point qu'elle ne put articuler un mot.

— Maman ?

— Bonjour, ma chérie.

Culley surgit derrière la fillette et lui posa une main sur l'épaule, l'air farouchement protecteur.

— Liz ? Mon Dieu… Que fais-tu ici ?

Elle déglutit, les yeux rivés sur le visage de Madeline.

— J'avais envie de te voir, ma chérie. Je suppose que j'aurais dû prévenir.

Culley baissa les yeux vers la fillette, dont les joues étaient soudain devenues toutes pâles. Son regard se durcit et il rétorqua :

— Oui, tu aurais mieux fait de nous passer un coup de fil.

— Je suis désolée. Je pensais juste que…

— Tu n'es plus en prison ? demanda la petite fille.

Liz soutint le regard curieux de Madeline et répondit d'un ton sobre :

— Non.

— Tu vas habiter ici ?

Liz leva la tête et vit la fureur s'inscrire dans les yeux de Culley.

— Je suis seulement passée te dire bonjour, mon cœur.

Culley pressa les doigts sur l'épaule de Madeline et fit un pas en arrière, comme s'il s'obligeait à faire passer au premier plan les sentiments de sa fille plutôt que les siens. C'était ce qui l'avait toujours distingué de Liz, en tant que parent. Il faisait passer leur fille avant tout. On ne pouvait en dire autant de son épouse.

— Entre, Liz, dit-il en lui prenant sa valise des mains.

Elle obéit en poussant un léger soupir de soulagement.

Addy s'habilla à l'avance et fut prête bien avant 7 heures.

C'était une erreur. Il ne lui restait plus rien à faire qu'à regarder les aiguilles de la pendule progresser sur le cadran avec une lenteur désespérante. Au fur et à mesure, ses nerfs se nouèrent en pelote. Elle avait désespérément envie de le voir...

A 7 heures, n'y tenant plus, elle alla s'asseoir sur les marches du perron dans l'espoir de le voir arriver.

A 7 h 15, elle rentra dans la maison, ouvrit son ordinateur portable et tenta de s'absorber dans la lecture d'un article qu'elle avait téléchargé sur Internet.

A 7 h 30, elle se rendit compte qu'elle n'avait rien compris à ce qu'elle venait de lire. Et elle commença à s'inquiéter. Culley n'était jamais en retard. Ou alors, il téléphonait pour prévenir.

Aurait-il changé d'avis ?

*Stop !* s'enjoignit-elle intérieurement. Pas de pensée de ce genre, c'était ridicule. La meilleure chose à faire, c'était de l'appeler. Tout simplement. Pour s'assurer que tout allait bien chez lui, qu'il n'avait pas d'ennuis.

Elle alla dans la cuisine pour appeler de l'appareil fixe. Ce fut Madeline qui répondit.

— Bonsoir, c'est Addy. Je voulais savoir si ton papa était déjà parti.

— Il parle avec maman. Elle est revenue à la maison, aujourd'hui.

Addy eut l'impression de recevoir un coup de poing en pleine poitrine. Liz était rentrée ? Il lui fallut quelques secondes pour comprendre la signification de ces paroles.

— Tu crois qu'on ne pourra plus aller faire du shopping ensemble, Addy ? demanda la petite fille avec un brin de tristesse dans la voix.

— Je ne sais pas. J'espère que ça ne changera rien.

— Moi aussi.

— Tu es contente, de voir ta maman ?

Il y eut un silence. Puis Madeline confia d'une voix grave à son amie :

— Les adultes sont difficiles à comprendre, tu sais.

— Tout ira bien, ma chérie. Au début ce n'est pas facile, mais après les choses s'arrangent.

— Peut-être.

— J'espère qu'on se verra bientôt ?

— Oui, Addy. Au revoir.

Elle garda un long moment le récepteur à la main, tandis que la tonalité résonnait dans le vide. Elle finit par le reposer à sa place, puis monta dans sa chambre pour se changer.

Le téléphone sonna peu après 10 heures.

Addy était couchée. Elle essayait en vain de s'intéresser au livre qu'elle tenait devant elle. Claire n'était pas encore rentrée. Elle tendit donc la main pour décrocher l'appareil posé sur sa table de chevet, certaine qu'elle allait entendre la voix de Culley.

— Bonsoir.

— Bonsoir.

— Je ne sais pas par où commencer.

— Tu n'es pas obligé de me donner une explication.

— Mais j'y tiens.

— Ecoute, Culley...

— Madeline m'a dit que tu avais appelé. Tu sais donc que Liz est à la maison ?

— Oui.

— Addy, j'étais à cent lieues de me douter que...

Elle l'interrompit d'une voix douce :

— Tu n'as pas besoin de me raconter ce qui s'est passé, Culley. Cela ne me concerne pas du tout.

— Au contraire, rétorqua-t-il d'un ton où perçait la frustration. J'ai diablement envie de laisser tout ça derrière moi, tu sais !

— Ce n'est pas si facile, n'est-ce pas ?

— Je pensais pouvoir enfin oublier ce qui s'était passé, refaire ma vie.

— Mais Liz a besoin de toi.

Culley observa un court silence, avant de répondre :

— Elle a besoin de quelqu'un.

— Je te connais. Si tu te détournes d'elle avant d'être sûr qu'elle est tirée d'affaire, tu ne te le pardonneras jamais.

— Alors ? Que me conseilles-tu ?

— Fais ce que tu dois faire. Agis selon ta conscience.

— Je ne suis pas très sûr de ce que ma conscience me dicte.

— Moi, je le sais. Tu es le genre d'homme à répondre « présent » quand on a besoin de toi.

Plusieurs secondes défilèrent dans le silence qui suivit.

— Et nous ? interrogea-t-il enfin.

Addy chercha ses mots. Ce n'était pas facile, mais elle parvint à murmurer :

— Si ce qu'il y a entre nous est solide, ça attendra.

— Addy, je...

— Il est tard, Culley. Il faut que je te laisse.

— Je te rappellerai, d'accord ?

— D'accord.

Elle raccrocha. Au bout de quelques secondes, elle se leva et alla dans la salle de bains, où elle tourna le robinet de la douche. Elle ôta sa chemise de nuit et se glissa sous le jet tiède, laissant l'eau couler sur son corps et sur son visage, jusqu'à ce qu'elle ne sente plus les larmes qui lui brûlaient les paupières.

Culley garda la main posée sur le récepteur, luttant contre l'envie presque irrépressible de la rappeler aussitôt.

— J'ai gâché ta soirée, n'est-ce pas ? Tu comptais sortir...

Il pivota sur ses talons. Liz se tenait sur le seuil de la cuisine, l'air triste.

— Ce n'est pas grave, dit-il en soupirant.

— Ne mens pas, je sais que j'ai contrarié tes projets. Tu as une nouvelle vie, à présent, et je le comprends parfaitement. Je n'ai pas l'intention d'empêcher quoi que ce soit. Tout ce que je veux, c'est passer un peu de temps avec Madeline.

Culley approuva d'un signe de tête.

Liz sembla sur le point de dire autre chose. Elle se ravisa, se mordit la lèvre et déclara simplement :

— Je crois que je vais monter me coucher. Je suis éreintée.

— Bonne nuit, Liz.

— Bonne nuit.

\*
\* \*

Pendant toute la semaine suivante, Addy ne ménagea pas ses efforts pour s'occuper du verger. Elle était chaque jour sur la brèche, travaillant du matin au soir. Elle engagea un employé pour les travaux les plus pénibles et se consacra entièrement à l'élaboration de son projet. Elle voulait transférer tous les détails sur le papier, afin de pouvoir prouver à n'importe quel interlocuteur que sa proposition était solide et que l'exploitation du verger telle qu'elle l'envisageait serait rentable.

Au début, Claire se montra sceptique. Mais au fur et à mesure qu'Addy lui exposait les différentes étapes de son plan, son scepticisme se transforma en enthousiasme.

Le dimanche suivant, elles s'assirent devant la table de la cuisine et étalèrent devant elles le dossier constitué par Addy.

— J'ai préparé une liste du matériel qui pourra être remis en état et une autre liste d'appareils dont nous ne pourrons éviter l'achat. D'autre part, j'ai aussi établi la liste des variétés d'arbres fruitiers que nous devrions essayer de planter. Tout spécialement les pommiers. Certaines catégories de pommes sont très recherchées par les revendeurs de produits biologiques qui désirent offrir une certaine originalité à...

— Addy...

La jeune femme leva le nez de son dossier et s'aperçut que sa mère la dévisageait avec une certaine inquiétude.

— Qu'y a-t-il ?

— Tu as passé la semaine à t'agiter dans tous les sens, comme s'il y avait le feu à la maison. Je sens bien que tu es angoissée. Tu veux me dire ce qui se passe ?

— Il n'y a rien à dire, rétorqua Addy avec un haussement d'épaules désinvolte.

— Je sais que Liz est revenue.

Claire considéra sa fille avec douceur. En une seconde, Addy sentit s'écrouler les remparts qu'elle avait essayé d'élever autour d'elle pendant la semaine. Elle posa les coudes sur la table et appuya le front dans ses mains.

— Culley fait ce qu'il doit faire. C'est comme ça... Il ne pourrait en aller autrement.

Claire acquiesça.

— En effet, vous ne pouvez pas faire autrement. Quelquefois, ma chérie, il faut du temps pour que les choses se mettent en place. Mais si le sentiment qui existe entre Culley et toi est solide, tout rentrera naturellement dans l'ordre. Il faut attendre.

Addy approuva d'un signe. Sa mère avait raison, elle le savait. Et elle ne pouvait rien changer à la situation présente.

# 17.

Un peu plus tard dans la soirée, Addy se rendit dans la vieille grange. Elle était en train de nourrir le faon, lorsqu'elle entendit une voiture se garer dans l'allée.

Elle alla passer la tête par la porte et reconnut la vieille jeep du Dr Nolen. Celui-ci se tenait devant le perron et parlait avec Claire. Addy vit sa mère sourire et fut frappée par la beauté qui illumina son visage. Tout à coup, celle-ci parut étonnamment jeune et heureuse.

Elle recula dans l'ombre de la grange pour ne pas être surprise en train de les observer. Quelques minutes plus tard, la porte s'ouvrit et Claire entra, accompagnée du vétérinaire. Ils s'avancèrent jusqu'à la stalle où se trouvait Addy.

— Bonjour, docteur ! dit-elle en s'essuyant les mains sur son jean.

— Bonjour, Addy. J'ai fait un saut à l'improviste pour voir comment allait notre petit protégé.

Le faon tourna sur lui-même et alla se réfugier à l'autre extrémité de la stalle, dardant sur eux de grands yeux apeurés.

— Il a toujours un peu peur des gens qu'il ne connaît pas, expliqua Addy.

— C'est une bonne chose, déclara Nolen. Il ne faut pas qu'il soit trop confiant. Mais je vois qu'il n'a pas manqué de nourriture ! Il a les flancs bien ronds.

— Il est gourmand, reconnut Addy avec un sourire attendri.

— Addy s'en est vraiment occupée, intervint Claire. Je ne suis pas sûre qu'elle ait le courage de le remettre en liberté.

— Tu as réfléchi à ce problème ? demanda Nolen.

— Pas vraiment, répondit Addy avec un haussement d'épaules.

— Je pense qu'il est assez grand, maintenant, pour qu'on le laisse partir. Août est la dernière limite. Il faut qu'il ait le temps d'apprendre à se nourrir seul avant l'arrivée de l'hiver.

Les paroles du vétérinaire causèrent un choc à Addy. Naturellement, elle savait que le moment viendrait où elle devrait rendre le faon à la forêt. C'est là qu'était sa place, non entre les murs de cette stalle !

— Maman a raison, admit-elle. Ce ne sera pas facile.

— Tu as fait tout ce qu'il fallait pour lui. Il n'aurait pas survécu si Culley et toi ne l'aviez pas ramené ici.

— Merci, balbutia Addy.

— Bien, je dois partir à présent.

Nolen regarda Claire et s'éclaircit la gorge.

— Il paraît que l'orchestre qui joue ce soir dans le parc est excellent. De la musique folk, je crois. J'ai pensé que nous pourrions aller l'écouter ensemble. Tu veux bien, Claire ?

— Oh, je ne peux pas, dit celle-ci en secouant la tête. Je ne suis pas prête et...

— Tu peux venir comme ça, tu es très bien.

— C'est vrai, maman, renchérit Addy. Vas-y.

Claire hésita encore un instant, puis céda.

— Dans le fond, pourquoi pas ? Ce sera amusant. Donne-moi juste le temps d'aller chercher mon sac, Clayton.

Addy sortit de la grange avec eux et leur fit un petit signe de la main quand la jeep s'éloigna dans l'allée. Les choses semblaient bien parties, entre eux. Elle espérait sincèrement que cela aboutirait à une relation harmonieuse.


On était lundi et cela faisait tout juste une semaine que Liz était revenue. Culley était assis dans son bureau, les doigts serrés sur une tasse de café auquel il n'avait pas encore goûté. Du jour au lendemain, sa vie avait basculé dans un univers différent. Depuis, il avait l'impression d'agir comme un automate.

Pour être juste envers Liz, il fallait reconnaître qu'elle faisait beaucoup d'efforts pour se comporter comme une vraie mère avec Madeline. Elle l'emmenait promener, lui préparait des gâteaux, allait au cinéma avec elle. Toutes choses qu'elle n'avait jamais faites auparavant, lorsque son besoin d'alcool était au centre de sa vie.

Mais jusqu'à présent, Madeline n'avait pas encore fait tomber les remparts de protection qu'elle avait érigés autour de son cœur. Elle opposait aux tentatives de réconciliation de sa mère une résistance inébranlable. Elle souriait peu, ne prenait part aux activités suggérées par Liz qu'avec une réticence visible.

Culley était sincèrement désolé pour son ex-femme. Il voyait bien à quel point elle recherchait une marque de pardon chez sa fille. Mais il ne pouvait pas intervenir dans leur relation : c'était à elles de trouver sur quel terrain celle-ci allait se situer.

Tout ce qu'il pouvait faire, lui, c'était leur laisser le temps de se retrouver. Et à vrai dire, il était partagé entre son désir de faire ce qu'il fallait pour Madeline… et son besoin irrépressible de revoir Addy.

Les yeux fixés sur le téléphone, il souleva le récepteur et composa les trois premiers chiffres de son numéro. Son geste demeura en suspens et il reposa l'appareil. Il n'avait rien à offrir à Addy pour le moment.

Celle-ci avait raison. Il n'était pas encore totalement libre. Or, elle méritait qu'il ne se consacre qu'à elle.

Il se leva en soupirant pour aller vaquer à ses occupations quotidiennes.

Ellen appela le lundi matin.

Addy était devant son ordinateur portable, en train d'élaborer une page publicitaire destinée à être envoyée à des clients potentiels. Elle se renversa dans son fauteuil, ravie d'entendre la voix de son amie.

Après quelques banalités, Ellen demanda d'un ton pressant :

— Et Culley ? Où en êtes-vous ?

— Pour l'instant, c'est au point mort.

— Pourquoi ? Que s'est-il passé ?

— Je n'ai pas envie d'en parler.

— Dans ce cas, je crois que j'ai bien choisi le moment pour t'appeler.

— Que veux-tu dire ?

— Les associés principaux se sont réunis vendredi dernier et m'ont appelée à la première heure ce matin. Ils ont décidé de former une association avec Burkley & Lane, à New york. Ils veulent placer deux de leurs avocats dans ce nouveau cabinet, afin d'imposer leur façon de travailler. Ils m'ont pressentie pour ce poste. Et ils voudraient que tu reconsidères ta décision de démissionner.

— Quoi ?

— C'est vrai. Tu es intéressée ?

— Je ne sais pas… Tu me prends par surprise.

— Je sais que tu veux aider ta maman à remonter l'exploitation familiale, mais ce qu'on te propose est une opportunité exceptionnelle de faire avancer ta carrière ! Il faudrait que tu viennes et que nous en parlions de vive voix.

— Je peux réfléchir un peu ?

— Bien sûr. Mais ils veulent une réponse rapide. Rappelle-moi demain, d'accord ?

— D'accord.

Addy raccrocha et demeura immobile, pensive.

Claire entra sur ces entrefaites et déposa une tasse de thé sur le bureau.

— J'ai pensé que le thé te ferait du bien.

— Merci.

— Tu te sens bien ?

— Oui. Seulement un peu abasourdie. Ellen vient de m'appeler. Tu sais, l'amie avec qui je travaillais à Washington. Notre société s'est associée avec une firme new-yorkaise. Ils veulent envoyer deux avocats dans leur nouveau cabinet de Manhattan. Ils ont fait cette proposition à Ellen et ils ont aussi pensé à moi.

Le sourire de Claire vacilla, mais elle se ressaisit aussitôt.

— C'est une superbe opportunité pour ta carrière, ma chérie.

— Ils voudraient que j'aille à Washington pour en discuter avec eux.

— Tu vas y aller ?

— Je ne sais pas. Il y a tant à faire ici, je…

— Il faut au moins que tu saches ce qu'ils ont à te proposer. Ensuite, tu prendras ta décision.

— Mais…

— Je ne voudrais pas qu'un jour tu regrettes de ne pas avoir accepté.

Addy regarda par la fenêtre et songea à Culley. La semaine qu'elle venait de vivre n'avait pas été facile. Etre dans la même ville que Culley et ne jamais le voir… Impossible d'imaginer comment la situation pourrait s'améliorer.

— Et tout le travail qui reste à faire ici ?

— Tu en as déjà fait une grande partie. Tu as trouvé le moyen de faire revivre le domaine. Si tu décides de te lancer dans cette aventure avec moi, ce sera merveilleux. Mais il faut que tu saches aussi à quoi tu renonces. Tu ne pourras prendre ta décision qu'après avoir parlé avec les associés de ton cabinet.

Addy se rendit à la grange tôt le lendemain matin. Elle avait peu dormi et ses rêves avaient été agités. Elle s'était vue en train d'essayer de libérer le faon. Mais Culley se tenait en travers de sa route et la suppliait de ne pas le faire.

255

Elle s'était réveillée en s'asseyant brusquement sur son lit, le visage trempé de sueur. A présent, elle savait ce qu'elle devait faire.

Il n'était pas encore 6 heures quand elle pénétra dans la stalle. Le faon dormait encore, mais il leva la tête en l'entendant entrer.

— Alors, petit paresseux ! dit-elle en lui caressant l'encolure.

L'animal lui lécha la main. Elle sortit quelques carottes de sa poche. Elles étaient toutes petites et très fraîches, comme il les aimait. Puis elle lui offrit des tranches de pommes.

— Tout va bien se passer, tu sais.

Le faon lui lécha de nouveau la main et la poussa de son museau, cherchant d'autres friandises. Addy prit dans sa poche un flacon de vernis à ongles rouge, le déboucha et traça un large cercle sur le flanc du petit animal. Puis elle se leva en réprimant un sanglot. Elle faisait ce qu'il fallait. Pas de questions à ce sujet.

Elle ouvrit la porte de la stalle et la maintint ainsi. Le faon la regarda, sortit et vint se placer à côté d'elle. Addy s'éloigna de la grange et il la suivit. Quand ils atteignirent le bord de l'étang, elle s'arrêta et s'agenouilla dans l'herbe. Elle savait qu'un troupeau de daims venait boire chaque matin sur la rive opposée.

Elle attendit en caressant le pelage soyeux de l'animal. Et tout à coup, quatre biches apparurent à la lisière du bois. Elles traversèrent le champ qui les séparait de l'étang.

Le faon regarda encore une fois Addy, puis s'éloigna en bondissant. Il s'arrêta à quelques mètres du groupe qui venait tout juste de le repérer.

Addy se leva. Le petit troupeau repartit en courant vers le bois. Le faon la regarda, interloqué. Comme déchiré entre deux mondes.

— Va ! Allez, va ! cria-t-elle en agitant la main.

Un tronc d'arbre était jeté sur le sol, à la limite du champ. Le faon sauta gracieusement par-dessus l'obstacle et alla rejoindre ses semblables.

Addy se mit à pleurer.

C'était plus fort qu'elle.


L'après-midi, Claire reçut un coup de fil l'avertissant qu'une réunion aurait lieu ce soir-là au centre communal, au sujet de la construction de l'autoroute.

Quand Addy et Claire arrivèrent, la salle était déjà comble. Elles trouvèrent quand même deux chaises tout au fond, dans la dernière rangée. Une équipe de télévision se tenait près de l'estrade et un journaliste du quotidien de Roanoke était assis au deuxième rang.

Debout sur l'estrade, Duncan leva la main pour attirer l'attention de l'auditoire et obtenir le silence.

— Mesdames et messieurs, j'ai une importante communication à faire. Je ne ferai pas durer le suspense, voici de quoi il s'agit. Nous avons reçu cet après-midi un message provenant du bureau de M. Powers, indiquant qu'il renonçait à imposer le trajet A pour la construction de l'autoroute 92. C'est donc le trajet B qui sera retenu. Je vous lis le contenu du message : « Les récentes études et estimations ont révélé que le trajet B, c'est-à-dire la route contournant le village par l'ouest du comté et par Three Hawk Mountain, causerait moins de problèmes aux exploitations existantes ainsi qu'aux habitations, tout en procurant un moyen d'acheminement des marchandises qui est réellement nécessaire. »

Le maire leva les yeux de son papier et leur adressa un large sourire.

Addy saisit la main de sa mère et la pressa dans la sienne.

— En conclusion, reprit le maire, j'ajouterai que le journal local va commencer à publier dès demain une série d'articles examinant la nature des relations entre M. Powers et l'un de ses plus fervents supporters, Raymond Dudley. Comme vous le savez tous à présent, M. Dudley fait l'objet d'une enquête concernant les menaces que nombre d'entre vous ont reçues pour vous obliger à vendre les propriétés se trouvant sur le trajet de l'autoroute. Je suis impatient de connaître le contenu de ces articles.

L'assemblée se leva et, avec un bel ensemble, se mit à applaudir. Addy embrassa sa mère, dont le soulagement était évident. La bonne humeur s'empara de tous, et on s'adressa des félicitations, des tapes amicales dans le dos.

La réunion prit fin. Claire repéra, parmi les personnes présentes, une de ses amies de l'église avec qui elle alla échanger quelques mots.

— Je te retrouverai à la voiture, dit Addy.

— Je ne serai pas longue.

Addy descendit le large escalier et resta clouée au milieu des marches en apercevant Culley qui l'attendait dans le hall.

— Bonjour, dit-il quand elle parvint à sa hauteur. On fait quelques pas à l'extérieur ?

— Bien sûr.

Elle sentit son cœur s'emballer malgré elle. Ils s'arrêèrent devant sa voiture et se dévisagèrent avec gêne, ne sachant quoi se dire.

— Bonnes nouvelles, ce soir, déclara enfin Culley.

— En effet. Il me tarde de lire l'article de demain.

— Mon copain du journal m'a communiqué le scoop en avant-première. Apparemment, Dudley aurait soudoyé Powers pour être sûr que la route passerait à Harper's Mill.

— Il lui a versé d'importantes sommes d'argent ?

— Il lui a promis une partie de ses gains sur les contrats qu'il obtiendrait. Ce qui représente des sommes non négligeables.

— C'est un moyen intéressant de se constituer un fonds pour sa retraite !

— Oui. Je suis content que ces escrocs n'aient pas réussi leur coup.

— Et que plus personne n'ait à s'inquiéter de ces menaces qu'ils faisaient planer sur les gens du village !

Il approuva d'un hochement de tête et fit remarquer :

— Tu es très en beauté, Addy.

— Merci.

— Tu vas bien ? ajouta-t-il avec une note de tendresse.

— Ça va.

— Tu me manques.

— Culley…

— Je sais ! dit-il en levant une main pour l'empêcher de continuer. N'en parlons plus, mais je voulais simplement que tu le saches.

Elle baissa les yeux, les releva, nerveuse, et dit d'un ton rapide :

— On m'a appelée pour me proposer un nouveau job, aujourd'hui.

— Un job ? répéta-t-il, incapable de cacher sa surprise.

— A Manhattan. La firme pour laquelle je travaillais vient de s'associer avec un autre cabinet d'avocats dont le siège se trouve là-bas.

— Oh…

Il observa une longue pause, avant de demander :

— Et ça t'intéresse ?

— Je ne sais pas, admit-elle en haussant les épaules. Maman est d'avis que je réfléchisse. Elle dit que je dois savoir exactement à quoi je renonce, si jamais je décide de refuser.

Culley ouvrit la bouche pour parler, mais se ravisa. Il laissa passer quelques secondes, avant de dire :

— Elle a raison.

Addy ne s'attendait pas à ce genre de réaction. Pourquoi lui avait-elle parlé de cette proposition ? Espérait-elle qu'il essaierait de la dissuader de partir ?

Elle en était là de ses réflexions, quand Claire sortit du bâtiment.

— Bonsoir, Culley.

— Bonsoir, Claire. Comment allez-vous ?

— Bien. Et toi ?

— Bien aussi.

— Je peux retourner voir mes amies, si vous avez envie de bavarder un moment ensemble, suggéra-t-elle.

— Non ! protesta vivement Addy. Il faut rentrer, maman.

Elle avait besoin de mettre un peu de distance entre Culley et elle. De cacher son chagrin et sa déception.

— Bonne nuit, Culley, dit-elle.

— Bonne nuit, répondit-il en reculant pour les laisser monter en voiture.

Elle démarra et quitta sa place de parking, ne lançant un coup d'œil au rétroviseur qu'au dernier moment. Culley était toujours là, au bord du trottoir. Les mains dans les poches, il les regarda s'éloigner.

# 18.

Clements se trouvait sur l'emplacement d'une ancienne gare, à l'extérieur de la ville. Culley passait devant l'établissement chaque jour, sans même lui lancer un coup d'œil. Ce soir, c'était différent. Ce soir, le bar semblait le narguer avec tant d'insistance qu'il ne put résister à cet appel. Pour la première fois depuis des années, il éprouva le besoin de boire un verre d'alcool.

Il se gara sur le parking devant l'entrée et pénétra dans la salle. Sur le seuil, il cligna plusieurs fois des paupières, essayant de s'habituer à la semi-obscurité. Puis il alla s'asseoir au bar.

Le patron avait une carrure à la John Wayne et la voix qui allait avec.

— Qu'est-ce que je vous sers ?

— Un whisky à l'eau.

L'homme hocha la tête, prit une bouteille, en versa une bonne rasade dans un verre et ajouta une mesure d'eau. Il posa le verre sur un carton rond qu'il poussa devant Culley.

Celui-ci, accoudé au comptoir, regarda le verre sans y toucher.

— La journée a été dure ?

C'était un homme assis à côté de lui, vêtu d'un bleu de travail et d'une chemise à carreaux usée, qui venait de poser la question. Culley pencha la tête de côté.

— Oui… plutôt.

— Vous regardez ce verre comme s'il ne vous plaisait pas beaucoup.

— C'est un peu ça.

L'homme avala une gorgée de bière et reprit :

— C'est pas moi qui vais vous dire que la solution à vos problèmes se trouve au fond. C'est pas là non plus que vous trouverez la paix, mon vieux.

Culley fit glisser le bout de son doigt au bord du verre.

— Vous êtes le Dr Rutherford, pas vrai ?

— Oui.

L'homme lui tendit la main.

— Je m'appelle Barry Miller. Ma mère est l'une de vos patientes.

Culley serra la main du bonhomme.

— Evelyne Miller, c'est ça ?

Barry hocha la tête.

— C'est une personne agréable, votre maman.

— Merci.

Ils gardèrent le silence quelques minutes, puis Barry reprit :

— Je n'aurais jamais cru que vous étiez le genre de type à venir chercher la réponse à ses problèmes dans un endroit comme celui-là.

— En temps normal, je ne le ferais pas.

— Le problème est si grave que ça ?

— Assez, oui.

— Une histoire de femme ?

263

— Pour ainsi dire.

— Vous l'aimez ?

Culley n'aurait jamais cru qu'une telle chose soit possible. Il était assis là, chez Clements, sur un tabouret de bar, en train de discuter de sa vie privée avec un homme qu'il n'avait jamais vu. Mais il y avait quelque chose chez cet individu qui laissait penser qu'il ne le questionnait pas par simple curiosité. Aussi répondit-il avec sincérité :

— Oui.

— Vous lui avez dit ?

Culley secoua la tête en signe de négation.

— Pourquoi ?

— Je ne suis pas libre.

— Ah. Vous êtes marié ?

— Non. Mais mon ex-femme est... disons qu'elle traverse une mauvaise passe.

— Ah... Et vous voulez arranger les choses pour elle, c'est ça ?

— J'essaye de l'aider, c'est tout.

— J'ai pas de diplôme de psychologue, m'sieur. Mais je sais une chose : c'est que quand on veut trop aider les gens, on finit par ne faire de bien à personne.

Culley leva la tête et croisa le regard de Barry. Celui-ci avait quelque chose de doux et de bienveillant. Il hocha la tête, repoussa son verre sur le comptoir et se leva.

— Merci.

— Je ne vous ai rien dit que vous ne sachiez pas déjà.

— Peut-être. Mais j'avais besoin de l'entendre de la bouche de quelqu'un d'autre.

*
* *

Liz était dans le salon quand Culley rentra chez lui. Il s'arrêta près de la porte. Son ex-femme leva la tête de son journal et sourit.

— Madeline n'est pas encore rentrée ?

Liz se leva et déposa le magazine sur la table basse.

— Ta mère a dit que le dîner de la paroisse ne se terminerait pas avant 8 heures.

Il y eut un silence embarrassé. Culley le brisa en déclarant :

— Je dois donner quelques coups de fil.

— Très bien.

Il tourna les talons, mais fut arrêté net dans son élan par la voix de Liz.

— Culley, attends.

— Qu'y a-t-il ?

Elle traversa le salon.

— Je voudrais te parler de nous. De ce silence entre nous. Tu as l'intention de me punir encore longtemps, comme ça ?

Culley posa une main sur le chambranle, comme s'il craignait de perdre l'équilibre.

— Je ne te punis pas, Liz.

— C'est pourtant l'impression que j'ai.

Il remarqua alors qu'elle avait pris grand soin de son apparence, ce soir-là. Ses cheveux étaient brillants et elle s'était maquillée pour la première fois depuis sa sortie de prison. Les effluves d'un parfum doux et familier l'enveloppèrent.

Il prit une profonde inspiration avant de déclarer :

— Je veux être juste avec toi.

— Jusqu'ici tu as été plus que juste, répondit-elle en soutenant son regard. Je crois que quelque part, j'espérais

265

qu'il pourrait y avoir quelque chose de plus que ça, entre nous.

Culley soupesa prudemment ses mots, avant de déclarer :

— Je ne veux pas te blesser, mais... ce ne sera plus jamais comme avant.

Elle s'avança, posa une main sur sa poitrine.

— C'était bien pourtant, autrefois. Tu te souviens ?

— Liz...

Elle se haussa sur la pointe des pieds pour l'embrasser et noua les bras autour de son cou. Il la laissa faire une demi-seconde, puis lui posa les mains sur les épaules et recula d'un pas.

Quelque chose passa sur le visage de Liz. De la souffrance, de la déception.

— Je suis désolé, dit-il doucement.

— Tu ne me pardonneras jamais ce que j'ai fait ce jour-là, n'est-ce pas ?

— Ce n'est pas ça...

— Alors, quoi ?

Il détourna les yeux.

— Il y a une autre femme dans ta vie ?

Il se retourna, affrontant son regard chargé de reproches.

— Oui. Il y a une autre femme.

Liz se mordit la lèvre et grimaça un sourire forcé.

— Je vois. Je te demande pardon.

— Liz...

— Ne dis rien, je suis une idiote. Je croyais pouvoir effacer ce qui s'était passé.

— Personne n'exige que tu répares quoi que ce soit. Il faut seulement que tu te construises une nouvelle vie.

— J'y réfléchirai. Bonne nuit, Culley.

— Liz…

Mais elle ne revint pas sur ses pas. Et il n'essaya pas de la retenir.


Addy partit à 5 heures du matin et arriva à Washington peu avant 10 heures. Elle ne s'arrêta qu'une fois en route, pour prendre son petit déjeuner.

Owings & Blake occupait tout le septième étage d'un haut bâtiment au cœur de Washington. Quand Addy avait commencé à travailler là, huit ans auparavant, elle avait été impressionnée par l'image de marque de cette firme prestigieuse. La salle d'attente était garnie d'énormes canapés en cuir noir, et des œuvres d'art originales ornaient les murs. Mais à présent, tandis qu'elle attendait dans le hall que la réceptionniste ait prévenu Ellen de son arrivée, elle n'éprouvait qu'une sorte d'étrange dépaysement. Elle songea avec nostalgie au bruit du tracteur, à la brise chargée du parfum des pommiers en fleur.

— Ellen vous fait dire d'aller directement dans son bureau, madame Taylor, dit la réceptionniste.

— Merci.

Addy suivit un long corridor et frappa à la porte d'Ellen, qui était entrouverte.

— C'est toi, Addy ?

La jeune femme passa la tête dans l'embrasure. Ellen bondit de son fauteuil et lui sauta joyeusement au cou. Puis elle la repoussa à bout de bras pour mieux l'admirer.

— Ton séjour à la campagne t'a fait du bien. Tu as une mine splendide.

— Merci. Et toi, tu es aussi resplendissante que d'habitude.

— Tu veux une tasse de café ?

— Non, merci.

— Alors, qu'en penses-tu ? Tu es prête à aller t'installer à Manhattan ?

— Je voudrais connaître tous les aspects de la proposition avant de me décider.

— C'est normal. Qu'est-ce qui te fait hésiter ?

— Cela me paraît compliqué.

— A cause du fameux Culley ?

Addy pencha la tête de côté, sans répondre.

— Qu'est-ce qui est compliqué ? reprit Ellen avec insistance.

— Il n'y a pas que moi qui suis concernée, répondit-elle vaguement.

Inutile d'en dire davantage. Pendant le trajet, elle n'avait pu penser qu'à Culley. Et plus elle y pensait, plus la situation lui semblait sans espoir.

— Ah...

Ellen pinça les lèvres, un tic caractéristique lorsqu'elle réfléchissait.

— Dans ce cas, un peu de distance est peut-être nécessaire. Si vos sentiments sont sincères et solides, le problème trouvera une solution de lui-même.

Addy savait que c'était vrai. Le moment n'était peut-être pas encore venu pour eux de se retrouver. La dernière chose qu'elle souhaitait, c'était que Culley se réveille un jour à côté d'elle et regrette ce qu'il n'avait pas fait, à cause d'elle. Il valait sans doute mieux qu'elle ne se trouve pas à Harper's Mill lorsqu'il prendrait sa décision concernant Liz.

— En outre, reprit Ellen avec enthousiasme, tu te rends compte comme on va s'amuser à Manhattan ?

— Je parie que tu as déjà recensé tous les endroits branchés ?

— Bien sûr. Roland nous attend dans son bureau. On y va ?

— Je te suis.

Le désir était si fort qu'elle ne parvenait pas à penser à autre chose.

Liz se tenait derrière la fenêtre de la cuisine. Ses bras étaient croisés sur sa poitrine, comme si elle espérait par ce seul geste maintenir une apparence de solidité, alors qu'à l'intérieur d'elle-même elle avait l'impression que tout se défaisait.

Pourtant, elle voulait être forte. Oh, oui, elle le voulait… Et sa volonté était presque aussi puissante que l'envie de boire. *Presque.*

Ce qu'elle désirait le plus, en réalité, c'était oublier. Oublier les erreurs du passé. Oublier la réserve dans les yeux de sa fille, chaque fois que celle-ci la regardait. Oublier la gentillesse et l'indulgence de Culley.

Mais qu'avait-elle donc imaginé ? Comment avait-elle pu croire qu'à son retour tout aurait changé, que les autres seraient prêts à tout reprendre à zéro, comme elle ? Qu'ils feraient tous comme si rien ne s'était passé ?

Elle avait été d'une incroyable naïveté.

Elle jeta un coup d'œil à sa montre. 10 heures du matin. Et elle n'avait rien à faire, jusqu'au moment où Madeline rentrerait de l'école. Dans six heures. Non, dans huit heures, puisque Ida devait emmener la fillette à son cours de danse. Huit heures.

Elle alla ouvrir le réfrigérateur, en sortit un paquet de café en grains qu'elle moulut. Puis elle se prépara du café bien fort. Assise devant la table de la cuisine, elle en but trois tasses l'une après l'autre. Comme si le café pouvait changer quoi que ce soit à l'envie qui la tenaillait.

Elle lava la vaisselle du petit déjeuner, remit tout en place. Il n'était que 10 h 40.

Elle se passa une main dans les cheveux et aperçut son reflet dans le miroir, à l'autre bout du salon. C'était le visage d'une femme qui avait d'ores et déjà perdu la bataille. Une femme vaincue.

Elle prit son sac dans le placard de l'entrée. Puis elle fit quelques pas sur le perron, et observa longuement la route.

Comme elle n'avait pas de voiture, elle partit à pied.


Culley quitta son cabinet de consultation juste avant 6 heures. Sa mère l'avait appelé pour le prévenir que sa voiture était en panne et qu'elle ne pourrait aller chercher Madeline à son cours de danse. Il fallait qu'il s'y rende à sa place.

La fillette l'attendait devant la porte. Elle grimpa dans l'Explorer avec un grand sourire et se mit à bavarder de tout et de rien : le cours de danse, le spectacle auquel elle allait participer et pour lequel elle porterait sa nouvelle robe.

Ils étaient presque arrivés à la maison quand le téléphone cellulaire de Culley se mit à sonner. Il le prit et vit que l'appel provenait de son cabinet.

270

— Bonsoir Culley, c'est Tracy. Je viens de recevoir un appel de chez Clements. Il paraît que Liz est chez eux depuis le début de l'après-midi. Ils voulaient savoir si quelqu'un pouvait aller la chercher.

Culley renversa la tête contre le dossier de son siège.

— Peux-tu les rappeler et les prévenir que j'arrive ? Il faut juste que je dépose d'abord Madeline chez ma mère.

— Oui, mais ils m'ont dit que si personne ne venait dans les dix minutes, ils seraient obligés d'appeler la police, reprit Tracy d'un ton désolé.

— Merci, Tracy.

Il raccrocha.

— C'était maman ? demanda la fillette d'une voix maussade.

— Il faut aller la chercher.

Madeline acquiesça et se tourna pour regarder par la fenêtre.


Un videur large comme une armoire à glace se tenait devant la porte de chez Clements, empêchant Liz de rentrer dans l'établissement. La jeune femme était assise sur les marches, les coudes sur les genoux, le visage enfoui entre ses mains.

— Tu crois qu'elle est malade, papa ?

Culley prit la main de la fillette dans la sienne et déclara d'un ton rassurant :

— Attends-moi là. Je reviens tout de suite.

Il courut jusqu'à l'entrée du bar et s'arrêta devant les marches. Le videur inclina la tête.

— Vous êtes venu la récupérer ?

— Oui.

— Elle avait déjà quelques verres dans le nez quand elle est arrivée ici. On a rapidement arrêté de la servir.

— Merci.

Le videur lui tourna le dos et rentra dans le bar.

Liz regarda son ex-mari en secouant la tête.

— Tu peux marcher ?

Elle essaya de se lever mais ses jambes se dérobèrent et elle retomba lourdement assise. Culley se pencha, la prit dans ses bras et la ramena jusqu'à l'Explorer où il l'installa sur la banquette arrière. Ses vêtements étaient constellés de taches de vomissures. Il prit un bol en plastique qu'il gardait toujours dans le coffre, au cas où Madeline aurait eu le mal de la route, et il le lui tendit.

— Ça va aller ?

Elle hocha la tête, le visage toujours caché dans ses mains.

Culley reprit le volant et s'engagea sur la route, lançant un regard en coin à Madeline qui se tenait droite comme un i sur son siège. Il vit une larme rouler lentement sur sa joue.

Il ne sut quel sentiment dominait chez lui : la fureur ou le désespoir.


Dès qu'ils arrivèrent à la maison, Culley transporta Liz au premier étage et la déposa dans la baignoire sans même lui enlever ses vêtements. Puis il se dirigea vers sa chambre et composa le numéro d'Addy. Ce fut Claire qui répondit.

— Bonjour, Claire. Addy est à la maison ?

— Non. Elle est retournée à Washington pour rencontrer ses employeurs au sujet du nouveau job qu'ils lui ont proposé.

Une douleur fulgurante lui transperça la poitrine, comme un coup de poignard.

— Quelque chose ne va pas, Culley ?

— Oui. J'ai un problème. Pourriez-vous venir chercher Madeline et lui faire passer la nuit chez vous ? La voiture de maman est en panne et...

— C'est bon, ne m'en dis pas plus. Je serai là dans dix minutes.

— Merci, Claire.

Il raccrocha dans une sorte de brouillard. Les paroles de Claire résonnaient dans sa tête, si étourdissantes qu'il n'arrivait plus à rassembler ses pensées. Mais il ne pouvait pas songer à Addy en ce moment, ni à ce qu'elle risquait de faire.

Pour l'instant, il devait s'occuper de Liz avant tout.


Claire sonna à leur porte peu avant 7 heures et demie. Elle entoura les épaules de Madeline et l'entraîna vers sa voiture, Hershey sur leurs talons. Culley les regarda partir, le cœur lourd. Il aurait préféré épargner cette nouvelle scène à sa fille. S'il avait su dans quel état lamentable se trouvait Liz, il ne l'aurait pas emmenée avec lui.

Liz demeura sous le jet froid de la douche pendant presque une demi-heure. Il attendit à côté d'elle, assis à même le sol. Il fallait que les effets de l'alcool se dissipent. Enfin, elle se releva et il l'aida à sortir de la baignoire.

— Tu pourras enlever tes vêtements ?

Elle acquiesça sans desserrer les dents.

— Je vais préparer du café.

Il avait franchi le seuil et rabattait déjà la porte derrière lui, quand elle l'appela.

— Culley ?

— Oui ?

— Je suis désolée.

Il la contempla un moment en silence, puis sortit. Les regrets, les promesses… il avait déjà entendu tout cela.


Un peu plus tard, il monta avec une tasse de café qu'il déposa sur la table de chevet de Liz. Celle-ci était couchée dans son lit, un bras replié sur le front. Elle ne dit rien et il préféra lui-même garder le silence.

Il était dans son bureau, en train de mettre de l'ordre dans ses dossiers, quand il l'entendit descendre l'escalier. Il était plus de 10 heures et il s'était attendu qu'elle dorme sans interruption jusqu'au matin.

Elle s'arrêta devant sa porte et posa sur lui un regard vacillant.

— On peut parler ? demanda-t-elle.

Il repoussa sa chaise.

— Qu'y a-t-il à dire ?

Elle entra, s'assit en face de lui et posa les mains devant ses yeux. Puis elle se décida à lever la tête pour le regarder.

— Rien, admit-elle. Rien qui ait un sens.

— Pourquoi fais-tu cela, Liz ? Pourquoi ?

Elle haussa des épaules. Des larmes coulaient sur ses joues, elle les essuya du revers de la main.

— Si seulement je le savais…

— Mon Dieu, Liz… sais-tu ce que Madeline a dû ressentir en te voyant comme ça ?

— Je sais…, chuchota-t-elle d'une voix à peine audible. Je sais.

Un long silence s'écoula, puis elle reprit :

274

— Quand je suis venue ici, je croyais dur comme fer que je voulais m'en sortir. Seule. Que j'allais retomber sur mes pieds, tout recommencer. Mais à présent, je me rends compte que j'ai agi comme autrefois. J'ai couru me réfugier chez toi en espérant que tu arrangerais tout. A ma place.

— Liz…

— Non, je t'en prie. Laisse-moi finir.

Elle se tut un moment, les yeux baissés, les doigts noués sur ses genoux. Puis elle releva la tête.

— Parfois, dans la vie, nous cherchons des gens qui, par leur générosité, nous soutiennent et nous aident à tenir debout. Ils nous empêchent de nous voir tels que nous sommes réellement. Je sais que tu as voulu m'aider, Culley. Tu m'as aidée si souvent que je ne peux pas tenir le compte de tout ce que tu as fait pour moi. Je t'ai passé une corde autour du cou, je t'ai enchaîné à moi en te culpabilisant. Et je faisais comme si tout allait bien. Parce que je savais que dans ces conditions, je pouvais continuer à m'appuyer sur toi. Mais je crois qu'il est temps que ça change. Il faut que je me décide à chercher des réponses en moi-même au lieu de toujours compter sur toi.

— Mais je veux t'aider, Liz.

— Alors, emmène-moi quelque part où on me soignera. Dès ce soir.

— Cela peut attendre demain. Tu n'as pas besoin de partir maintenant.

— Non, j'y tiens. Si j'attends, je risque de manquer de courage et de changer d'avis.

Elle se leva, pressant les mains sur l'étoffe de son jean.

— Je vais préparer ma valise et passer un coup de fil à mon contrôleur judiciaire.

— Tu es sûre que c'est ce que tu veux ?

— Certaine.


Il y avait quatre heures de route jusqu'à Alexandria. Ils arrivèrent au centre de réhabilitation au milieu de la nuit. Culley entra avec Liz et attendit pendant qu'elle faisait les démarches d'admission.

Une infirmière vint prendre sa valise.

— On peut y aller, annonça-t-elle. Si vous êtes prête.

— Cette fois-ci, je ferai ce qu'il faudra pour m'en sortir, affirma-t-elle en se tournant vers Culley.

— Ça va ? Tu te sens bien ?

Elle acquiesça en pinçant les lèvres.

— Ça va aller. Dis à Madeline que je suis désolée.

— Ne pense pas à cela. Soigne-toi. Tout ce qu'elle souhaite, c'est savoir que tu vas mieux.

Il lui passa un bras sur les épaules et l'attira vers lui. Elle s'abandonna un moment, le front contre son torse, puis elle recula d'un pas.

— C'est bon, dit-elle à l'infirmière. Je vous suis.

— Par ici, dit gentiment la jeune femme en désignant une porte à double battant.

— Liz ?

Elle se retourna.

— Donne de tes nouvelles. D'accord ?

— C'est promis.

Elle franchit la porte et disparut dans le corridor.


Addy quitta Washington tôt le jeudi matin. Elle avait hâte de rentrer. Il était presque 11 heures quand elle s'engagea sur la route qui traversait le domaine. Quand elle vit les pommiers chargés de fruits dans le champ, sur sa droite, elle sentit son cœur se gonfler de joie.

Elle était encore loin d'avoir atteint la maison lorsqu'elle repéra une voiture qui la suivait, à une centaine de mètres. L'Explorer de Culley. Son cœur fit un bond.

Il alla jusqu'à la maison et s'arrêta au bout de l'allée, à côté d'elle. Elle sortit, en proie à une joie profonde. Mais son sourire s'effaça quand elle vit l'expression de son visage.

— Bonjour. Tu vas bien ? s'enquit-elle.

— Oui. Je suis seulement venu chercher Madeline. Elle a passé la nuit ici, avec Claire.

Madeline sortit de la maison en gambadant et se jeta au cou de Culley. Il la serra contre sa poitrine.

— Bonjour, mon petit chou. Tu vas bien ?

Madeline agita vigoureusement la tête, recula et darda sur lui un regard grave.

— Comment va maman ?

— Je pense que ça va aller.

Claire sortit à son tour en s'essuyant les mains sur un torchon. Hershey sautillait sur ses talons.

— Bonjour, ma chérie ! dit-elle à Addy. Ton voyage s'est bien passé ?

— Très bien.

— Culley, je crois que je vais garder cette enfant avec moi ! reprit Claire en posant une main sur la tête de la fillette. C'est une adorable petite compagne. Et Hershey s'est très bien entendu avec Peabody.

Madeline sourit, rayonnante.

— Merci, Claire. J'apprécie beaucoup ce que vous avez fait pour nous. Je pense que nous allons repartir, maintenant.

— Culley ! s'exclama Addy précipitamment. Pouvons-nous parler une minute ?

— Oui. Bien sûr, dit-il en la dévisageant.

— Madeline ! Allons finir de préparer les cookies, suggéra Claire. Ensuite, j'en remplirai une boîte pour que tu les emportes chez toi.

Madeline prit la main de Claire et la suivit dans la cuisine.

Lorsqu'ils se retrouvèrent seuls, Addy se sentit un peu embarrassée.

— On va jusqu'à l'étang ? proposa-t-elle.

— D'accord.

Ils traversèrent le jardin, puis le champ qui s'enfonçait dans les terres des Taylor. Un trajet qu'ils avaient parcouru des centaines de fois ensemble. La matinée tirait à sa fin et le soleil était très haut dans le ciel d'azur. Ils s'engagèrent sur la jetée, faisant craquer les vieilles poutres sous leurs pas.

Ils s'arrêtèrent tout au bout et contemplèrent l'eau plate et transparente de l'étang. Addy s'assit et Culley l'imita, laissant un petit espace entre eux.

— Tout va bien ? s'enquit-elle.

— Pour moi, oui. Liz a eu une espèce de rechute hier. On m'a appelé de chez Clements pour que j'aille la chercher.

— Et elle est…

— Tout va bien, à présent. Mais elle était dans un drôle d'état. Ensuite, elle m'a demandé de l'emmener dans un centre de désintoxication, à Alexandria. Je ne suis rentré que ce matin.

— Oh, Culley… je suis désolée.

— Je crois qu'elle va s'en sortir, cette fois. Il y avait quelque chose de différent dans sa voix, hier soir. Une sorte de détermination que je n'avais jamais constatée chez elle.

— J'espère que tu ne te trompes pas.

— J'ai pris conscience d'autre chose aussi, hier.

— Quoi donc ?

Il contempla l'eau, fixement.

— Je lui ai toujours servi de soutien. Je crois que je voulais à tout prix faire pour elle ce que je n'avais pas pu faire pour mon père. Mais maintenant, c'est terminé. Je ne pouvais pas agir ainsi indéfiniment.

— Tu as voulu faire de ton mieux, dit Addy.

— Oui. Mais les bonnes intentions ne suffisent pas.

Elle posa une main sur son bras.

— Tu n'as rien à te reprocher.

Il renversa la tête en arrière et son regard se perdit dans le ciel pur.

— Je me suis adressé beaucoup de reproches, autrefois. Plus maintenant.

Ils gardèrent le silence quelques minutes. Addy sentit qu'il avait besoin de ces instant de paix et de calme.

Deux canards sauvages vinrent atterrir au milieu de l'étang et se mirent à nager en cercle, criblant l'eau de coups de bec pour trouver de la nourriture.

— Et toi ? Tu vas accepter ce nouveau job ? demanda Culley d'un ton dégagé, le regard fixé sur les deux canards.

Addy trempa une main dans l'eau, laissant celle-ci s'écouler entre ses doigts.

— Non.

Il se tourna, vivement surpris.

— Mais je croyais…

— La proposition était intéressante. Et même enthousiasmante. Ellen pense que je suis folle de refuser. Mais…

ce n'est pas ce que j'ai envie de faire. Je suis entrée dans ce bureau, j'ai écouté l'associé principal m'exposer son offre et… et j'ai su sans l'ombre d'un doute que ma place était ici.

— Vraiment ?

— J'ai compris que les choses qui nous arrivent dans la vie, par exemple ma rupture avec Mark, doivent nous aider à décider si nous avançons dans la bonne direction ou non. Je ne regrette pas mon poste à Washington et j'aimerais essayer de faire redémarrer le domaine. Qui sait ? Je pourrai peut-être aussi installer un cabinet ici, en ville ?

Culley la considéra avec un demi-sourire.

— C'est une excellente idée.

— Tu crois ? dit-elle en le regardant dans les yeux.

— Oui, je le crois.

Ils se dévisagèrent un instant, puis il se pencha et posa les lèvres sur les siennes. Elle lui rendit son baiser. Et ils prirent tout leur temps pour se retrouver, enfin.

— Tu m'as tellement manqué…, avoua-t-il en posant une main sur sa nuque.

— Toi aussi.

— Alors ? Tu penses que ça peut marcher, entre nous ?

Une jeune biche apparut sur la rive opposée de l'étang. Elle les regarda un moment, puis s'avança sur le bord pour boire. Deux de ses compagnes la suivirent.

Addy posa une main sur sa poitrine, retenant son souffle.

La biche se tourna et rejoignit les autres. Alors, Addy vit clairement le cercle rouge qu'elle avait tracé sur son flanc avant de lui rendre la liberté.

Elle se tourna vers Culley et sourit.

— Oui. Je crois ardemment que ça marchera.

Chère lectrice,

Vous nous êtes fidèle depuis longtemps?
Vous venez de faire notre connaissance?

C'est pour votre plaisir que nous avons
imaginé un rendez-vous chaque mois
avec vos auteurs préférés, vos
AUTEURS VEDETTE dans les
collections Azur et Horizon.

Les AUTEURS VEDETTE vous
donneront rendez-vous pour de
nouveaux livres vedette.

Pour les reconnaître, cherchez
l'étoile... Elle vous guidera!

Éditions Harlequin

**HARLEQUIN**

### *LE FORUM DES LECTEURS ET LECTRICES*

CHERS(ES) LECTEURS ET LECTRICES,

VOUS NOUS ETES FIDÈLES DEPUIS LONGTEMPS?

VOUS VENEZ DE FAIRE NOTRE CONNAISSANCE?

SI VOUS AVEZ DES COMMENTAIRES, DES CRITIQUES À FORMULER, DES SUGGESTIONS À OFFRIR, N'HÉSITEZ PAS... ÉCRIVEZ-NOUS À:

> LES ENTERPRISES HARLEQUIN LTÉE.
> 498 RUE ODILE
> FABREVILLE, LAVAL, QUÉBEC.
> H7R 5X1

C'EST AVEC VOS PRÉCIEUX COMMENTAIRES QUE NOUS ALLONS POUVOIR MIEUX VOUS SERVIR.

DE PLUS, SI VOUS DÉSIREZ RECEVOIR UNE OU PLUSIEURS DE VOS SÉRIES HARLEQUIN PRÉFÉRÉE(S) À VOTRE DOMICILE, NE TARDEZ PAS À CONTACTER LE SERVICE D'ABONNEMENT; EN APPELANT AU (514) 875-4444 (RÉGION DE MONTRÉAL) OU 1-800-667-4444 (EXTÉRIEUR DE MONTRÉAL) OU TÉLÉCOPIEUR (514) 523-4444 OU COURRIER ELECTRONIQUE: AQCOURRIER@ABONNEMENT.QC.CA OU EN ÉCRIVANT À:

> ABONNEMENT QUÉBEC
> 525 RUE LOUIS-PASTEUR
> BOUCHERVILLE, QUÉBEC
> J4B 8E7

MERCI, À L'AVANCE, DE VOTRE COOPÉRATION.

BONNE LECTURE.

HARLEQUIN.

### *VOTRE PASSEPORT POUR LE MONDE DE L'AMOUR.*

# COLLECTION HORIZON

Des histoires d'amour romantiques qui vous mènent au bout du monde!

Découvrez la passion et les vives émotions qu'apportent à la Collection Horizon des auteurs de renommée internationale!

Captivantes, voire irrésistibles, ces histoires d'amour vous iront assurément droit au coeur.

Surveillez nos trois nouveaux titres chaque mois!

GEN-H-R

# ROUGE PASSION

### De fiévreuses histoires d'amour sensuelles!

De provocantes histoires d'amour passionnées et romantiques qu'on lit d'une seule traite. Aventureuses, parfois humoristiques, et sensuelles, elles mettent en vedette des hommes et des femmes d'aujourd'hui.

**ROUGE PASSION...**
trois nouveaux titres chaque mois.

♉ ♊ ♋ ♌ ♍
♈ **69** **L'ASTROLOGIE EN DIRECT** ♒
**TOUT AU LONG**
**DE L'ANNÉE.**

(France métropolitaine uniquement)
**Par téléphone 08.92.68.41.01**
0,34 € la minute (Serveur SCESI).

Composé et édité par les
*éditions* Harlequin
Achevé d'imprimer en juillet 2005

**BUSSIÈRE**

GROUPE CPI

à Saint-Amand-Montrond (Cher)
Dépôt légal : août 2005
N° d'imprimeur : 51712 — N° d'éditeur : 11455

*Imprimé en France*